Pièces Cassées Incluses

Alyson Root

J&M Books

Lytchett House, 13 Freeland Park, Wareham Road, Poole, Dorset, BH16 6FA

ISBN version papier: 978-1-917785-05-1

ISBN livre numérique: 978-1-917785-20-4

Conception et mise en page:

Tara Sullivan, The Write Gal Co.

www.thewritegal.com

Traduit par:

Angélique Breton

1

Lydia souriait. Ce n'était pas le moment de sourire, mais elle ne pouvait pas s'en empêcher. Elle avait deviné ce que Tim voulait lui dire, et même si elle n'avait aucune envie de l'entendre, elle avait au moins la satisfaction d'avoir deviné.

Au moins, il avait tenu plus longtemps que son dernier petit ami. Cela faisait combien de temps déjà, quatre mois ? Ce n'était pas si mal. « Alors, tu n'es pas fâchée ? ». Tim tripota la serviette qui se trouvait à droite de son assiette. Lydia le regarda une seconde, observant ses traits et son front en sueur. Il avait l'air désolé de l'avoir invitée dans un restaurant chic pour la larguer.

« Cela n'arrangerait rien si je me mettais en colère. Je te remercie de ta franchise.

— Ouah, c'est la rupture la plus facile de tous les temps. » *C'est parce que je suis habituée.*

« On partage l'addition ? » Lydia en avait assez de cette soirée. Ils n'avaient peut-être mangé que l'entrée, mais elle n'était pas d'humeur à aller jusqu'au bout du dîner.

« Non, je m'en occupe. Je pense que c'est la moindre des choses ». Tim leva la main, faisant signe au serveur. Lydia n'attendit même pas l'arrivée de l'addition pour enfiler son manteau, donner une tape sur l'épaule de Tim et partir.

La rue principale était animée, ce qui était normal un vendredi soir. Entrer dans un bar pour noyer son chagrin traversa l'esprit de Lydia, mais elle écarta l'idée. Non, ce dont elle avait besoin était de rentrer à la maison, de prendre une longue douche chaude, de s'affaler sur son canapé en étant blottie sous sa couverture lestée et de regarder l'intégral de *Sex Education*.

Vingt minutes plus tard, Lydia laissa tomber ses clés dans le bol sur le buffet qui se trouvait à côté de sa porte d'entrée. Un large sourire s'étendit sur son visage dès que les pattes de Monty résonnèrent dans le petit appartement. La boule de poils qui se dandinait sautillait aussi vite que ses jambes le lui permettaient, jusqu'à ce que ses pattes avant soient fermement plantées sur les cuisses de Lydia.

Monty était un curieux mélange. Le centre d'adoption pensait qu'il était en partie Kerry Blue et Irish Wheaten, avec une touche de Terrier pour faire bonne mesure. Lydia se moquait de savoir s'il était moitié licorne. Monty était authentique, loyal et aimait Lydia pour ce qu'elle était.

« Allez, Monty. » Se frayant un chemin dans le petit couloir, Lydia ouvrit la porte de derrière. Monty s'éclipsa et commença sa routine nocturne consistant à vérifier le moindre recoin de son petit royaume. Le jardin avait la taille d'un timbre-poste, mais au moins il y avait un peu de verdure. *L'avantage d'un appartement au rez-de-chaussée.*

Sachant que son meilleur ami était parfaitement heureux dehors, Lydia quitta son manteau et le déposa sur le dossier de sa chaise de cuisine. Elle mit en route la bouilloire pour se préparer une tasse de thé. Alors que l'eau bouillait, elle sortit son téléphone de la poche de son manteau, navigua jusqu'à ses contacts et supprima le numéro de Tim. Combien cela faisait-il maintenant ? Six, peut-être sept personnes qui n'avaient pas pu supporter Lydia et son « problème ». Se moquant d'elle-même, Lydia n'en revenait pas d'avoir pris la peine de sortir de nouveau avec quelqu'un, pas après Mary. Elle devait être maso.

« Monty, viens mon garçon, c'est l'heure du canapé. » Le jappement de Monty indiqua à Lydia qu'il était en route. Ils n'aimaient rien de plus que de se blottir l'un contre l'autre sur le canapé. Sa douche chaude pouvait attendre encore un peu. Lydia avait besoin de ressentir de l'amour après ce nouveau rejet. Cette sensation ne la quittait pas, et elle en avait marre. « Cette fois, Monty, j'arrête. » Monty pencha la tête, écoutant manifestement. « Plus d'hommes, plus de femmes, fini ! Juste toi, moi et de temps en temps ta tante Fe ». Fe, la sœur aînée de Lydia, était ce qui se rapprochait le plus d'une meilleure amie. Au fil des ans, la vie sociale de Lydia s'était réduite à néant. La douleur et les ballonnements étaient un véritable repoussoir pour la plupart des gens.

« Quand on parle du loup », murmura-t-elle alors que le bourdonnement de son téléphone perçait le silence. « Hé, sœurette.

— Salut, désolée, je ne savais pas si tu étais encore avec Tim.

— Pas du tout.

— Oh putain. C'est encore arrivé, c'est ça ? »

Que pouvait dire Lydia ? Bien sûr, c'était encore arrivé. Ils partaient toujours. « Oui. Mais peu importe. Je suis passée à autre chose, j'arrête.

— Tu arrêtes ?

— Ouais, fini les rencontres. J'ai assez donné.

— Oh, ma chérie, ne dis pas ça. Tu vas trouver le bon.

— Je sais bien que non. Et c'est très bien comme ça. Je vous ai, toi et Monty. C'est déjà plus que ce que certaines personnes ont.

— Lyds...

— N'insiste pas Fe. Vraiment... N'insiste pas.

—Très bien. Tu veux que je vienne ?

— Non, je saute sous la douche et puis Monty et moi allons regarder la nouvelle saison de *Sex Education*.

— Oh, elle est super. Éric...

— Pas de spoilers !

—Grrr, d'accord, je t'appelle demain. Je t'aime, petite sœur.

—Bonne nuit, je t'aime aussi. »

En posant son téléphone, Lydia repoussa les émotions qui arrivaient. Elle avait versé assez de larmes pour remplir une piscine municipale. Elles n'avaient rien changé, alors pourquoi s'embêter ? Tim était un gars sympa, mais Lydia savait que ce n'était pas le bon. Elle savait aussi qu'il ne supporterait pas longtemps son « problème ».

« Reste là, mon garçon. Je reviens tout de suite. » Déposant plusieurs baisers sur la tête de Monty, Lydia le laissa en boule sur le canapé pendant qu'elle prenait cette douche bien méritée. La salle de bain avait la taille d'un placard à balais, la température de l'eau était juste suffisante pour se réchauffer mais la pression était bonne, donc les choses pouvaient être pires. Se débarrassant de sa robe et de ses sous-vêtements, Lydia prit une profonde inspiration avant de lever les yeux vers le miroir en pied accroché à l'arrière de la porte.

Mesurant un mètre soixante, Lydia était loin d'être grande. Ses longs cheveux châtains lui tombaient dans le dos. Sa poitrine généreuse était immanquable. Au moins, elle avait ça pour elle, même si elle ne lui était d'aucune utilité quand ses hormones lui jouaient des tours. En soupirant, Lydia continua son tour d'horizon. Une peau crémeuse ornée de grains de beauté. Des hanches larges et des cuisses épaisses. Une petite taille qui remontait jusqu'à de larges épaules. Pas aussi larges qu'un nageur, mais assez pour donner l'impression d'une silhouette en sablier.

Passant doucement la main sur son visage, Lydia sentit la première larme couler. Sa peau était nette, à l'exception de la zone près de son menton où elle souffrait de marques d'acné. Aucune des nombreuses crèmes ou masques hors de prix ne s'en était débarrassé. Dieu merci, le maquillage était fait pour ça.

S'essuyant les yeux, Lydia fit de son mieux pour effacer le nuage noir qui essayait de toutes ses forces de s'abattre sur elle. Non, elle ne le laisserait pas faire. Elle ne laisserait pas la vue d'un surpoids, d'imperfections ou de quoi que ce soit d'imparfait sur son corps la déprimer. Si elle se laissait aller, Lydia craignait de ne jamais s'en sortir.

Étalant du gel douche sur son corps, Lydia sentit enfin son humeur s'adoucir. La vapeur remplissait chaque centimètre de la salle de bain, embuant le miroir. *Au moins, je n'ai pas à subir mon reflet à nouveau.*

Propre et sèche, Lydia retourna péniblement dans le salon. Monty n'avait pas bougé d'un iota. Son petit corps était enroulé en une boule presque parfaite. « Bouge, laisse-moi une petite place. » Monty se déplaça légèrement, permettant à Lydia de se blottir contre lui. La télévision s'anima et Lydia se laissa aller, l'esprit rempli de personnages fictifs et d'intrigues amusantes.

Dans le passé, Lydia aurait été bouleversée par une rupture, passant des heures à analyser ce qu'elle aurait pu faire différemment. Mais maintenant, elle s'épargnait cela.

Il était temps de voir la forêt derrière l'arbre. Lydia ne trouverait pas l'amour et c'est tout. Les yeux baissés, elle finit par s'endormir.

Il n'était pas rare que le duo dorme sur le canapé. Elle ne comptait plus le nombre de fois où elle s'était réveillée avec le dos raide et un torticolis à cause de son canapé. Cette fois, cependant, c'était les bisous détrempés de Monty qui la tiraient de son sommeil. Il faisait encore nuit, mais la minuterie du micro-ondes indiquait à Lydia qu'il était presque sept heures. Satané hiver. « Bonjour », marmonna-t-elle à son chien, qui était impatient de mener à bien ses affaires matinales.

Roulant sur le canapé d'une manière peu gracieuse, Lydia commença sa routine. Elle aimait la routine ; cela lui apportait de la stabilité. Et la seule chose dont Lydia avait besoin, c'était de stabilité. Idéalement, elle souhaitait de la stabilité dans ses hormones, mais c'était un vœu pieu pour le moment.

Vérifiant à nouveau l'heure, elle se maudit d'avoir mis autant de temps à se préparer. Elle avala alors un morceau de pain grillé au blé complet, ébouriffa la tête de Monty et se dirigea vers la porte.

Travailler le samedi n'était pas si mal. Cela lui permettait de ne pas passer la journée toute seule. Oui,

Fe viendrait si elle l'appelait, mais cela conduirait à des conversations sérieuses que Lydia voulait éviter.

« Bonjour, rayon de soleil », cria Cathy plus loin dans la rue. Ralentissant le pas, Lydia attendit que la femme la rattrape. « Toi aussi, tu es de service ? »

— Oui, de neuf heures à quatre heures. Et toi ?

— Pareil, ma chérie. Oh, je suis contente qu'on soit ensemble aujourd'hui. J'ai travaillé avec Harrison hier. Mon Dieu, ce gamin est plus bête qu'un manche à balai.

— C'est un drôle de personnage.

— Non, il n'est pas drôle du tout. C'est bien ça le problème.

— Il est juste timide, Cathy. Le pauvre garçon doit travailler avec nous. J'étais timide quand j'ai commencé aussi, si tu te souviens.

— Et comment, dit Cathy en riant. Tu étais si calme. Maintenant, regarde-toi ! »

Pour la plupart des gens, Lydia était une femme rigolote et extravertie. Dans l'ensemble, c'était tout à fait vrai. Ce que ses collègues ne voyaient pas, c'était les larmes, la frustration et la douleur. Lydia gardait cela pour elle. Fe, leur mère et Halle, la meilleure amie de Fe, étaient les seules à connaître toute l'étendue de la misère de Lydia.

« Nous allons l'amadouer pour le faire sortir de sa coquille. Laisse-lui encore une chance, Cathy. »

Elles venaient juste de tourner au coin de la rue quand Cathy repéra le bus qui ralentissait à leur arrêt. « Zut, viens. Il faut qu'on se dépêche pour l'avoir. »

Posant une main sur sa poitrine, Lydia commença à courir. Son soutien-gorge n'était *vraiment* pas fait pour courir. Ses seins se balanceraient dans tous les sens si elle ne les maintenait pas avec son bras.

« On l'a eu », souffla Cathy, le visage rouge. L'air du matin était frais et un léger verglas recouvrait le sol. « Merci d'avoir attendu », dit-elle au chauffeur de bus qui jetait des coups d'œil furtifs – mais pas si subtils – à la poitrine de Lydia.

Cathy paya leurs deux billets et mena Lydia à l'arrière du bus, loin des yeux baladeurs du chauffeur. « Pouah, les mecs. »

Lydia éclata de rire. Cathy était connue pour être une mangeuse d'hommes. « Ouais, les hommes, gloussa-t-elle.

— Tu sais ce qu'on dit : je ne peux pas vivre avec eux, mais je ne peux pas vivre sans eux.

— Il n'y a pas de mec à l'horizon, alors ?

— Je n'ai pas dit ça. » Cathy lui fit un clin d'œil, balançant ses cheveux dorés de façon dramatique par-dessus son épaule. À un moment donné, Lydia avait eu un léger béguin pour Cathy. Elle était extrêmement belle et même si elle avait dix ans de plus que Lydia, elle était captivante. Le crush était parti aussi vite qu'il avait commencé.

« Au fait, comment s'est passé ton rendez-vous avec Tim ? »

Génial.

« Il m'a larguée. » Inutile de mentir, pensa Lydia.

« Quel couillon. Je te jure, les hommes sont tous pareils. Ils veulent un corps magnifique et c'est tout. Dès que les choses deviennent sérieuses, ils s'enfuient. »

Lydia n'allait pas être en désaccord. La plupart de ses ex-partenaires avaient eu l'honnêteté d'admettre que le corps de Lydia était la première chose qu'ils avaient vue. Mais au final, ses courbes n'avaient pas suffi.

« Je n'en peux plus. Il est temps de me concentrer sur moi. » Et c'était vrai. Lydia devait maintenant se concentrer sur elle-même. Elle avait un autre rendez-vous chez le médecin lundi, et elle était déterminée à ce qu'il l'écoute.

« Tant mieux pour toi, chérie. Tu veux qu'on déjeune ensemble ? Je suis dans la zone bleue aujourd'hui.

— Zone verte pour moi, répondit Lydia.

— Tu veux échanger ? Je sais que tu aimes les dinosaures. » En souriant, Lydia pressa l'épaule de Cathy. « Oui, merci. » Lydia travaillait pour le Musée d'histoire naturelle de Londres depuis six ans. En tant qu'agent d'accueil, Lydia passait ses journées à discuter avec le public, à le diriger vers certaines parties du musée et à répondre à ses questions. Le salaire n'était pas énorme, mais c'était suffisant, surtout avec l'argent que lui avait légué son grand-père. Techniquement, elle n'avait pas besoin de travailler, mais elle n'avait jamais envisagé une vie oisive. Lydia avait besoin d'une activité régulière, avec des horaires stables et des gens avec qui socialiser.

Fe, quant à elle, profitait pleinement de son important héritage et était devenue mère au foyer de trois enfants. Des triplés du premier coup. Le mari de Fe était informaticien, un nerd qui avait fait de sa passion un métier et gagnait très bien sa vie. Leur maison était immense et leur voiture était tape-à-l'œil. Fe était déconcertée par le fait que sa sœur vivait toujours dans un petit appartement délabré, mais comme Lydia le lui disait, c'était son foyer. Et c'était le cas depuis près de 15 ans.

Ce que Lydia ne disait pas à Fe, c'est qu'elle avait à cœur d'acheter une maison avec quelqu'un avec qui elle pourrait s'engager pour de bon. Créer une famille et

s'installer. Un éclair de douleur saisit les poumons de Lydia, la faisant soupirer légèrement.

« Ça va, ma chérie ? » Cathy posa doucement une main sur la cuisse de Lydia, la ramenant à leur conversation.

— Oui, ça va. Désolée, j'étais ailleurs. Mais oui, j'adorerais déjeuner avec toi. Harrison est dans la zone rouge aujourd'hui. Nous devrions l'inviter aussi.

— Mais je t'ai dit qu'il était barbant !

— Oui, et nous avons aussi dit que nous allions l'amadouer pour le faire sortir de sa coquille.

— D'accord, mais si je m'endors quand il parle, c'est de ta faute. »

Les deux femmes discutèrent pendant le reste du trajet. Cathy parla à Lydia de son dernier « petit cul » – ses mots, pas ceux de Lydia. Lydia dit à Cathy qu'elle devait arrêter de regarder autant de séries américaines. Cathy venait du Pays de Galles, où on n'appelait pas les gens des « petits culs ». Cathy invita Lydia pour une soirée entre filles le week-end suivant, ce que Lydia accepta avec plaisir. À vrai dire, Cathy voulait juste voir Monty, mais ce n'était pas grave.

Peu de temps après, le bus s'arrêta. Lydia et Cathy commencèrent la marche de cinq minutes menant au musée. Le soleil pointait le bout de son nez derrière des nuages menaçants. Lydia pria pour que les cieux restent cléments jusqu'à ce qu'elles soient en sécurité à l'intérieur.

« Une tasse de thé ? » cria Cathy depuis la salle de repos. Lydia fourra son manteau et son sac dans son casier, et plaça son téléphone dans sa poche. En mode silencieux, bien sûr. Elle ne voulait pas une autre remontée de bretelles de la part de Norris, le patron le plus désagréable du monde. Lydia aimait tout et tout le monde au musée, à part lui. Il était constamment sur son dos. Et pas seulement le sien d'ailleurs, celui de tout le monde. Personne ne faisait son travail assez bien pour Norris. Il était tout simplement impossible à satisfaire. Malheureux dans sa vie, il faisait tout pour entraîner tout le monde dans sa misère.

« Juste une petite tasse. Nous n'avons pas beaucoup de temps.

— Un biscuit ? »

Lydia baissa les yeux vers son ventre. Elle faisait attention à ce qu'elle mangeait depuis des mois, avait supprimé le sucre et les aliments transformés, et son poids fluctuait toujours. Elle pouvait tout aussi bien profiter d'un satané biscuit. « Bien sûr, un biscuit au chocolat ?

— Evidemment », dit Cathy.

La porte de la salle de pause s'ouvrit en grinçant. Harrison entra en traînant les pieds. Son regard se détourna vers le sol. « Bonjour. » Ses marmonnements étaient un sérieux handicap. Surtout quand il devait communiquer clairement avec la foule chaque jour au travail.

« Harrison, bonjour. Prêt pour une journée pleine de fun ? Lydia dit vivement, espérant que son ton optimiste déteindrait sur lui.

— Bien sûr, j'aime bien la zone rouge. Il y a plein de trucs sympas.

— En effet, c'est vrai, répondit Lydia avec enthousiasme. Alors, comment trouves-tu tout ça ? Tu aimes ce travail pour l'instant ?

— Ouais.

— Et le contact avec les gens ?

— Ouais. » Bon sang, parler avec lui était une épreuve. Lydia n'était toutefois pas d'accord avec le jugement que Cathy portait sur le jeune homme. Il n'était pas ennuyeux, mais terriblement timide. Peut-être même souffrait-il d'une forme d'anxiété sociale. Lydia avait remarqué la façon dont il tapotait sa chemise pendant qu'ils discutaient.

« Eh bien, nous sommes contentes de t'avoir avec nous. Tu veux déjeuner avec Cathy et moi aujourd'hui ? » Les yeux d'Harrison se posèrent sur Cathy, et Lydia dut réprimer un sourire. Ses yeux se dirigèrent vers le derrière très galbé de Cathy. Pas étonnant que le garçon soit mal à l'aise. Il avait le béguin.

« Euh... Vraiment ?

— Oui, nous voulons apprendre à mieux te connaître, Harrison. N'est-ce pas, Cathy ? »

Cathy se tourna, avec un sourire très faux plaqué sur son visage. « Absolument !

— Euh... D'accord alors. Rendez-vous à midi et demi. J'ai des sandwichs.

— Génial. » Lydia attendit le départ d'Harrison avant de laisser échapper un petit rire. « Il a le béguin.

— Vraiment, pour qui ? Et comment tu sais ça ?

— Je l'ai découvert au moment où il a reluqué ton derrière. »

Cathy sourit.

« Eh bien, je peux difficilement lui en vouloir.

—Tu es incorrigible. »

La matinée passa dans un flot d'enfants hurlants, de touristes perdus et de Norris qui se cachait à chaque coin de salle. Quand Lydia s'est assise pour manger sa salade de poulet grillé, elle était épuisée. « Est-ce que c'est moi ou est-ce que c'est la folie aujourd'hui ?

— C'est dingue, répondit Cathy en se glissant dans le fauteuil en face de Lydia.

— Salut, murmura Harrison quelques secondes plus tard.

— Assieds-toi, mon chéri, roucoula Cathy, faisant lever les yeux de Lydia au ciel.

— Hum, il y a deux femmes dehors avec trois enfants qui te cherchent, Lydia. »

Les seules femmes qui venaient au musée avec des enfants étaient Fe et Halle. « Je reviens tout de suite. » Avalant son sandwich aussi vite qu'elle le pouvait, Lydia se dirigea vers le hall d'entrée.

« Tante Lydia, regarde, j'ai une trousse dinosaure ! Jack cria en sautillant.

— Moi j'ai une nouvelle gomme, lâcha Joey tout aussi fort.

— Maman m'a acheté une épée, carillonna Jenny, les yeux pétillants d'excitation.

— Et moi, j'ai mal à la tête, rétorqua Fe, faisant rire Halle et Lydia.

— Faites-moi un bisou. » Tombant à genoux, Lydia prit ses trois neveux dans ses bras.

Après un temps suffisant pour inhaler leur douce odeur, Lydia les libéra. Tous les trois partirent dans des directions différentes. « Ils vont se débrouiller », dit Fe, n'ayant pas l'air le moins du monde inquiète que ses enfants se perdent. « Nous voulions t'inviter au club de lecture ce soir. C'est un super livre.

— Salut, Halle. » Lydia se pencha et donna à Halle un baiser sur chaque joue. « Et non merci. Tu sais que je n'aime pas ton club de lecture.

— D'accord, que dis-tu d'un verre, alors ?

— Où ?

— Au Passion, intervint Halle. Il y a une soirée réservée aux filles. »

Lydia fronça les sourcils. Elle voyait ce qui se tramait. Fe se mêlait de ses affaires et utilisait sa meilleure amie pour l'aider.

« Non, merci.

— Pourquoi pas ? » Fe essaya de lui lancer un regard de maman intimidant. Ça ne marchait pas sur Lydia.

« Parce que tu essaies de me brancher. Je t'ai dit hier soir que je ne voulais pas.

— Je te promets que non. Lyds, c'est la règle, il faut sortir boire un verre après une rupture.

— Allez Lydia, je vais avoir besoin d'un coup de main pour la maitriser », supplia Halle.

Regardant Halle puis Fe, Lydia céda. Comment pouvait-elle résister à ces deux-là, avec leurs yeux de chiens battus ?

« Bon, d'accord, mais j'amène Cathy.

— Parfait, » sourit Fe d'un air triomphant.

Lydia savait qu'elle ne devait pas se faire d'illusion. Fe ne résisterait pas à l'envie de se mêler de ses affaires, elle n'était pas si naïve. Mais elle avait quand même accepté, parce qu'une petite partie d'elle avait encore l'espoir d'avoir le courage de sortir avec quelqu'un. Qui sait, peut-être que cela ne se terminerait pas par un chagrin d'amour. *Autant rêver !*

2

Lydia était si nerveuse qu'elle avait mal à l'estomac. C'était ridicule ; c'était seulement une soirée dans un bar, pour l'amour de Dieu. Elle prendrait quelques verres, peut-être un petit flirt, mais c'était tout. Lydia ne laisserait pas Fe et Halle l'intimider pour qu'elle accepte un rendez-vous. Elle regrettait que Cathy n'ait pas pu venir. Elle aurait fait écran.

La petite voix au fond de sa tête l'incitait à essayer une fois de plus. C'était triste, vraiment. Pourquoi ne pouvait-elle pas être heureuse seule ? *Parce que tu as besoin d'amour.* Était-ce vraiment trop demander ? Une personne qui aimerait Lydia exactement comme elle avait été faite, pièces cassées comprises ?

Le hurlement de la sonnette la tira de ses pensées obscures. Après avoir ajusté sa robe, Lydia attrapa son sac à main, embrassa Monty et ouvrit la porte. À sa grande surprise, ce n'était pas Fe, mais Halle. « Ah, j'attendais Fe.

— Oui, elle va nous rejoindre là-bas. Jack et Jenny se sont disputés pour savoir quel dinosaure était le plus fort. Apparemment, ça a un peu chauffé.

— Oh, mon Dieu, gloussa Lydia. Qui a gagné ?

— À ton avis ? Halle sourit.

— Jenny lui a botté le cul, n'est-ce pas ?

— Oh oui ! »

Lydia sortit en riant, fermant la porte derrière elle. Halle sentait bon. Était-ce un nouveau parfum ? Il était rare qu'Halle et Lydia passent du temps seules ensemble. Halle était la meilleure amie de Fe depuis l'enfance, et à plusieurs reprises, Fe avait clairement fait comprendre à sa petite sœur ennuyeuse qu'elle ne devait pas être trop à l'aise avec *son* amie. Personne ne voulait d'une cinquième roue de carrosse. Pour Lydia, alors âgée de 13 ans, ces mots avaient été profondément blessants.

En devenant adultes, Lydia et Fe s'étaient beaucoup rapprochées, mais Lydia avait gardé ses distances avec Halle. L'avertissement sévère de Fe il y a toutes ces années était encore bien présent dans son esprit.

« Le taxi devrait être là d'une minute à l'autre », indiqua Halle. Lydia sourit, prenant une seconde pour jeter un coup d'œil à Halle. Du haut de son mètre soixante-quinze, Halle dominait Lydia, tout comme Fe. Mais tandis que Lydia concentrait tous les défauts de sa famille, Fe avait quant à elle la bonne taille, la carrure mince, les cheveux dorés et la peau laiteuse sans imperfections.

Halle avait hérité de la taille et de la beauté de sa mère. Lydia avait rencontré Mme Cartwright une fois il y a quelques années. Halle et sa mère se ressemblaient étrangement dans presque tous les aspects de leur vie. Elles étaient toutes les deux kinésithérapeutes. Toutes deux avaient les cheveux courts, noirs et la peau cuivrée. Halle avait le corps bien dessiné grâce à la natation qu'elle pratiquait régulièrement, mais malgré tout, Mme Cartwright n'était pas trop loin derrière. Le yoga portait ses fruits. Lydia avait-elle passé un peu trop de temps à penser à Halle et à Mme Cartwright ? Oui, et il fallait mieux ne pas trop y penser. Halle était sexy, et sa mère aussi.

« Tu es superbe » Ce n'était pas un mensonge. Halle avait fière allure dans un jean noir moulant et un débardeur rouge.

« Merci, j'ai opté pour le total look lesbienne. Est-ce que j'ai bon ?

— C'est parfait. Oh, le taxi est là. On y va ?

— Après toi. »

Elles étaient restées assises dans un silence confortable pendant tout le voyage. Lydia éprouvait un pincement de jalousie en pensant à l'amitié de Fe et Halle. Lydia avait Fe, mais ce n'était pas la même chose que d'avoir une vraie meilleure amie. C'était dommage que Fe ait été si bizarre à l'idée de partager Halle. Lydia avait le sentiment qu'elles s'entendraient plutôt bien.

« Vingt-cinq livres, s'il vous plaît, mesdames.

La vache, autant ?

— C'est pour moi, murmura Halle en tendant déjà son billet au chauffeur. Allons boire un verre. »

La main d'Halle qui s'agrippa autour de celle de Lydia pour l'entraîner avec elle fut une surprise, mais elle la laissa faire. Halle ne lâcha pas prise jusqu'à ce qu'elles soient toutes les deux au bar. « Whoua, il y a beaucoup de filles ici ce soir !

— Et beaucoup de lesbienne prêtes à draguer, aussi. » Halle haussa les sourcils d'un air espiègle. C'était une autre chose qu'elles avaient en commun. Halle s'identifiait comme lesbienne, et Lydia comme pan.

« Tu es en chasse ? plaisanta Lydia.

—Non, pas ce soir. Je veux juste prendre un verre et profiter de la compagnie de deux belles femmes. L'une d'entre elles est déjà là. Je me demande si l'autre va venir ? » Rougissant légèrement, Lydia balaya d'un revers de main le compliment d'Halle. Avait-elle toujours été si charmeuse ?

« Elle va venir. Fe ne manque jamais l'occasion de faire la fête.

— Je ne lui en voudrais pas avec les triples terreurs qu'elle doit gérer.

— Triple terreur. C'est génial comme nom. Et c'est tellement vrai !

— J'ai vu Joey enfoncer la tête de Jack dans un seau de sable la semaine dernière. Jenny se tenait à côté, et riait de façon démoniaque. Et ils n'ont que cinq ans. Q''est-ce que ce sera à l'adolescence ? Mon dieu, j'en frissonne rien que d'y penser.

— Oh merde, je pense que c'est de ma faute. J'ai raconté à Joey la fois où Fe m'a enterré vivante en vacances.

— Ah, ne le dis pas à Fe.

— Ne me dis pas quoi ? Dit Fe derrière elles.

— Tu es là, enfin. » Lydia était experte dans l'art de rediriger une conversation. « J'ai entendu dire que c'était le chaos à la maison.

— Il y a eu des larmes, des cris de colère, encore des larmes, puis un verre de vin pour moi. Mais tout est réglé et je suis prête à prendre un autre verre. Qu'est-ce qu'on mange ? »

Après un court débat, Fe commanda une bouteille de champagne et un plateau de shots. Le trio buvait sans modération et dansait avec abandon. Lydia dû admettre qu'elle était contente que Fe et Halle l'aient forcée à sortir.

« Hé sœurette, tu as une admiratrice, » balbutia Fe. Lydia suivit le regard de Fe jusqu'à une table au bord de la piste de danse. Une très jolie blonde la regardait, ne cachant pas qu'elle matait les seins de Lydia.

« Non merci, répondit Lydia en continuant à danser.

— Oh, allons. Ça pourrait être la bonne, insista Fe.

— Fe, laisse-la tranquille, intervint Halle. Lyds t'a dit qu'elle ne voulait pas sortir avec quelqu'un. » Fe jeta un coup d'œil à Halle avant de reporter son attention sur Lydia.

« Ma petite sœur adorée, tu ne peux pas te contenter de rejeter les gens. Cette femme pourrait te surprendre.

— Tu la connais ? » C'était clair comme de l'eau de roche maintenant. C'*était* un coup monté. « Fe, l'as-tu invitée ici ce soir pour me rencontrer ? »

La colère de Lydia montait rapidement.

« Tu n'as qu'à lui parler. »

Au bord de l'explosion, Lydia quitta la piste de danse en direction de la jeune femme.

« Bonjour, je m'appelle Lydia, mais tu le sais déjà, n'est-ce pas ? » Ne laissant pas à la blonde l'occasion de répondre, Lydia continua. « D'accord, voyons si tu es toujours intéressée après ça. Si tu sors avec moi, tu devras passer des semaines, parfois des mois, sans sexe. Faire face aux sautes d'humeur et à un état dépressif au moins deux semaines par mois. Il y aura des moments où je n'aurai pas envie de quitter mon appartement, même pas pour te rendre visite. Qu'est-ce que tu en dit ? Tu veux toujours un rendez-vous ?

— Euh... » Lydia fronça les sourcils en direction de la blonde stupéfaite. « Je...

— Je me disais bien que cela ne t'intéresserait pas. Désolée que tu sois venue jusqu'ici pour rien. Je t'offre quand même un verre. »

Sur ce, Lydia glissa un billet de dix livres sur la table et s'en alla. Marchant dans la direction opposée à celle de sa sœur, Lydia se dirigea vers la terrasse extérieure. Si Fe essayait de lui parler, elle monterait dans les tours et ce ne serait pas joli.

« Hé, qu'est-ce qui s'est passé ? »

Lydia se retourna pour faire face à Halle, qui avait une main sur l'épaule de Lydia.

« Tu savais qu'elle amenait quelqu'un ?

— Non, je te le jure. Tu sais comment elle est. Je lui aurais dit de ne pas le faire, si j'avais su.

— Pourquoi est-ce qu'elle refuse de comprendre le mot non ? S'il y a bien une personne qui sait ce que j'endure, c'est elle. Pourquoi ne veut-elle pas comprendre ? Je n'ai plus la bande passante émotionnelle suffisante pour faire de nouvelles rencontres. J'ai assez souffert dans ma vie. Je lui ai dit non, Halle !

— Je sais, je sais. »

Lydia sentit les bras d'Halle entourer ses épaules.

« Elle n'a pas l'intention de te contrarier, Lyds. Fe veut juste que tu sois heureuse.

— Je n'ai pas besoin d'être en couple pour être heureuse. J'ai besoin que mon médecin m'écoute. J'ai besoin d'avoir une vie sans douleur. Bien sûr, je veux être aimée, qui ne le veut pas, mais cela n'arrivera pas tant que mes problèmes de santé ne seront pas réglés.

— C'est bon, Lyds. Je vais lui parler. Assieds-toi ici. Je vais nous prendre un verre et dire à ta sœur l'entremetteuse de rester à l'écart de tes affaires pendant un petit moment. »

L'air froid faisait du bien à la peau échauffée de Lydia. Un soupçon de culpabilité s'insinua dans sa poitrine. Elle n'aurait pas dû parler à cette jeune femme comme ça. Ce n'était pas de sa faute si Fe était allée à l'encontre des souhaits de Lydia. Merde, devait-elle retourner à l'intérieur et s'excuser ? Cela rendrait sûrement tout encore plus gênant. Non, ce qui était fait était fait. Avec un peu de chance, Halle pourrait faire entendre raison à sa soeur.

« Tiens, bois ça. » La voix d'Halle fit sursauter Lydia. « Désolée, je ne voulais pas te faire peur.

— Je rêvais. Tu as pu parler à Fe ?

— Oui, ça s'est bien passé, comme je m'y attendais. Et j'ai mis son cul d'ivrogne dans un taxi. »

Lydia poussa un soupir. « Merci, et désolée d'avoir gâché ta soirée. »

Halle s'assit à côté de Lydia, les jambes à califourchon sur le banc. « Tu n'as rien gâché. Fe était complètement saoule. C'est à elle de s'excuser.

— Tu n'es pas obligée de rester avec moi, Halle.

— J'en ai envie. Allez, prends un verre.

Passant une main dans ses cheveux, Lydia prit une profonde inspiration. « Merci. »

En silence, Lydia but le champagne. La fatigue s'installait. Halle la regardait. « Tu as un rendez-vous chez le médecin lundi, c'est ça ? »

Hochant la tête, Lydia se massa les tempes. « Oui, pour ce que ça me sert...

— Il n'écoute toujours pas ?

— Pas du tout. »

Lydia avait supplié le Dr Watson pendant plus de trois ans de la prendre au sérieux. À chaque fois, il minimisait les symptômes de Lydia et lui proposait une autre pilule contraceptive, en insistant pour que Lydia s'y tienne pendant au moins six mois. Il devait sûrement être à court de pilules à essayer maintenant. Aucune d'entre elles n'avait fonctionné. Elles ne faisaient qu'allonger la durée de ses règles, ce qui était la dernière chose dont Lydia avait besoin.

« J'ai une proposition. Et si je venais avec toi lundi ? Peut-être que si tu as quelqu'un avec toi, il sera plus prompt à t'écouter. Je te dirais bien de prendre Fe avec toi, mais je pense que vous deux avez besoin d'un peu d'espace. »

Lydia s'assit, étudiant Halle. Personne ne lui avait jamais proposé de l'accompagner à un rendez-vous. « Tu viendrais avec moi à un rendez-vous chez le médecin ?

— Bien sûr. J'aurais dû te le proposer plus tôt. Je sais que tu as des problèmes depuis longtemps. Je ne voulais pas m'immiscer, mais... eh bien, je pense que ce brave docteur se moque vraiment du monde. Personne ne devrait souffrir comme ça.

— Je ne sais pas quoi dire.

— Dis simplement oui.

— D'accord, merci.

— Je ne comprends pas pourquoi ce médecin est si... nul. Je pourrais à la rigueur comprendre si tu avais choisi le premier venu.

— Je regrette de ne pas simplement être allée à l'hôpital. Je crois que j'aurais déjà eu des réponses.

— Tu as cherché autre médecin ?

— Non, même les médecins des cliniques privées n'acceptent pas de nouveaux patients.

— Tu en veux un autre ? » Halle pointa du doigt le verre vide de Lydia. Aussi tentant que cela puisse être, Lydia savait que trop d'alcool exacerberait la douleur. Il ne lui restait que trois jours avant que le pire de ses symptômes ne passe à la vitesse supérieure.

« Non, je pense que je vais m'arrêter là.

— Pas de soucis. Rentrons à la maison.

— Tu peux rester, Halle. Il y a beaucoup de filles qui te faisaient de l'œil.

— Non, pas ce soir. Allons-y. »

Un bruit sourd raisonna dans la tête de Lydia. Elle aurait dû boire plus d'eau à son retour hier soir, mais la fatigue l'avait emporté et elle s'était effondrée dans son lit après seulement un demi-verre d'H2O.

Monty était à moitié couché sous les couvertures, ses pattes arrière étendues sur l'oreiller à côté de Lydia. Il avait toujours dormi comme ça dans son lit. Quand il était chiot, Lydia craignait qu'il ne suffoque ou qu'il ait trop chaud, mais peu importe le nombre de fois qu'elle le déplaçait, Monty rampait toujours sous la couette, laissant son arrière-train à l'extérieur.

Grattant rapidement le dos de Monty, Lydia se retourna, attrapant son téléphone. Comme on pouvait s'y attendre, Fe lui avait envoyé un message. Des excuses que Lydia n'était pas tout à fait prête à accepter. Laissant tomber le téléphone sur sa table de chevet, l'esprit de Lydia revint à l'offre d'Halle de l'accompagner chez le médecin demain. Une boule se forma dans sa gorge, menaçant de l'étouffer. Pourquoi une proposition aussi dérisoire l'émouvait-elle tant ?

Lydia n'eut pas le temps de réfléchir. Le coup à sa porte d'entrée mit un terme à ses pensées. Levant les yeux au ciel, Lydia vérifia son téléphone. Fe n'avait pas envoyé de nouveau message, mais étant donné qu'elle avait laissé sans réponse le message que Lydia lui avait envoyé trois heures plus tôt, il ne fallait pas être grand clair pour savoir qui elle trouverait de l'autre côté de la porte.

Attrapant sa robe de chambre, Lydia s'approcha de la porte, la déverrouilla et se retourna pour aller à la cuisine. Fe entra, l'air fatigué. « Une tasse de thé ? demanda Lydia par-dessus son épaule.

— S'il te plaît.

— Des tartines beurrées ?

— Oui merci. »

Lydia s'occupait du petit-déjeuner, ayant besoin de quelques minutes pour rassembler ses pensées.

« Je suis désolée, Lyds.

— Hmmm.

— Ne m'engueule pas. Je suis désolée. Putain, Halle m'a fait la leçon dès ce matin. Je ne m'étais pas rendu compte que ça t'avait bouleversé à ce point. »

Posant le thé fraîchement infusé sur la table, Lydia s'assit. « C'est parce que tu n'écoutes pas. Je suis sérieuse quand je dis que j'en ai fini avec les rencontres. J'ai besoin de me concentrer sur moi-même ; je n'ai pas envie de me faire larguer encore une fois. Cela me fait mal chaque fois que je vois la déception sur le visage de mon partenaire lorsqu'il voit ses avances rejetées encore et encore parce que j'ai mal, ou que je suis ballonnée, ou que je saigne. Je suis déjà en train de mener une bataille difficile avec mon imbécile de médecin, juste pour être prise au sérieux. Je n'ai vraiment pas besoin d'une bataille supplémentaire, contre toi. »

Fe attrapa la main de Lydia. « Je suis désolée, ma chérie, je n'ai pas réfléchi. Je déteste que tu doives traverser ça toute seule.

– Je ne suis pas seule, non ? Je vous ai, toi et maman. Même Halle, qui m'a proposé de venir chez le médecin avec moi demain. »

Fe s'agita sur sa chaise. « C'est gentil de sa part. » Un silence lourd s'installa. Fe avait l'air mal à l'aise. « J'aurais dû te proposer de t'accompagner, n'est-ce pas ? Tu te bas avec ta douleur depuis si longtemps, ainsi qu'avec ton médecin, et je n'ai même pas proposé de t'accompagner pour te soutenir. »

Lydia fut décontenancée par l'émotion soudaine de Fe. Généralement, elles explosaient lorsque les choses devenaient sérieuses. « Ce n'est pas grave, j'aurais pu demander.

— Non, Halle a raison. Je dois te soutenir davantage. » *Halle avait dit cela ?*

« Fe, tu as trois démons à gérer. Tu es occupée et à juste titre. Je suis une grande fille. Je te promets qu'à l'avenir, je te demanderai de m'accompagner si j'ai besoin d'aide.

— Je peux venir avec toi demain, si tu veux.

— Arrête de t'inquiéter. Halle sera avec moi demain, même si je ne suis pas convaincue que cela m'aidera.

— Il est vraiment si pénible que ça, ce docteur ?

— C'est un pro du mansplaining. Mais au-delà de ça, je ne comprends surtout pas pourquoi il ne m'oriente pas vers d'autres tests. Les pilules contraceptives ne suffisent manifestement pas, mais il ne veut tout simplement pas écouter.

— Tu veux que je lui botte le cul ? Je le ferai, tu sais. »

Lydia éclata de rire, Fe lui emboîta le pas. « Calme-toi. Je pense que je n'en suis pas encore là.

— Pourquoi ne viens-tu pas dîner ce soir ? On peut en parler, ou pas. Clark emmène les enfants diner chez sa mère.

— Avec plaisir. Mais à quelle heure part-il ? Je veux les voir avant qu'ils ne partent.

— Habituellement, autour de quatre heures et demie. Tu sais quoi, habille-toi, et nous irons prendre un café chez maman. Ensuite, nous pourrons aller directement à la maison pour que tu amuses les petits.

— Ah, je vois, gloussa Lydia. Tu t'es excusée seulement pour t'assurer que j'étais toujours prête à m'occuper de tes monstres, n'est-ce pas ?

— Non, bien sûr que non, se moqua Fe. Bien que tu sois la meilleure tante du monde, et qu'ils seraient dévastés si on se fâchait.

— Whoua, tu as bien pris le pli de maman. La manipulation émotionnelle, c'est son truc normalement.

— Pas d'insulte ! Je ne suis pas comme maman.

— Si, tu l'es. Mais tu as raison, allons-y. Laisse-moi prendre une douche. Tu peux t'occuper de Monty en attendant ? Il lui faut son manteau d'hiver et son sac de jeux.

— Bon sang, Lyds, tu gâtes beaucoup trop ce cabot. » Monty aboya de mécontentement.

« Ne dit pas que c'est un cabot. Et je le gâterai autant que je veux. Regarde ces beaux yeux. » Lydia roucoula, attrapant la tête de Monty et écrasant ses lèvres contre son museau.

« Bonté divine, marmonna Fe. Vas-y, je vais m'occuper du roi Monty. »

Lydia entra dans sa chambre pour prendre des vêtements à enfiler après sa douche, puis s'arrêta. Halle avait engueulé Fe. Un petit frisson traversa Lydia. Laissant tomber les vêtements qu'elle tenait dans ses bras, Lydia prit son téléphone et naviga jusqu'au dernier fil de discussion entre elle et Halle. Cela faisait presque trois mois qu'elles n'avaient pas échangé de message sans Fe.

Retenant sa respiration, Lydia rédigea un message remerciant Halle pour son soutien d'hier soir et pour avoir parlé à Fe. Pourquoi se sentait-elle si bizarre à l'idée de lui envoyer des messages ? Ce n'est pas comme si elles étaient des étrangères. Elles se connaissaient depuis des années. Près de 20 ans, selon les calculs de Lydia.

Le ping de son téléphone provoqua un petit mouvement de surprise sur les lèvres de Lydia. Fixant son regard vers la porte de la chambre, elle guetta Fe. C'était stupide vraiment ; elle ne faisait rien de mal.

Cette drôle de sensation était de retour. Lydia relut le message, un sourire se dessinant sur son visage. Est-ce que sa vie serait différente avec quelqu'un à ses côtés. Quel dommage qu'Halle soit hors de portée. *Attends une minute. D'où est-ce que ça sort ?*

Jetant le téléphone sur son lit comme si l'appareil en plastique l'avait agressé, Lydia secoua la tête, se débarrassant de ces pensées ridicules. Elle n'était en aucun cas autorisée à penser à Halle comme autre chose que la meilleure amie de Fe. En aucun cas.

<u>3</u>

L YDIA REMUAIT NERVEUSEMENT SA jambe en attendant qu'Halle vienne la chercher. C'était vraiment stupide qu'un rendez-vous chez le médecin l'angoisse à ce point. Mais elle bataillait avec le Dr Watson depuis si longtemps que son anxiété montait en flèche dès qu'un rendez-vous se profilait.

Elle devait encore patienter un peu. Halle lui avait envoyé un nouveau message hier soir pour lui demander si elle voulait qu'elle vienne la chercher un peu plus tôt pour qu'elles puissent prendre un café. C'était une première pour elles. Les sorties au café impliquaient toujours Fe. Lydia se demanda si la demande d'Halle de prendre un café sans sa sœur avait un sens caché. Puis elle se sentit stupide d'avoir envisagé une chose pareille. Halle ne faisait que la soutenir, comme le ferait une amie. Même si Lydia n'était pas habituée à ce qu'Halle soit *son* amie.

Trois coups de klaxon rapides signalèrent l'arrivée d'Halle. S'emmitouflant dans le manteau le plus chaud qu'elle possédait, Lydia embrassa Monty et se dirigea vers la porte. Lydia ricana en s'approchant d'Halle qui l'attendait. Compte tenu de la taille d'Halle, cela défiait les lois de la physique, selon Lydia, qu'elle puisse être à l'aise dans sa précieuse petite Mini vintage, qu'elle appelait Nora.

« Dépêche-toi, ça caille », cria Halle depuis sa fenêtre ouverte.

Accélérant le pas, Lydia fit le tour de la voiture et s'assit sur le siège passager. « Tu sais que si tu avais une voiture moderne, tu pourrais te réchauffer, grommela Lydia en se frottant les mains pour essayer de réchauffer ses doigts.

— Chut, n'écoute pas, Nora, je ne te laisserai jamais tomber pour un modèle plus jeune. » Halle adressa un sourire à Lydia. « Prête à mettre de la caféine dans ton système ?

— Oh, oui. Je meure d'envie d'un moka.

— En avant, alors », dit Halle en mettant le pied au plancher. Nora démarra plus vite que Lydia ne s'y attendait. Elle ne put s'empêcher de s'agripper aux côtés du siège alors qu'Halle manœuvrait dans la circulation. Terrifiant était un faible mot pour décrire cette expérience. Chaque voiture sur la route était deux fois plus grande que Nora et certainement équipée de bien meilleurs dispositifs de sécurité.

Lydia poussa un soupir de soulagement au moment où Halle enclencha le frein à main, puis fit de son mieux pour ne pas montrer à Halle à quel point elle était nerveuse. Pas seulement à cause de leur voyage défiant la mort jusqu'au Starbucks, mais aussi parce que le rendez-vous avec son médecin se rapprochait de plus en plus.

Le café était rempli d'employés de bureau qui commandaient des cafés horriblement compliqués. Quelques mères étaient rassemblées avec des poussettes pour se raconter leur week-end. Lydia remarqua une petite table à l'arrière du café. Sans plus attendre, elle s'y dirigea, laissant Halle dans la file d'attente.

« Désolée », mima-t-elle à Halle. Lydia lui donnerait l'argent pour le café plus tard. Déboutonnant son manteau, Lydia fit de son mieux pour se détendre. L'effervescence de la boutique était agréable et l'odeur des pâtisseries la faisait saliver. Lydia faillit se jeter sur Halle lorsqu'elle posa sur la table un plateau de cafés et de viennoiseries.

« Et voilà, je me suis dit qu'on méritait de se faire plaisir. » Halle attrapa un gâteau et avala une énorme bouchée. Comme d'habitude, Lydia baissa les yeux vers son ventre, puis vers les gâteaux. « Hé, tu n'es pas obligée d'en manger si tu ne veux pas. Désolée, j'aurais dû demander.

— Non, non. Je... J'essaye juste de faire attention à ce que je mange. C'est gentil de ta part, vraiment.

— Non, c'était irréfléchi. Mince, désolée, Lyds. Tu disais que tu voulais réduire ta consommation de sucre.

— C'est pour aider à soulager les ballonnements et les petits problèmes d'acné, marmonna Lydia, son visage se réchauffant.

— Je vais rapporter les gâteaux. »

Halle allait se lever, mais Lydia l'arrêta avant qu'elle ne fasse un pas.

« Non, ce n'est pas grave. Je prendrai une moitié, puis tu pourras prendre l'autre moitié avec toi si tu as un petit creux plus tard. »

Cela commençait sérieusement à fatiguer Lydia de toujours devoir faire attention à ce qu'elle mangeait. Tant que ses hormones n'étaient pas maitrisées, rien n'empêcherait les ballonnements ou les problèmes de peau.

Halle coupa soigneusement le croissant en deux, enveloppa une partie dans une serviette et déposa l'autre devant Lydia. Ne voulant pas rendre la situation plus embarrassante, Lydia grignota la viennoiserie. Halle continua à dévorer son gâteau. Oh, comme Lydia aurait aimé être aussi insouciante.

« Bon...commença Halle. Je pense que tu devrais demander une copie de ton dossier médical.

— Pourquoi ? Lydia s'essuya la bouche et but une gorgée de café.

— Je pense que tu devrais savoir ce que le Dr Watson a noté. Je... J'en ai parlé à maman. J'espère que cela ne te dérange pas ?

— Non, c'est très bien.

— Ouf, tant mieux. A vrai dire, elle a été choquée que tu batailles comme tu le fais depuis aussi longtemps.

— Je suppose que je peux demander mon dossier. »

Halle hocha la tête. « Est-ce que tu travailles cet après-midi ?

— Oui, j'ai pris un congé ce matin, mais je dois rentrer après le déjeuner.

— Nous pouvons déjeuner ensemble si tu veux. Et si tu te sens bien après le rendez-vous. Je pourrais te déposer au travail. »

Halle était-elle nerveuse ? Lydia ne l'avait jamais vue comme ça auparavant. « Bien sûr, ce serait chouette. On pourrait manger au musée ?

— Seulement si on mange au restaurant T.rex. »

Lydia leva les yeux au ciel. « Espèce de gamine. Bien sûr, si ça te fait plaisir.

— Génial. Bon, on y va ? »

Déglutissant, Lydia hocha la tête. Le trajet du Starbucks au Watson Medical Practice fut aussi effrayant que le trajet jusqu'au café. Lydia s'extirpa de la petite voiture avec une immense difficulté, alors qu'Halle se levait gracieusement, sa longue silhouette dominant la voiture.

Le cabinet médical du Dr Watson était à la pointe de la technologie. Lydia devait se connecter via un iPad à son arrivée à la réception. La réceptionniste, une rousse plantureuse, lui sourit gentiment. Une musique douce sortait des haut-parleurs.

« Bon sang, c'est un cabinet médical ou un spa, marmonna Halle.

— Oui, c'est un peu trop, admit Lydia en s'asseyant.

— Lydia Archer, appela la réceptionniste. Le Dr Watson va vous recevoir maintenant. »

Inspirant profondément, Lydia se prépara. La main d'Halle sur son épaule lui donna une dose de confiance.

Lydia se dirigea vers le cabinet du médecin. Elle n'avait pas besoin de vérifier si Halle la suivait. Elle sentait son soutien irradier alors qu'elles marchaient dans le couloir.

« Lydia, dit le Dr Watson, sans quitter des yeux l'écran d'ordinateur sur son bureau.

— Docteur Watson. Um... Je me suis permise d'amener une amie avec moi aujourd'hui. »

Cela attira l'attention du médecin. « Ah, d'accord. » S'éclaircissant la gorge, le Dr Watson lui accorda toute son attention.

Lydia vit Halle sortir un petit bloc-notes et un stylo de son sac. Halle regarda Lydia et lui fit un clin d'œil. Le Dr Watson mit plusieurs secondes à se ressaisir. La présence d'Halle l'avait manifestement troublé.

« Alors, qu'est-ce que je peux faire pour vous aujourd'hui ? »

Lydia dut se retenir de faire un commentaire acerbe. Il savait très bien pourquoi elle était là.

« Je suis venue vous demander de m'orienter vers un autre spécialiste. La pilule que vous m'avez prescrite ne fonctionne pas. Tout comme les autres avant celle-ci.

— Voyons, Lydia, commença le Dr Watson d'un ton condescendant, ce qui fit serrer les dents de Lydia. Nous en avons discuté. Je sais que vous avez un peu mal, mais nous pouvons gérer cela avec des analgésiques jusqu'à ce que nous trouvions le bon moyen de contraception pour vous.

— Ah oui quand même », murmura Halle assez fort pour être entendue. Le regard du Dr Watson se posa sur le bloc-notes sur lequel Halle écrivait frénétiquement.

« Je vous ai dit à quel point les choses vont mal, docteur. Je ne peux pas continuer comme ça. Ça me gâche la vie. » Lydia sentit la première larme couler. Le Dr Watson posa des yeux écarquillés de Lydia à Halle, qui secouait doucement la tête en continuant de prendre des notes.

« Allons, ne pleurez pas. » Le docteur pris maladroitement une boîte de mouchoirs et la poussa vers Lydia. « Essayons juste une pilule de plus. Je ne veux pas vous recommander inutilement vers un confrère.

— Inutilement ? fit Halle en écho, le regard fixé sur le docteur. Vous plaisantez ?

— J'aimerais une copie de mon dossier médical, s'il vous plaît, bégaya Lydia. Je pense qu'il est temps que j'obtienne un deuxième avis. »

C'était une menace en l'air. Elle ne trouverait pas d'autres médecins à qui parler, personne ne prenait de nouveaux patients.

« C'est votre droit, Lydia, mais il est peu probable que vous trouviez un autre médecin pour vous prendre en charge dans les environs...

— Le Dr Elise Maynard va la prendre en charge, annonça Halle, ses yeux pleins de fureur rivés sur le docteur.

— Docteur Maynard, vraiment ? » Le Dr Watson fut décontenancé.

Lydia voulait crier : « Qui est le Dr Maynard ? » mais elle ne dit rien. Au lieu de cela, elle regarda la scène se dérouler. Halle remit le bloc-notes dans son sac, qu'elle hissa par-dessus son épaule avant de se lever. « Lyds, je pense que tu en as fini ici.

— Euh... D'accord. » Lydia aimait-elle qu'on lui dise quoi faire ? Normalement non, mais, bon sang, elle mentirait si elle disait que la vue d'Halle aussi protectrice et badass ne l'excitait pas. « S'il vous plaît, faites-moi savoir quand je pourrai récupérer mon dossier. »

Lydia fit un rapide signe de la main par-dessus son épaule à la réceptionniste souriante avant de sortir du cabinet à la suite d'Halle.

« Halle, attends ! »

S'approchant de Nora, Halle commença à faire les cent pas à côté de sa voiture. Lydia s'arrêta à quelques mètres, incertaine de ce qui se passait. Après quelques instants, Halle s'arrêta et se tourna vers Lydia avec de grands yeux.

« Merde, oh merde, je suis désolée Lydia. Je viens de gâcher complètement ton rendez-vous chez le médecin. Je te jure que ce n'était pas mon intention. J'étais tellement agacée par la façon dont il te parlait. Je sais que j'ai dépassé les bornes. Je suis vraiment désolée.

— J'ai juste une question. » Lydia fit quelques pas en avant, posant sa main sur le bras d'Halle, espérant la calmer. « Qui diable est ce docteur Maynard ? »

Halle poussa un grand soupir. « D'accord, je me suis peut-être un peu emballée. Euh... Je suis sortie avec Elise pendant quelques semaines, mais nous sommes restées amies. C'est une excellente gynécologue, et après avoir vu à quel point tu étais bouleversée au bar l'autre soir, je l'ai en quelque sorte appelée.

— En quelque sorte appelée ?

— Bon, pas en quelque sorte. Je l'ai bien appelée. Je lui ai donné un bref aperçu de tes symptômes et je lui ai dit que ton médecin refusait de manière flagrante de faire quoi que ce soit...

— D'accord. Et elle a accepté de me prendre ?

— Pas tout à fait. J'ai dit ça pour faire chier le Dr inutile. Mais je peux la rappeler. Même si elle ne peut pas te recevoir, elle connaîtra certainement un autre médecin qui le pourra. »

Lydia mit une seconde à digérer ce qu'il venait de se passer. Elle était déçue qu'Halle ait bluffé, mais peut-être qu'il y avait encore une chance que ce Dr Maynard puisse l'aider. « ok, appelle-la. »

Halle ne perdit pas une minute et sortit son téléphone. L'esprit de Lydia vagabondait tandis qu'Halle parlait à son amie. « C'est génial Elise, merci. Ouais, à bientôt » Halle termina sa phrase avec un large sourire. « C'est réglé. Si on peut être à son cabinet dans les dix minutes, elle te reçoit ».

Lydia s'élança vers Halle et la prit dans ses bras. Elle avait fait l'impossible. Elle avait donné de l'espoir à Lydia.

« Waouh, d'accord, alors tu n'es pas fâchée par mes initiatives et par mon petit mensonge ?

— Pas pour l'instant. Je suis bien trop reconnaissante, Halle ». Relâchant son étreinte, Lydia rougit. « Désolée », gloussa-t-elle quand Halle prit une profonde inspiration, heureuse de pouvoir à nouveau respirer.

« Super, maintenant que je n'ai plus peur pour ma vie, on va à l'hôpital ?

— Oui, allons-y. Mais je n'ai pas mon dossier médical.

— Ce n'est pas un problème. Je suis sûre qu'Elise voudra repartir de zéro. »

Lydia s'installa dans Nora avec un peu plus d'enthousiasme, ferma les yeux et pria pour que le Dr Maynard soit le médecin qui l'écoute enfin.

La circulation était fluide. Elles arrivèrent à l'hôpital en 20 minutes, un petit miracle en soi. Des papillons voltigeaient dans le ventre de Lydia alors qu'elles prenaient l'ascenseur jusqu'au bureau du Dr Maynard. L'esthétique du bureau était beaucoup plus sobre et agréable que celle du Dr Watson. C'était en tout cas l'avis de Lydia. Des chaises confortables, de vraies plantes et une nuance de bleu apaisante les accueillirent. Et une réceptionniste très gentille qui avait l'air de vouloir offrir des biscuits à tout le monde.

« Bonjour, je suis Lydia Archer. Je viens voir le Dr Maynard.

— Bien sûr, ma grande. Asseyez-vous et je vous appellerai quand elle sera prête. Il y a un distributeur à café dans le coin. Prenez aussi un biscuit. »

Lydia aperçut la plaque signalétique de la réceptionniste. « Merci, Jean.

— Je vais nous chercher un café. Installe-toi ». Halle s'éloignât avant même que Lydia n'ait eu le temps de dire quoi que ce soit.

Adressant un petit sourire à la seule autre patiente dans la salle d'attente, Lydia laissa son regard errer sur la documentation déposée sur la table et les affiches collées sur les murs de la pièce. Est-ce que l'un de ces remèdes était pour elle ? Aurait-elle enfin les réponses qu'elle attendait ? Mon Dieu, elle l'espérait tant.

« Madame Archer, le Dr Maynard est prête.

— Ah... Merci. » Halle n'était pas revenue de la machine à café, mais Lydia ne voulait pas faire attendre le docteur. « Pourriez-vous dire à mon amie que je suis entrée ?

— Bien sûr, ma grande. »

Passant une main dans ses cheveux, Lydia entra dans le bureau du Dr Maynard. Contrairement au Dr Watson, Elise Maynard était assise bien droite, toute son attention s'était portée sur Lydia au moment où elle était entrée.

« Madame Archer, bonjour. » Elise Maynard était magnifique. Elle devait avoir quinze ans de plus qu'elle. Elle portait des cheveux courts blond platine, coiffée en une coupe pixie élégante. Lydia devinait quelques rides d'expression autour de ses yeux bleus amicaux. Même assise,

Lydia pouvait dire qu'elle était grande, probablement aussi grande qu'Halle.

« Bonjour, docteur Maynard. Merci de me recevoir si vite. Et s'il vous plaît, appelez-moi Lydia.

— Alors appelez-moi Elise. Je n'avais pas le choix, pas après ce qu'Halle m'a dit. Vous avez des règles très douloureuses depuis près de trois ans, c'est bien ça ?

— Oui, c'est ça.

— Revenons au début. Dites-moi ce qui se passe. »

Lydia se mordit la langue pour arrêter les larmes qui lui montaient aux yeux. Elle se sentait déjà mille fois mieux, seulement grâce à cette brève interaction avec Elise. « J'ai toujours eu des règles abondantes et des crampes. Mais il y a environ trois ans, la situation a empiré. La douleur est devenue si forte que j'en arrive à vomir.

— Est-ce que cela dure pendant toute la durée de vos règles ?

— Non, juste les trois ou quatre premiers jours, en général. Mais avant même que la douleur arrive, je peux dire précisément quand mes règles vont commencer. Je sais exactement où j'en suis dans mon cycle. Une semaine avant le début de mes règles, j'ai un appétit insatiable. Peu importe ce que je mange, ce n'est jamais assez. Ensuite, mon humeur se gâte. Je me sens complètement déprimée, comme si rien n'allait dans ma vie. » Lydia ne pouvait retenir ses larmes plus longtemps. « Je-je suis désolée », bredouilla-t-elle. Elle s'en voulait et craignait d'être une femme de plus en pleurs dans le bureau du médecin.

Lydia entendit le mouvement de la chaise sur le tapis. Un bras chaud glissa sur ses épaules. « C'est bon, Lydia, laissez-vous aller. »

Cinq minutes plus tard, Lydia n'avait plus de larmes. « Désolée, ça va mieux maintenant, marmonna-t-elle, la tête baissée d'embarras.

— S'il vous plaît, ne vous excusez pas. Vous avez dû affronter beaucoup de choses. » Elise pressa rapidement l'épaule de Lydia avant de retourner sur sa chaise de bureau.

« Dès que je saigne, c'est comme si les nuages se dissipaient et mon humeur s'améliore, poursuivit Lydia. Mais ensuite, je dois supporter le flux abondant et la douleur. Et mon visage est couvert de boutons.

— Vous souvenez-vous des médicaments prescrits par votre ancien médecin ? » Lydia les énuméra facilement. « Et est-ce que l'un d'entre eux a eu un impact significatif sur vos symptômes ?

— Ils ne m'ont donné que des effets secondaires. Maux de tête, plus de nausées et des saignements prolongés.

— Et vous en avez parlé à votre médecin ?

— Absolument.

— Hmm. »

Lydia remarqua les sourcils froncés. Qu'est-ce que cela signifiait ?

« Je suis tout à fait choqué que vous n'ayez pas été orientée vers un spécialiste. Personne ne devrait souffrir comme cela. Je veux vous faire une échographie aujourd'hui et une prise de sang. Vous êtes d'accord ?

— Oui ! »

Lydia aurait pu entamer une danse de la joie. Enfin ! Quelqu'un était prêt à l'aider !

« Excellent. Passez derrière le rideau et glissez-vous dans la robe. Je vais préparer l'appareil. »

Ne perdant pas une seconde, Lydia contourna le rideau médical et se déshabilla. « Je suis prête, appela-t-elle.

— Très bien, installez-vous sur la table d'examen et laissez bien tomber les genoux sur les côtés. »

Habituellement, ce genre d'examen rendait Lydia très nerveuse, mais pas aujourd'hui. Lydia était prête à montrer son intimité à tout l'hôpital si cela lui permettait d'obtenir des réponses.

Le silence régnait dans la pièce, à l'exception des cliquetis de l'échographe.

« Est-ce qu'il y a quelque chose d'anormal ?

— Rien de concluant. Lydia, je veux vous faire passer un test d'endométriose. La seule façon de diagnostiquer l'endométriose de façon certaine est la chirurgie laparoscopique.

— Je suis d'accord.

— Très bien, dans ce cas, je peux fixer un rendez-vous relativement rapidement. Je vais devoir vérifier mon calendrier, mais je pense que nous devrions être en mesure de faire l'examen dans le mois.

— Vraiment ? Aussi rapidement ?

— Oui, vraiment. Vous devrez rencontrer un anesthésiste une semaine avant. Et à partir du moment où vos analyses sanguines sont bonnes, nous pourrons programmer l'intervention.

— Oh, docteur Maynard, merci. » Si elle n'avait pas été dans une position aussi compromettante, Lydia l'aurait serrée dans ses bras.

— C'est Elise, souvenez-vous. Halle est une bonne amie, et elle s'inquiète beaucoup pour vous. »

C'était une nouvelle pour Lydia. Evidemment, Halle était attentionnée, mais de là à penser qu'elle s'inquiétait pour Lydia ?

« Nous allons régler ce problème. En attendant, vous devrez vous en tenir aux analgésiques et aux bouillottes.

— C'est très bien. Je peux gérer comme ça pour le moment, sachant que je vais enfin obtenir des réponses.

— Vous pouvez vous rhabiller pendant que je consulte mon emploi du temps. »

Lorsque Lydia sortit du bureau d'Elise dix minutes plus tard, elle avait l'impression de flotter.

« Alors, comment ça s'est passé ? » Halle buvait son café en regardant Lydia. Avait-elle remarqué à quel point Lydia était heureuse ? Sûrement, le sourire stupide sur son visage devait la trahir.

« Elise est merveilleuse. Oh Halle, comment pourrais-je jamais te remercier ?

— Ce n'est pas nécessaire. Après tout, c'est moi qui me suis mêlée de tes affaires, dit-elle en riant.

— C'est justement pour ça que je dois te remercier ! s'exclama Lydia

— Tu peux m'acheter un burger T.rex si ça te fait plaisir.

— C'est comme si c'était fait. Je vais même y ajouter un milk-shake.

— Ouah, tu sais me parler ! » dit Halle en riant.

4

« ET VOILÀ, UN grand hamburger T.rex, avec supplément cornichons, fromage et bacon. Et un grand milkshake au chocolat. »

Lydia fit glisser le hamburger géant vers Halle.

« Oh, viens voir maman », murmura Halle en se léchant les babines. Lydia secoua la tête en riant, prit sa fourchette et commença à picorer la salade César au poulet qu'elle avait commandé, même si son ventre lui criait de s'abandonner dans un gros hamburger, avec des frites et des oignons, suivi d'un gros morceau de fondant au chocolat.

D'après les calculs de Lydia, ses règles commenceraient dans les deux prochains jours. Il ne lui restait plus que 48 heures de fringale à endurer. Elle s'était bien débrouillée ce mois-ci, cédant à peine à ses envies. Aussi déçue que Lydia ait été de ne pas avoir un délicieux hamburger T.rex, elle savait que c'était le bon choix. La malbouffe aggravait la douleur, et sa peau ne pouvait tout simplement pas faire face. Et rien ne démoralisait plus Lydia que son visage plein de cratères.

Fe se moquait souvent quand Lydia essayait d'expliquer que la nourriture jouait un grand rôle dans la douleur et les ballonnements. Sa sœur n'arrivait pas à se faire à l'idée que le sucre aggravait les crampes. Bien que Fe ait été solidaire dans tant d'aspects de la vie de Lydia, le lien entre la nourriture et son mal être lui échappait totalement. Lydia avait passé des heures et des heures à parcourir Internet à la recherche de choses qui pourraient rendre sa vie un peu plus douce. Au bout du compte, Lydia avait dû aménager son alimentation, même si cela signifiait devoir agacer encore plus les membres de sa famille parce qu'elle ne pouvait pas manger la même chose qu'eux.

« Comment te sens-tu à propos de tout cela ? » Halle avait parlé la bouche pleine et sa question était presque inintelligible.

« Bien, vraiment bien. Pour la première fois depuis des années, je crois que je peux enfin voir le bout du tunnel, tu comprends ?

— Totalement. Cela n'aurait jamais dû durer aussi longtemps ».

Halle la regarda intensément. Lydia continua à grignoter sa laitue, observant son amie. Elles pouvaient s'appeler amies maintenant, n'est-ce pas ?

« Est-ce que je peux te demander combien tu as payé pour voir ce connard ?

— Oh, euh... Chaque rendez-vous coûtait assez cher.

— D'accord, on parle de combien ? Cinquante livres par séance ?

— Plutôt trois cents. »

Lydia bondit de la chaise quand Halle s'étouffa avec le dernier morceau de burger qu'elle venait de placer dans sa bouche. Toussant et crachant, Halle se calma finalement après quelques tapes bien placées de Lydia dans le dos.

« Tu payais trois cents livres sterling chaque fois ?

— Oui, je sais que c'est cher, mais c'est comme ça quand tu prends un médecin renommé. Le Dr Watson est censé être un médecin fantastique, alors cela ne me dérangeait pas de payer.

— Mais c'est un mauvais docteur !

— Eh bien, je le sais maintenant, évidemment. Au début, j'ai juste supposé qu'il savait ce qu'il faisait. C'est lui qui a un diplôme de médecine, pas moi.

— Et maintenant ?

— Eh bien...

— Il t'a arnaqué, Lyds. Il était plus attaché à ton argent qu'à ta santé. Bon sang, je me demande combien d'autres femmes essaient d'obtenir de l'aide et continuent de payer ses tarifs incroyables pour rien ?

— Je ne voyais vraiment pas le mal. »

Mais il était clair qu'Halle avait mis le doigt sur quelque chose. La seule chose que le Dr Watson avait fait pour Lydia, c'était alléger son porte-monnaie.

« Tu pourrais le poursuivre en justice.

— Je veux juste me sentir mieux, Halle, c'est tout. »

Halle était visiblement furieuse. Lydia regarda son genou rebondir de haut en bas. Elle regarda Halle passer une main dans ses cheveux hirsutes.

« Il ne devrait pas s'en tirer aussi facilement, Lyds.

— Je sais, et je suis d'accord, mais une bataille à la fois.

— Mince, oui, bien sûr. On va s'en sortir. »

Le cerveau de Lydia trébucha sur le *on*. D'où venait ce soutien soudain ?

« Halle, pourquoi fais-tu ça ? Je veux dire, pourquoi tu m'aides maintenant ? »

Trempant une frite dans un peu de sauce, Halle se mordit la lèvre.

« Nous aurions dû être là pour toi plus souvent. Fe et moi. Je te connais depuis aussi longtemps que je connais Fe, et il n'y a rien que je ne ferais pour l'une ou l'autre d'entre vous. Fe est ma meilleure amie, mais tu es tout aussi importante.

— Ah oui vraiment ? »

Lydia ne put s'empêcher d'être surprise par ces quelques mots. Les épaules d'Halle retombèrent un peu. Merde, l'avait-elle offensée avec ce commentaire ?

« Désolée, ça sonnait mal. C'est juste que nous n'avons jamais été particulièrement proches. On se voit qu'avec Fe, donc je suis un peu surprise de t'entendre dire ça.

— C'est vrai. Tu as raison. La vérité, c'est que j'ai toujours voulu que nous soyons amies, c'est juste…

— Fe est très possessive.

— En quelque sorte. Mais nous ne sommes plus des enfants, et Fe a une vie en dehors de notre amitié. Pourquoi ne pourrais-je pas être amie avec toi ? Parfois, je pense même que nous avons plus de choses en commun. »

Lydia comprenait ce que voulait dire Halle. Même si elles n'avaient pas pu passer beaucoup de temps ensemble lorsqu'elles étaient enfants, Lydia se souvenait de quelques conversations à propos de musique, de films et de livres. Elles avaient les mêmes goûts.

« Bon, alors. Amies ?

— Amies ! Et en tant qu'amie, c'est mon rôle de t'aider à traverser cette épreuve, Lyds. J'emmerde tous ces trous du cul qui sont partis. Tu n'as pas besoin d'eux.

— Je ne peux pas vraiment leur en vouloir, » Lydia soupira. C'était vrai. Ses ex n'avaient pas signé pour supporter ses problèmes. « Une nouvelle relation doit être excitante et sexy. Je ne pouvais pas leur donner ça.

— Je ne suis pas d'accord, mais peu importe. Tant pis pour eux. Je veux t'aider à te concentrer sur le fait d'aller mieux.

— C'est très gentil, Halle.

— Je suis une gentille fille, dit Halle en faisant un clin d'œil.

— Qui est une gentille fille ? La voix de Fe trancha l'atmosphère comme un couteau.

— Hé, sœurette, qu'est-ce que tu fais ici ? »

Lydia avait-elle suffisamment masqué sa déception d'être interrompue dans sa conversation avec Halle ?

« Je savais que tu travaillais cet après-midi, alors je me suis arrêtée pour voir comment s'était passé ton rendez-vous. Comme je te l'ai dit, je veux être plus présente pour toi. Salut, Halle.

— Salut, ma chérie. »

Halle avait-elle l'air déçue elle aussi ?

« Alors, le docteur ?

— Eh bien... Ça a légèrement déraillé à un moment donné.

— Ah bon ? questionna Fe en se régalant des frites d'Halle comme si elle n'avait pas mangé de la journée.

— On est entré, et il a été...

— Grossier, c'est ce qu'il a été. Il n'a même pas eu la courtoisie de te regarder.

— Oh, tu es entrée avec elle ? »

Pourquoi Fe regardait-elle Halle comme ça ?

« Bien sûr que je suis entrée avec elle. Je voulais voir ce que ce clown allait dire.

— Il avait l'air d'être sur le point de faire dans son froc quand tu as commencé à griffonner dans ton cahier. D'ailleurs, qu'est-ce que tu as écrit ? »

Halle sourit largement, provoquant quelque chose d'étrange dans la poitrine de Lydia.

« Je voulais le déstabiliser. Je me doutais qu'il n'allait pas te prendre au sérieux. Alors, j'ai pensé que s'il croyait que je prenais des notes sur la conversation, il pourrait y prêter un peu plus d'attention.

— Et ça a marché ? Demanda Fe en prenant le milk-shake que tenait Halle et en le buvant généreusement.

— Fe, est-ce que tu veux que je commande quelque chose pour toi ? Tu es en train de t'approprier le menu d'Halle. » Lydia ne pouvait pas expliquer pourquoi elle était si agacée par le comportement de sa sœur. *Ce repas était ma façon de dire merci à Halle.*

« Ça ne la dérange pas », commenta Fe, toujours en train de boire le milk-shake.

Lydia osa jeter un coup d'œil à Halle, qui haussa les épaules.

« Quoi qu'il en soit, il était un peu plus attentif mais quand même...

— Condescendant au possible, termina Halle.

— Après ça, Halle s'est mise à aboyer après le médecin en lui parlant d'un confrère et je lui ai demandé mon dossier médical. C'était un peu fou, pour être honnête.

— Quel confrère ? Demanda Fe à Halle.

— Élise Maynard.

— Ah oui, ton ex, taquina Fe.

— Nous sommes seulement sorties deux fois ensemble. » Halle leva les yeux au ciel d'un air espiègle.

Penser à Halle et Elise ensemble mettait Lydia mal à l'aise, mais elle écarta cette idée. Elise allait être son sauveur, et rien ne devait faire obstacle à cela. Pas même l'idée qu'Elise fasse des choses à Halle, et le fait que cette pensée fasse grincer les dents de Lydia.

« Et quelques instants plus tard, on était au cabinet d'Elise, continua Lydia, espérant calmer ses pensées.

— Tu lui as obtenu un rendez-vous avec Élise ? » Une fois de plus, Fe parlait à Halle avec un regard étrange sur son visage.

« Oui. »

Après une pause, Fe se tourna vers Lydia. « Comment cela s'est-il passé ?

— Génial, s'écria Lydia. Elle a fait quelques examens. Et je dois subir une intervention mineure dans trois semaines pour obtenir un diagnostic définitif d'endométriose.

— Une intervention ? Quelle intervention ?

— Ce n'est qu'une chirurgie mineure faite par laparoscopie.

— De la chirurgie ? demanda Fe d'une voix suraigüe.

— Oui, de la chirurgie, mais ce n'est pas grave.

— Je pense que tu devrais prendre le temps d'y réfléchir, Lyds. »

Lydia sentait sa frustration monter. Elle aurait dû savoir que Fe aurait quelque chose à dire.

« J'ai eu trois années douloureuses pour y penser.

— Je sais, mais...

— Je pense que tu ne sais pas, au contraire, répliqua Halle. Je pense qu'aucune d'entre nous ne sait ce que Lydia a traversé, ma chérie. C'est sa décision, et nous devons être là pour elle. »

Lydia était stupéfaite. Il n'y avait pas beaucoup de gens dans sa vie qui la défendaient comme Halle venait de le faire. Bien sûr, Fe était l'une de ces personnes, mais Lydia n'avait jamais eu quelqu'un pour l'aider à combattre Fe et ses idées, parfois autoritaires.

« Bien sûr que je serai là pour elle. » Le ton de Fe était redevenu plus doux. « Je serai toujours là, Lyds, tu le sais. Je suis désolée, j'ai entendu le mot chirurgie et j'ai paniqué. »

Lydia tendit la main pour attraper celle de Fe.

« J'aurais dû faire ça depuis longtemps, Fe. Il faut que je reprenne ma vie en main.

— Et tu vas le faire. Envoie-moi les détails et je m'assurerai d'être avec toi à l'hôpital. »

Encore une pointe de déception. Halle n'avait pas proposé d'accompagner Lydia pour l'opération ; elle avait espéré que ce serait le cas.

Une fois les informations sur son rendez-vous envoyées, Lydia quitta à contrecœur Fe et Halle. Pressant le pas dans les allées du musée, Lydia était arrivée à son poste avec quelques minutes d'avance. Comme elle s'y attendait, Norris traînait dans les parages, espérant avoir l'occasion de la réprimander pour son retard. *Pas aujourd'hui, Norris, vieux sac à vents.*

🪷

« Je n'arrive pas à croire que tu m'aies traîné dehors un soir de semaine. » Il n'avait pas fallu grand-chose à Cathy pour convaincre Lydia qu'elle avait besoin d'aller au pub après le travail.

« Oh allez. La journée a été longue, et nous méritons un verre de vin. »

Cathy en était déjà à son deuxième de la soirée.

« Et nous aurons une autre longue journée demain. On commence tôt.

— Bon sang, Lyds. Tu sais que tu es la plus jeune ici, n'est-ce pas ?

— Ça ne veut pas dire que je suis irresponsable.

— Non, mais ça veut dire que tu es rabat-joie. Détends-toi, prends un autre verre. Norris est en congé demain, donc nous pouvons esquiver un peu. »

Un verre de vin était plus que suffisant. Les signes avant-coureurs de la misère imminente de Lydia se faisaient sentir. À la mi-journée, une douleur intense s'était formée à la base de sa colonne vertébrale. Les douleurs lombaires étaient horribles, et elles étaient aussi un avertissement de ce qui allait arriver. Lydia s'attendait déjà à se retrouver dans la salle de bain ce soir-là, en se sentant misérable.

Comme si les maux de dos ne suffisaient pas, le corps de Lydia aimait aussi lui donner des crampes au milieu de la nuit, l'empêchant de dormir. « Un verre suffit, Cathy.

— Tu ne te laisses jamais aller. Pour une fois, j'aimerais te voir te défouler. » Cathy se défoulait bien assez pour deux.

« Je n'ai pas besoin d'alcool pour m'amuser. » Ce n'était pas tout à fait un mensonge.

« Je pense juste... »

Lydia en avait assez. Pourquoi devait-elle toujours s'expliquer ? *Peut-être que si je m'ouvrais un peu plus, Cathy comprendrait.*

« Écoute, c'est pour des raisons médicales que je ne bois pas. » Lydia énuméra la longue liste des problèmes auxquels elle était confrontée chaque mois. Cathy s'assit, un peu choquée par ce que Lydia venait de lui révéler. En temps normal, cela aurait fait monter en flèche la culpabilité de Lydia, mais après s'être sentie réconfortée par le soutien d'Halle, Lydia en voulait plus.

« Mon dieu, pourquoi ne me l'as-tu jamais dit ? » Cathy avait l'air offensée d'avoir été tenue dans l'ignorance.

« Je ne voulais pas t'embarrasser avec mes problèmes.

— Mais nous sommes amies. En tout cas, je pensais que nous l'étions.

— Bien sûr que nous le sommes.

— Les amies peuvent compter les uns sur les autres, Lydia. Je te dis tout de moi. »

C'était vrai. Cathy n'hésitait pas le moins du monde à étaler son linge sale.

« Tu es au courant maintenant. S'il te plaît, ne sois pas fâchée contre moi, Cath.

— Toutes les fois où j'ai cru que tu avais la gueule de bois... ce n'était pas ça, n'est-ce pas ? »

Plusieurs fois, Lydia s'était traînée au travail, même si tout ce qu'elle voulait, c'était se rouler en boule avec Monty et une pile d'analgésiques. Quand Cathy l'avait vue dans cet état, elle avait supposé que Lydia était sortie faire la fête. La peau pâle, les yeux enfoncés et injectés de sang. Parfois transpirante. Cela pouvait correspondre à une gueule de bois monstrueuse, et Lydia n'avait pas corrigé Cathy.

« Non, je n'avais pas la gueule de bois.

— Est-ce que c'est comme ça tous les mois ? »

Lydia hocha la tête et but une gorgée de son vin.

« Mais tu es aidée maintenant ?

— Je l'espère.

— Je suis toujours un peu vexée que tu ne me l'aies pas dit plus tôt.

— Parfois, Cathy, j'ai juste envie d'oublier ça. Travailler avec toi, même avec Harrison, m'aide à me changer les idées. J'ai l'impression que tout ce que je fais, c'est m'inquiéter et penser au mois prochain et à quel point ça va être pénible. Je n'ai pas eu de pause depuis trois ans.

— Je comprends. Nous n'avons pas besoin d'en parler, seulement quand tu le veux, d'accord ? Mais, si tu souffres au travail, fais-le moi savoir. Nous sommes là l'une pour l'autre, hein ?

— C'est vrai.

— Bon, fini ton verre. Je vais appeler un taxi. Comme tu l'as dit, on commence tôt demain. »

Comme c'était un soir de semaine, Cathy trouva rapidement un taxi. Dieu merci, parce que les mamelons de Lydia allaient geler si elle devait rester dehors plus longtemps.

Monty accueillit Lydia d'un bond. Après cinq minutes de jeu, Lydia le laissa sortir pour vaquer à ses occupations nocturnes. Sa tenue de travail pour le lendemain était prête, tout ce qu'elle avait à faire avant de se coucher était de préparer une salade de pâtes complètes pour son déjeuner. Manger au restaurant du musée augmentait inutilement ses dépenses mensuelles.

Alors que Monty ronflait dans son panier au pied de son lit, Lydia prit une douche et se prépara à se coucher. Juste au moment où elle s'installait sous la couette, une vague de chaleur la submergea. « Non, pas ce soir », supplia-t-elle son corps. Un changement de température corporelle ne signifiait qu'une chose, les règles de Lydia commenceraient certainement ce soir.

Au moins, mon humeur s'améliorera bientôt. Oui, sa mélancolie disparaîtrait, mais elle devrait quand même supporter le reste. Lydia sortit de son lit, prit ses analgésiques dans l'armoire de la salle de bain et les plaça sur sa table de chevet. Elle retourna dans la cuisine pour préparer une bouillotte. Une bonne organisation était la clé.

Le sommeil vint rapidement. L'excitation de la journée finit par la rattraper. Cependant, cela ne dura pas longtemps. Lydia fut tirée d'un rêve très agréable à propos d'une beauté à la peau cuivrée par une douleur irradiant de son abdomen. Elle se retourna en gémissant, sortit deux analgésiques extra-puissants de leurs paquets et attrapa la bouteille d'eau qui attendait sur le côté de son lit. Se recroquevillant en position fœtale, Lydia pressa fortement la bouillotte contre son corps. *Je vais bien, je vais bien, je vais bien.*

La salive qui montait dans sa bouche indiquait qu'elle n'allait *pas* bien. Courant vers la salle de bain, Lydia se positionna sur les toilettes, la tête dans son fidèle seau. Une violente crampe envahit son corps, provoquant une montée du contenu de son estomac dans sa gorge. La sueur perlait au-dessus de sa lèvre et de son front.

Les analgésiques feront bientôt effet. Je vais bien.

Vingt longues minutes plus tard, Lydia sentit son abdomen se détendre. Elle avait toujours la nausée, mais rien n'était remonté depuis un moment. Monty était allongé dans l'embrasure de la porte de la salle de bain, ses yeux bienveillants ne quittant jamais Lydia. « Je vais bien, mon petit bonhomme. » Lorsqu'elle put enfin quitter les toilettes, Lydia passa sous la douche, essayant de rafraîchir son corps fiévreux.

Avec un coussin en place, la seule chose dont Lydia avait besoin maintenant était un peu de sommeil. Monty avait pris la décision de réconforter Lydia pour le reste de la nuit. Blotti contre son petit corps chaud, Lydia respira son odeur. Même si les crampes étaient toujours là, la douleur était supportable. Peut-être pourrait-elle revenir à ce beau rêve qu'elle faisait avant de se réveiller ?

Lydia avait dû se rendormir à un moment donné, car son réveil l'arracha violemment à son sommeil. Elle détestait quand cela se produisait. Il n'y avait rien de pire que de se sentir désarçonnée dès le matin.

Sans réfléchir, elle tendit la main et prit deux autres pilules. Elle glissa le reste du paquet dans son sac à main pour plus tard. Elle devrait changer ses vêtements contre quelque chose de plus ample. Hier, Lydia avait cru qu'il lui restait encore quelques jours, alors elle avait opté pour une jupe moulante. Il était hors que question qu'elle porte cette jupe maintenant, pas quand le ballonnement de Lydia était si visible. Un pantalon ample et un pull oversize conviendraient mieux.

Une fois son bol de flocons d'avoine avalé, Lydia embrassa Monty et se dirigea lentement vers la rue. Rien sur cette terre ne la ferait bouger plus vite aujourd'hui. Norris pouvait râler autant qu'il le voulait, Lydia devait aller doucement. Et puis, elle se souvint que le vieux bougre était absent aujourd'hui, donc il y avait une raison de se réjouir.

« Lyds, attends, ma chérie. » Lydia s'arrêta et massa inconsciemment son abdomen, dans l'espoir de se soulager un peu. Elle avait lu que palper juste en dessous du nombril était censé aider à calmer les crampes. « Bon sang, tu as mauvaise mine.

— Super, Cathy, merci.

— Désolée, mais c'est vrai. Tu n'as pas dormi ?

— Pas vraiment.

— Oh merde, ça recommence ? »

Lydia ne put s'empêcher de rire du ton dramatique de Cathy. « Oui, ça recommence.

— Bon, nous avons une bonne dizaine de minutes avant que le bus n'arrive. Allons à la boutique du coin et faisons des provisions.

— Quelles provisions ?

— Nous pouvons te prendre des petits paquets de noix et de fruits pour la salle de repos. J'ai lu hier soir qu'il fallait manger des choses qui aident à lutter contre l'inflammation.

— Tu as fait des recherches ?

— Oui. J'ai trouvé des supers sites sur Internet. Tu prends des oméga-3 ? Des suppléments de magnésium ? Ce n'est pas grave, on va faire une liste. »

Lydia laissa Cathy la traîner jusqu'à l'épicerie du coin, son amie bavardant tout le long du chemin.

5

Lydia aurait voulu pouvoir faire l'impasse sur cette journée. Une fatigue intense l'avait submergée dès les premières heures de son service. Dieu merci, Cathy s'était aperçue de la situation et avait échangé sa place avec Lydia. Rester assise au bureau d'information et répondre aux visiteurs avaient néanmoins consumé son énergie.

À l'heure du déjeuner, Cathy s'inquiéta tellement de la pâleur de Lydia qu'elle se dirigea directement vers Norris – qui faisait des heures supplémentaires, juste pour le plaisir de torturer ses employés – et lui demanda de renvoyer Lydia chez elle.

Elle était donc maintenant recroquevillée sur son canapé avec un Monty au regard inquiet à ses pieds. Plus que la douleur, c'était l'embarras qui pesait sur son estomac. Lydia s'en était toujours sortie. Elle ne s'était jamais absentée de son travail. Qu'est-ce que Norris allait penser ? De toute évidence, il ne connaissait pas la véritable raison pour laquelle Lydia était incapable de travailler aujourd'hui. Il pensait probablement ce que Cathy elle-même avait imaginé avant que Lydia ne lui explique la situation. Il devait penser que Lydia était rentrée d'une soirée trop arrosée. Lydia enfouit sa tête profondément dans le coussin du canapé en gémissant.

Le soleil avait disparu depuis un moment sans que Lydia en ait profité. Monty était sorti plusieurs fois, Lydia lui avait simplement ouvert la porte et était retournée immédiatement sur le canapé. Le premier jour était toujours le pire, mais ce mois-ci était particulièrement pénible.

Lydia fut étonnée d'entendre la sonnette raisonner à sept heures. Ça ne pouvait pas être Fe ; elle était à une réunion parents-professeurs. Cette pensée fit naître un sourire sur le visage de Lydia. Fe redoutait ces réunions. Ses terribles triplés semblaient déterminés à semer le chaos où qu'ils aillent, y compris à l'école.

Cathy avait-elle décidé de passer après le travail ? C'était une possibilité. Elle prenait son statut d'amie très au sérieux. Depuis qu'elle avait appris l'état de santé de Lydia, Cathy s'était montrée d'un soutien exceptionnel, parfois même un peu trop. À un moment donné dans la matinée, Lydia avait dû sortir Cathy des toilettes où elle l'avait accompagné. Elle n'avait pas besoin de soutien moral pour faire pipi !

Se trainant hors du canapé, Lydia annonça aussi fort que possible : « Attendez. » Celui qui était de l'autre côté allait devoir être patient. Lydia se déplaçait à la vitesse d'une tortue aujourd'hui. Et cette personne devrait aussi faire avec l'allure de Lydia. Elle portait le pantalon de jogging le plus ample et le plus grand t-shirt de sa garde-robe. Des chaussons moelleux et un chignon qui criait, *on m'a trainé à travers un champ de broussailles*. Nul doute que son maquillage ne ressemblait plus à rien non plus. Eh bien, c'est la vie, non ?

« Halle ? »

Que faisait-elle ici ? Et comment osait-t-elle avoir l'air si belle alors que Lydia ressemblait à un déchet ?

« Hé, Lyds, tu es partante pour une soirée cinéma ?

— Euh...

— Je suis passée te voir au musée cet après-midi. Cathy m'a dit qu'ils t'avaient renvoyé chez toi. Je suppose que les Anglais ont débarqué. »

Eh bien, c'était mortifiant. Est-ce que tout le monde savait qu'elle avait ses règles ? « Ouais, ça n'a pas été une journée super amusante pour moi.

— Je regarderais bien des films lesbiens. Ça te dit ? »

Halle voulait passer la soirée avec elle à regarder des films. Que diable se passait-il ?

« Tu n'as pas besoin de me garder, Halle, je vais bien. Tu dois certainement avoir quelque chose de plus intéressant à faire ? »

Lydia vit l'excitation d'Halle disparaitre. « Désolée, j'aurais dû appeler. Mais pour la petite histoire, je ne suis pas venue ici pour te garder, Lydia. J'ai juste pensé que ce serait bien de se détendre ensemble. »

Maintenant, Lydia se sentait nulle d'avoir rabroué Halle. « Mince, oui, bien sûr, ce serait sympa. Je suis juste un peu à côté de la plaque. Si ça ne te dérange pas que je m'endorme pendant la première heure, alors je serais heureuse de regarder un film avec toi.

— Tu peux même ronfler si tu veux. » Halle sourit et passa devant Lydia. « J'ai apporté du pop corn, mais sans sucre. C'est censé être sain. Oh, et des chips à base de lentilles ou quelque chose comme ça.

— C'est gentil de ta part, merci. »

Lydia suivit Halle jusqu'à la cuisine. Monty bondit à travers la porte de derrière, exigeant qu'on le laisse entrer pour qu'Halle puisse le couvrir de tout l'amour qu'il mérite.

« Monty, descends !

— Il ne fait rien de mal », dit Halle en riant tandis que Monty rebondissait, faisant de son mieux pour atteindre les bras tendus de Halle. « Viens ici, espèce d'imbécile. »

Laissant Monty et Halle à leurs papouilles, Lydia s'excusa pour aller aux toilettes. Bon sang, elle avait vraiment une salle tête. Idéalement, il aurait fallu que Lydia prenne une douche pour essayer de maitriser sa tignasse. Sa brosse restait coincée dès qu'elle essayait de la passer dans ses cheveux. De guerre lasse, elle les renoua en un chignon.

Au moins, son maquillage était facile à enlever, même si Lydia n'était pas sûre d'avoir meilleure mine au naturel. Son menton affichait plusieurs boutons et ses yeux semblaient fatigués.

« Tu veux un chocolat chaud ? » Halle s'affairait dans la cuisine, laissant à Lydia quelques secondes pour l'observer.

Halle était superbe, même en tenue de sport. Elle devait venir directement de son travail. Réalisant que ces quelques secondes s'étiraient trop longtemps, Lydia s'éclaircit la gorge.

« Je veux bien, s'il te plaît. Est-ce que je peux faire quelque chose ?

— Non, va t'installer confortablement sur le canapé. J'arrive bientôt. »

Quelque chose de léger gagnait l'humeur lourde de Lydia. Comment pourrait-il en être autrement ? Halle était là, elle prenait soin d'elle. Certains de ses ex avaient bien essayé de la chouchouter comme cela, mais après quelques jours, ils en avaient eu marre. Halle se comporterait-elle de la même manière ?

C'était sûrement inévitable. Halle n'avait que quelques années de plus que les 34 ans de Lydia. Elle avait tout pour elle, elle était belle, avait un travail passionnant, une bonne santé. Après quelques temps, Halle, comme tout le monde, disparaitrait. Bien sûr, elles resteraient amies, mais Lydia savait qu'elle se retrouverait seule à nouveau chaque mois jusqu'à ce que le Dr Maynard trouve une solution à son état.

« Chaud devant ! » Halle arrivait avec les deux chocolats chauds et un bol de pop-corn sur un plateau beaucoup trop petit pour que tout puisse tenir en toute sécurité.

« Je t'aurais aidé, si tu m'avais appelé. » Lydia fit un mouvement pour prendre une tasse du plateau.

« Mais non, ça va, je gère. Reste assise. » Halle posa habilement le plateau, ne renversant rien, au grand dam de Monty, qui attendait avec impatience de ramasser les grains de pop-corn tombés. « Au programme ce soir, nous avons trois classiques. *Imagine me and you, kyss mig et Elena.*"

Lydia gémit d'un air comique. « *Elena* n'est pas un classique. C'est douloureusement ringard. Qui appelle son enfant Payton ?

— On écarte *Elena* alors.

— Je n'ai jamais entendu parler de *Kyss Mig,* donc ça ne peut pas être un classique non plus !

— Attend une minute, tu n'as jamais entendu parler de *Kyss Mig ?*

— Pas du tout.

— Lydia, Lydia, Lydia. Comment est-ce possible ? C'est un film magnifique. Suédois, mais ne t'en fait pas, il y a des sous-titres.

— J'en déduis que tu veux regarder celui-là.

— Je crois qu'on n'a pas le choix. Tu vas adorer, attend de voir. »

Halle se pencha pour préparer le DVD. Lydia détourna les yeux des fesses galbées d'Halle. Elle se pelotonna dans le coin du canapé. Monty prit sa place habituelle à l'autre bout, ne laissant pas d'autre choix à Halle que de s'asseoir à côté de Lydia. Le canapé n'était qu'un petit canapé de deux places, donc l'espace entre elles était minime.

« À l'aise ? demanda Halle en jetant déjà du pop-corn dans sa bouche.

— Ouais, allons-y. Je n'ai jamais vu de film suédois auparavant.

— Tu vas te régaler. »

Même si Lydia avait lutté contre la fatigue toute la journée, elle était bien éveillée maintenant. Le film, fidèle à la parole d'Halle, était merveilleux. L'histoire faisait fondre son coeur et aucune lesbienne ne mourrait. C'était parfait !

Le visage de Lydia avait rougi lorsque les héroïnes Mia et Freda s'étaient rapprochées à l'écran. Elle détourna presque les yeux, s'assurant de ne pas croiser le regard d'Halle. Alors que le générique défilait, Lydia inspira profondément.

« C'était magnifique. Je n'arrive pas à croire que je n'en avais jamais entendu parler avant aujourd'hui.

— Je te l'avais bien dit », répondit Halle, en jetant un coup d'œil à son téléphone qui bourdonnait.

Lydia rassembla les tasses et le bol, laissant Halle envoyer un message à celui qui l'avait contactée. Quand elle revint, elle pouvait voir les sourcils froncés sur le visage d'Halle.

« Tout va bien ?

— Absolument. Veux-tu regarder la télé ou tu en as assez ?

— On peut voir ce qu'il y a. »

Elles regardaient *Dr. Who* depuis vingt minutes quand la sonnette se fit entendre. Il était neuf heures du soir, et Lydia n'était pas ravie de devoir bouger de son canapé. Prête à râler après l'importun, Lydia fut surprise de voir Fe.

« Tout va bien ?

— Oui, pourquoi ça n'irait pas ? Répondit Fe en poussant Lydia pour rentrer.

— Eh bien, parce qu'il est un peu tard pour une visite ordinaire.

— Ça alors, Halle, tu es toujours là ? »

Lydia observa l'étrange échange entre Fe et Halle. Avait-elle oublié quelque chose ? « Tu veux boire un verre, Fe, ou quelque chose à grignoter ?

— Une tasse de thé, ce serait génial. Les rencontres parents-professeurs sont éprouvantes. »

Et sur ces mots, Lydia comprit que sa charmante soirée avec Halle avait pris fin.

⚜

« Tu as meilleure mine aujourd'hui. » Cathy prit le visage de Lydia entre ses mains avec affection.

C'était le troisième jour de ses règles, et Lydia s'était réveillée avec le soleil qui brillait et le gazouillis des oiseaux. Son humeur maussade s'était finalement dissipée. La vie reprenait son cours normal, même si elle avait encore des crampes et saignait abondamment. Tout semblait un peu plus facile à gérer quand les nuages noirs se dissipaient.

« Je me sens mieux. Toi, par contre... » Lydia laissa son commentaire en suspens. Cathy, qui avait d'habitude une apparence immaculée, avait l'air plutôt échevelée.

« Je n'aurai jamais d'enfants. Ce sont des monstres.

— Oh mon Dieu, qu'est-ce qui s'est passé ? Lydia pinça ses lèvres, essayant de ne pas rire de la misère de Cathy.

— Un voyage scolaire.

— Attends, tu as quelque chose... » Lydia enleva ce qui ressemblait à du fromage fondu de l'épaule gauche de Cathy.

« C'est tout simplement parfait. Je me suis promenée avec un fil de fromage sur moi. Merveilleux.

— Pourquoi as-tu du fromage sur toi ? » Lydia leur prépara à toutes les deux une tasse de thé. D'une part, parce que Cathy avait l'air d'être sur le point d'assassiner quelqu'un. Et d'autre part, parce que Lydia ne pouvait plus cacher son rire.

« Je jure devant Dieu qu'ils étaient enragés, la plupart d'entre eux. Et je peux affirmer, catégoriquement, que je déteste *La Nuit au Musée* !

— Euh... D'accord, tu peux préciser ?

— Tout ce petit monde était convaincu que les animaux exposés allaient prendre vie. Un petit garçon, qui avait l'air d'être dopé au sucre, s'est mis à courir autour des animaux, les frappant avec son fromage en fil, qu'il maniait comme une épée. Les profs ne faisaient absolument rien !

— Oh mince, ricana Lydia.

— Bien sûr, je suis intervenue avant que quelqu'un ne soit blessé ou qu'une pièce ne soit endommagée. Tu imagines ce que Norris aurait dit ? Quoi qu'il en soit, la petite merde avec le fromage en fil s'est retournée contre moi.

— Cathy, qu'est-ce que c'est que ce bordel ? » Lydia et Cathy sursautèrent toutes les deux à la voix d'Harrison qui résonnait dans la salle de repos. « Tu m'as abandonné avec une bande de gamins diaboliques !

— Je n'ai rien fait de tel !

— Si, tu l'as fait. Tu m'as appelé par radio en me demandant de venir t'aider, puis tu t'es enfuie dès que je suis arrivé. L'un des mômes m'a planté sa Chupa Chups dans l'oeil !

— Oh, Cathy, c'est méchant ! Lydia intervint d'un ton enjoué.

— Ils m'ont attaqué avec du fromage, Harrison !

— Est-ce qu'ils sont partis ?

— Oui, les enseignants les ont fait sortir. » Harrison frotta son œil gauche de façon dramatique.

« Oh, arrête, tu n'es pas aveugle », souffla Cathy.

Tout cela était très divertissant pour Lydia.

« Et si on allait boire un verre après le travail ? Vous méritez tous les deux une pinte. Vous êtes des héros !

— Cathy paye alors. » Harrison ronchonna, mais Lydia pouvait distinguer une lueur d'humour dans son « bon » œil. Elle savait qu'ils en riraient aux éclats ce soir.

« C'est Lydia qui devrait payer. Elle est la seule à ne pas avoir été blessée.

— Parce que toi, tu es blessée ? Le fromage n'est pas vraiment une arme mortelle, Cath.

— Émotionnellement! je suis atteinte émotionnellement!

— Bon sang, très bien, je vous invite. Est-ce que je peux appeler Fe et Halle ?

— Bien sûr. Plus on est de fous, plus on rit. »

Alors qu'elle écrivait un texto à sa sœur, Lydia s'arrêta momentanément. Elle pouvait envoyer un message à Halle séparément, n'est-ce pas ? C'est ce que des amis feraient. Bon sang, combien de temps faudrait-t-il pour que cette amitié avec Halle cesse de lui sembler bizarre ? Lydia décida d'arrêter de suranalyser la situation et envoya l'invitation à Halle.

Le pub Royal Oak était plein à craquer lorsque Lydia poussa les portes. Elle était arrivée plus tard que prévu, à cause de Norris qui lui avait tenu la dragée à propos de quelque chose qui n'était pas du tout de la responsabilité de Lydia. Elle avait juste eu le temps de se changer avant de repartir.

Cathy et Harrison s'étaient installés à une table près du feu. « Comment avez-vous réussi à décrocher cette table ? C'est généralement la première table à partir ?

« Cathy, elle est magique, dit Harrison le plus sérieusement du monde. Il y avait deux gars assis ici. Je suis allé au bar pour nous commander des boissons. Je me suis retourné. J'ai seulement vu Cathy dire quelque chose aux gars, puis ils se sont levés et lui ont donné leur table.

— Ah je vois. » Harrison n'avait vraiment pas besoin d'en dire plus. Lydia avait été témoin de la « magie » de Cathy des dizaines de fois. « Je croyais que je payais les boissons ?

— Tu n'es pas tirée d'affaire. Tu peux payer la prochaine tournée. »

Enlevant son épais manteau, Lydia profita de la délicieuse chaleur qui émanait de la cheminée.

« Oh, je suis prête pour ça. » La première gorgée d'une bonne pinte de bière était toujours la meilleure. Onctueuse et réconfortante, miam !

« Fe et Halle sont là. » Cathy leur fit signe de s'approcher. Lydia remarqua immédiatement que quelque chose n'allait pas. Halle et Fe étaient très proches. Elles l'avaient toujours été, mais ce soir, il y avait une tension évidente entre elles.

Lydia se leva de son siège pour faire la bise à Fe puis se dirigea vers Halle. « Asseyez-vous. Harrison va vous commander des verres.

— Charmant, marmonna Harrison, mais il se dirigea vers le bar.

— Tout va bien ? Lydia posa la question à Fe, mais ses yeux s'égarèrent vers Halle, qui se tenait étrangement droite.

— Tout va très bien. » La réponse trop enthousiaste de Fe était tout sauf convaincante.

« Comment te sens-tu ? » La voix d'Halle était tendue, autant que son corps. Qu'est-ce qui s'était passé ? Il était inhabituel pour Fe et Halle de se disputer. Au fond d'elle, Lydia se demandait si leur prise de bec avait quelque chose à voir avec le fait qu'Halle passait du temps avec elle.

« Beaucoup mieux, merci. J'ai ma prise de sang vendredi après-midi.

— Oh, est-ce que...

— Je t'accompagne ? Fe interrompit Halle. Nous pouvons sortir dîner après. Ou passer un peu de temps avec les triplés. Tu ne les as pas vu depuis un petit moment.

— Euh... bien sûr. »

Harrison revint s'asseoir avec une pinte de bière pour Halle et un vin blanc pour Fe. « J'ai aussi des noix et d'autres choses à grignoter. »

La table était devenue silencieuse et Lydia commençait à se sentir mal à l'aise. « Comment s'est passée ta journée, Halle ?

— Très bien, merci. J'ai eu une séance difficile avec Ben aujourd'hui. » Halle avait parlé de Ben à Lydia lors de leur soirée cinéma. L'adolescent de 13 ans avait été renversé par une voiture, le chauffard ne s'était même pas arrêté. Le jeune garçon avait perdu une jambe.

« Oh non. Que s'est-il passé ?

— Qui est Ben ? » Demanda Cathy. Halle renseigna la tablée.

« J'ai mal au cœur pour lui. C'est le patient le plus travailleur que j'aie jamais eu, je crois. Il est tellement déterminé à retrouver une vie normale. En tout cas, aussi normale que possible. Je le vois grimacer à chaque fois que je dois le pousser un peu. Habituellement, je peux gérer cela. Je sais que c'est dans l'intérêt du patient, mais avec Ben... Ah, je déteste ça.

— C'est un garçon courageux. Et je suis sûre qu'il sait que tu es là pour l'aider.

— Oh, il le sait. Il donne le meilleur de lui-même à chaque séance. Aujourd'hui, il a dû marcher avec sa nouvelle prothèse. Il est tombé à mi-chemin, mais il n'a pas été découragé. Il s'est tout de suite relevé et a réessayé. Ce gamin est une source d'inspiration. J'ai dit que c'était une séance difficile, mais plus pour moi que pour Ben.

— Hé, si jamais tu as besoin de parler. Tu sais où j'habite. » Lydia adressa un petit sourire à Halle.

« Je suis là pour ça, c'est à ça que sert une meilleure amie, hein Halle ?

— Je sais, j'étais seulement...

— Au fait, Halle, je t'ai trouvé un rencart. »

Le changement de sujet de conversation de Fe bouleversa complètement Lydia.

« Pourquoi ? Halle répliqua sèchement.

— Pourquoi pas ? D'habitude, ça ne te dérange pas. En plus, Sally est adorable.

— Non, merci.

— Comment ça ? Pourquoi tu ne veux pas sortir avec une femme disponible ?

— Les filles, qu'est-ce qui se passe ?

— Il ne se passe rien, Lyds, répondit Fe avec douceur.

— Oui, tout va bien, Lyds, ajouta Halle.

— Oui, de toute évidence. » Avalant le reste de sa pinte, Lydia partit passer une autre commande. Si ça devait être comme ça pour le reste de la soirée, elle préférait rentrer chez elle.

« Qu'est-ce qui se passe ? Cathy avait murmuré à l'oreille de Lydia.

— Elles se sont disputées, mais je ne sais pas pourquoi.

— C'est de pire en pire », déclara Harrison en les rejoignant au bar. Lydia se retourna vers la table, seulement pour trouver Halle et Fe dans ce qui semblait être une discussion animée. Soudain, Halle se leva, attrapa sa veste qui pendait au dossier de sa chaise et sortit du pub.

Jetant un rapide coup d'œil à Fe, Lydia suivit Halle, sans penser à quel point il faisait froid dehors. « Jésus-Marie-Joseph » Lydia siffla alors que l'air glacial la piquait. « H-Halle, attends. » Bon sang, Halle avait déjà dévalé la moitié de la rue. « Halle !

— Lydia, retourne à l'intérieur avant de geler.

— Pas tant que tu ne m'auras pas dit ce qu'il s'est passé avec ma sœur.

— Ce n'est rien, c'est juste Fe qui fait son numéro.

— Mouais, ça ne m'avance pas beaucoup. Allez, on est amies maintenant, n'est-ce pas ?

— Vraiment, Lyds, laisse tomber. Nous allons trouver une solution. Comme d'habitude. Sérieusement, rentre te réchauffer au coin du feu. Tu deviens bleue. »

Lydia prit une autre décision dont elle n'était pas sûre qu'elle était une bonne idée. « Veux-tu m'attendre ici ?

— Je rentre à la maison, Lydia, la journée a été longue.

— Je sais, et je crois que tu as besoin d'en parler. Loin du bruit et de la foule. Tu veux bien m'attendre, pour que je puisse récupérer mon manteau ? Le fish and chips est ouvert. Allons manger un morceau. S'il te plaît ? »

Fe n'allait pas apprécier !

<u>6</u>

L'ODEUR DES FRITES MIT l'eau à la bouche de Lydia. Le fish and chips était au menu ce soir, et elle allait en savourer chaque morceau ! Au diable les boutons !

« Qu'est-ce que je peux t'offrir, ma belle ? » Demanda la petite femme qui atteignait à peine le haut du comptoir. Lydia passa commande et se tourna vers Halle.

« Je prendrai la même chose, s'il vous plaît. » Quoi qu'il se passe entre Fe et Halle, Lydia n'aimait pas voir Halle si triste. Elles attendirent en silence leur repas, Lydia jetant régulièrement un œil attentif sur Halle.

« Asseyons-nous. » Halle suivit Lydia sans un mot. Après avoir déballé le poisson de son papier, Lydia y ajouta du sel et du vinaigre, espérant qu'Halle commencerait à parler. Quand il fut clair qu'Halle ne prendrait pas la parole spontanément, Lydia rompit le silence : « est-ce que tu veux me dire ce qui ne va pas ? »

Poussant un soupir, Halle finit par regarder Lydia. « Fe... C'est juste Fe. Normalement, je peux supporter ses caprices, tu sais. Elle a toujours été comme ça. Mais en ce moment, j'ai du mal. » Halle trempa une frite dans un peu de ketchup, manifestement perdue dans ses pensées.

« Qu'est-ce que tu veux dire exactement par 'c'est juste Fe ?'

— Elle s'énerve parce que je ne passe pas assez de temps avec elle.

— Bon sang, elle plaisante ? Tu vis pratiquement avec elle ! Tu es sure qu'elle ne s'est pas disputée avec Clark ? Tu sais qu'elle devient collante quand ils se disputent. »

Fe et Clark étaient un couple bien assorti, mais les horaires de travail de Clark conduisaient souvent à des désaccords. Lydia avait essayé de faire comprendre à plusieurs reprises à sa sœur que si elle voulait ce genre de style de vie, avec la grande maison et la belle voiture, Clark devait travailler de longues heures. L'héritage de Fe était confortable, mais certainement pas suffisant pour leur garantir ce niveau de vie.

« Peut-être, soupira Halle.

— Et qu'est-ce que c'est que cette histoire de rencard ? Tu n'avais pas l'air ravie.

— Pas vraiment, non. C'est juste...

— Halle, tu peux me parler. Je sais que c'est ma sœur, mais je sais aussi à quel point elle peut être pénible. »

Lydia avait finalement réussi à faire naitre un sourire sur le visage d'Halle. Ce n'était qu'un mince étirement de ses lèvres, mais il était là. « J'aimerais juste qu'elle arrête de vouloir contrôler tout ce que je fais. Fe a toujours été une obsédée du contrôle ; elle adore ça et je l'aime aussi pour ça. C'est ce qu'elle est. Mais je n'ai pas envie de vivre ma vie comme si elle était sur des rails. Je peux très bien trouver mes propres rendez-vous amoureux. Je peux avoir des amis en dehors d'elle. Je peux organiser ma vie toute seule. »

Mâchant rapidement, Lydia avala son poisson. « Depuis combien de temps te sens-tu comme ça ?

— Un petit moment. Je ne suis pas le genre de personne qui cherche à bouleverser les choses, tu sais. Et Fe a eu beaucoup de choses à faire, avec Clark qui travaille tellement et les triples terreurs.

— Oui, elle a beaucoup de choses à gérer, mais ce n'est pas une raison pour t'effacer ou mettre de côté tes besoins. Fe est une adulte. Elle a tout le soutien qu'il faut, et pas seulement le tien.

— Nous comptons l'une sur l'autre depuis si longtemps. Je pense qu'elle a du mal à accepter le changement.

— Fe déteste le changement, c'est sûr. Elle l'a toujours détesté. Mais encore une fois, Halle, c'est son problème. Ecoute, j'adore ma sœur. C'est ma meilleure amie, mais elle n'est pas parfaite. Fe peut être égocentrique. Et la plupart du temps, ce n'est pas grave. Nous devrions tous être un peu égoïstes parfois. Et toi aussi, Halle. Si tu as besoin que les choses changent, dis-le-lui. Votre amitié fera le reste. Fe boudera peut-être pendant quelques jours, puis elle s'en remettra.

— Comment elle a réagi quand tu as quitté le pub ? » Halle évitait de nouveau de croiser le regard de Lydia, ce qui semblait étrange.

« Oh, elle était énervée. Je savais qu'elle le serait. Mais comme je le lui ai dit, tu as eu une journée éprouvante et tu avais besoin de parler. En plus, Cathy et Harrison sont restés avec elle. Cathy peut faire parler n'importe qui. Je te garantis que cinq minutes après notre départ, Fe avait déjà oublié qu'elle était en colère.

— Merci, Lyds.

— Pas de soucis. Maintenant, que dirais-tu de marcher un peu ? Il n'est pas trop tard. On peut parler de Ben si tu veux ?

— Oui, ça me ferait plaisir. »

❀

« Ma chérie, comme ça me fait plaisir de te voir ! » La mère de Lydia la serra dans ses bras. Bonnie Archer avait presque soixante ans, mais elle avait le teint de quelqu'un qui avait la moitié de son âge. Elle était grande, mince et tout simplement magnifique aux yeux de Lydia. Elle était aussi la meilleure maman du monde. Bonnie avait élevé Fe et Lydia toute seule après le départ de leur père. Ne laissant jamais son chagrin l'emporter, Bonnie avait transformé sa tristesse en amour et l'avait distribué généreusement.

« Maman, tu es superbe.

— Merci, mon amour. Comment te sens-tu ?

— Je vais bien. J'ai ma prise de sang demain.

— Oui, Fe m'a dit qu'elle y allait avec toi. Tu aurais pu m'appeler. Je suis prête à t'accompagner chaque fois que tu en as besoin. »

En riant, Lydia se débarrassa de son manteau et l'accrocha à la patère à côté de la porte d'entrée. « J'ai l'impression d'avoir toute une bande prête à m'accompagner en ce moment.

— Bien, et tu devrais les laisser faire. Fe était contrariée l'autre jour. Elle m'a dit qu'elle avait l'impression de t'avoir laissé tomber. »

Lydia secoua la tête et suivit sa mère dans la cuisine. « Je n'ai jamais pensé une chose pareille.

— Du thé ?

— Oui, s'il te plaît. » Assise à la table de la cuisine, Lydia hésita puis demanda : « Maman, est-ce que Fe va bien ?

— Pourquoi me demandes-tu ça, ma chérie ?

— Elle s'est disputée avec Halle. Et ça n'arrive presque jamais.

— Vraiment ? Elle ne me l'a pas dit. » Bonnie posa deux tasses de thé sur la table. « Un biscuit ?

— Non merci. Elles ont failli exploser au pub l'autre soir. Halle est partie, alors je suis allée la chercher. Evidemment, ça n'a pas plu à Fe, mais Halle semblait vraiment contrariée.

— Tu es amie avec Halle maintenant ? » Pourquoi sa mère la regardait-elle comme ça ?

« Oui, je suppose. Elle a été géniale avec moi.
Je n'arrive toujours pas à croire qu'elle ait obtenu un
rendez-vous avec le Dr Maynard. »

Bonnie sirota son thé, gardant un œil sur Lydia, ce qui
était un peu déconcertant.

« Nous avons beaucoup de choses en commun.
C'était agréable de passer du temps avec elle.

— Tu as ta réponse alors.

— Quelle réponse ?

— À ce qui dérange Fe.

— Tu te moques de moi. Elle est contrariée parce
qu'Halle et moi passons du temps ensemble ?

— Ce n'est qu'une supposition. »

Lydia rit nerveusement. « C'est ridicule et puéril.
Pour l'amour de Dieu, Halle a tout à fait le droit d'avoir une
autre amie que Fe !

— Je suis d'accord et je ne pense pas que Fe se soucie
de savoir si Halle a d'autres amies.

— Alors, tu penses que c'est moi le problème ?

— Parle-lui, ma chérie.

— Pourquoi ça devrait être à moi de lui parler ? »
Lydia était têtue. Elle le savait, et c'était idiot, mais parfois
Fe l'énervait vraiment.

« Parce que c'est ta sœur.

— Maman, c'est elle qui est ridicule.

— Peut-être, mais de toute évidence Fe traverse une période difficile. »

Lydia avait envie de taper du poing sur la table et de hurler. Faire une crise de jalousie parce que sa sœur et sa meilleure amie se voient, c'était ça une période difficile ? Argh !

« Bien sûr, je vais lui parler. Ça doit être vraiment difficile de devoir partager une amie. Comment arrive-t-elle à faire face ?

— Lydia Marie Archer, c'était méchant. Ce n'est pas parce que cela te parait insignifiant que cela ne peut pas être douloureux pour ta sœur. »

Se sentant réprimandée, Lydia but son thé en silence. « Désolée, maman.

— Parle-lui, d'accord ? Bon, tu veux déjeuner ? Je suis en train de faire une salade de poulet au pesto. »

Quand Lydia dit au revoir à sa mère, elle lui promit de se rendre chez Fe le soir-même. Ce serait bien de voir les enfants et de calmer le jeu avec sa sœur, même si Lydia n'était pas sûre de la façon dont cela allait se dérouler. Fe pensait-elle vraiment que Lydia allait rester à l'écart d'Halle ?

Après avoir envoyé un message à sa sœur pour lui faire savoir qu'elle passerait dans la soirée, Lydia essaya de mettre de côté le problème avec Fe. Norris était en poste aujourd'hui, ce qui signifiait que Lydia devait résister à l'envie de se fracasser le crane avec un os de dinosaure pour échapper à ses critiques.

Pete, l'agent de sécurité, lui adressa un sourire chaleureux lorsqu'elle entra dans le musée. Il y avait des enfants qui couraient comme des fous, des parents qui avaient l'air éreintés et des groupes de touristes qui prenaient des photos. C'était le chaos habituel, et Lydia adorait ça. « Bon après-midi Pete, tout va bien ?

— Oui, ma grande. Tu vas avoir du pain sur la planche aujourd'hui.

— C'est tout ce que j'aime ! A plus tard ! »

Une journée bien remplie était exactement ce dont Lydia avait besoin. Elle voulait éviter d'avoir à penser à tout ce qui l'inquiétait cet après-midi. Les tests sanguins à venir étaient au premier plan de ses pensées. L'excitation et l'appréhension bouillonnaient dans son ventre. Elle avait attendu si longtemps pour aller dans la bonne direction qu'il était difficile de croire que dans moins de 24 heures, elle pourrait enfin avoir des réponses. Ensuite, il ne resterait plus que deux semaines avant la chirurgie exploratoire. Que se passerait-il ? Qu'est-ce que le médecin trouverait ?

« Norris est sur le pied de guerre. » Gillian, une autre assistante, marmonna en passant devant elle.

Génial.

⚜

La maison de Fe était aussi illuminée que la tour de Blackpool. Après avoir payé le chauffeur de taxi, Lydia prit une profonde inspiration. « Allons-y. »

La porte était entrouverte, comme prévu. Ce à quoi Lydia ne s'attendait pas, c'était les trois enfants hurlants étendus sur le sol. Fe était introuvable. S'éclaircissant la gorge, Lydia espérait attirer l'attention des triplés, en vain. Les cris continuèrent, auxquels s'ajoutaient des coups de poing sur le sol.

Se frayant un chemin sur la pointe des pieds autour des enfants, Lydia partit à la recherche de Fe, qu'elle trouva en train de siroter un verre de vin rouge dans la cuisine. « Hé ho, sœurette, cria Fe par-dessus le vacarme.

— Qu'est-ce qu'il se passe ? » Lydia passa son pouce par-dessus son épaule en direction du chaos.

« Ils prennent un peu de temps pour réfléchir à leurs actions.

— Je doute qu'ils réfléchissent beaucoup pour le moment. » Les oreilles de Lydia bourdonnaient.

En soupirant, Fe se leva du tabouret, leva son index vers Lydia, lui demandant silencieusement d'attendre une seconde. Les yeux de Lydia suivirent Fe dans le hall d'entrée, où elle s'allongea au milieu de ses enfants et poussa un cri perçant. Les enfants arrêtèrent immédiatement leur crise de colère et regardèrent leur mère avec des yeux écarquillés, tout comme Lydia. Fe criait toujours. C'était presque primal.

Fe finit par se taire, probablement à court d'air.

Elle se releva puis retourna à la cuisine et à son verre de vin. Lydia resta stupéfaite, ne sachant que faire ni que dire. Finalement, elle s'adressa aux enfants, qui semblaient assez perturbés par la performance de leur mère.

« Les enfants, vous voulez bien monter et enfiler vos pyjamas ? » Ils hochèrent la tête simultanément et suivirent leur tante en silence. Quelque chose clochait dans cette maison. « Jenny, pourquoi vous criiez comme ça ? » Jenny haussa les épaules. « Jack ?

— Papa était censé être à la maison de bonne heure. Il nous a promis qu'il nous lirait une histoire.

— Il dit ça tous les jours, Jack, précisa Joey.

— Papa a appelé maman et lui a dit qu'il rentrerait à la maison plus tard. Maman s'est fâchée et nous a dit que nous devions aller nous coucher sans histoire, Jack renifla.

— Maman pourrait nous faire la lecture, mais elle n'a pas envie. » La voix de Jenny était calme, presque un murmure.

« Oh, mes petits chéris, venez ici. » Faisant de son mieux pour étirer ses bras autour des trois, Lydia serra fermement les enfants. « Maman est probablement très fatiguée. Bien sûr qu'elle veut vous lire une histoire. Mais parfois, elle n'en est pas capable, et si cela se produit, vous ne pouvez pas vous jeter par terre comme ça. Vous m'avez fait peur quand je suis entrée.

— Désolée, tante Lydia. On voulait juste voir papa, déclara Joey, sa voix étouffée dans le haut de Lydia.

— Et on voulait une histoire, ajouta Jenny.

— Eh bien, je peux vous en lire une. Allez vous brosser les dents et ensuite je lis, d'accord ?

— Ouiiii », répondirent-ils tous ensemble.

Les triplés partageaient une chambre. Jenny aurait sa propre chambre plus tard, mais pour l'instant, ils étaient encore assez jeunes pour rester ensemble. Ils avaient chacun un lit simple aligné contre le mur. La première fois que Fe avait montré la pièce à Lydia, elle avait ri parce que la chambre lui avait rappelé les sept nains de Blanche-Neige. Les enfants avaient même leurs noms gravés sur le cadre de leurs lits.

L'haleine fraiche, les enfants sautèrent dans leurs lits respectifs et s'installèrent confortablement. Jenny avait déjà indiqué l'histoire qu'ils voulaient. Trois interprétations plus tard, Lydia les embrassa et éteignit la lumière. Seule la douce lueur d'une veilleuse éclairait la pièce.

En bas, Lydia ne fut pas surprise de voir Fe toujours perchée sur le tabouret de la cuisine avec un nouveau verre de vin. « Est-ce que je peux en avoir un ?

— Sers-toi, je t'en prie.

— Tu veux bien me dire ce que c'était que ce cirque ? Tu avais l'air folle à lier. Tu m'as vraiment fait peur. »

Fe gloussa. « Parfois, j'ai juste besoin de me défouler. Ils ne m'écoutaient pas, et quand tu es arrivée, ça faisait 15 minutes qu'ils étaient comme ça.

— Jenny a dit que Clark était censé leur lire une histoire. »

Fe feint de rire. « Clark leur fait des promesses à chaque fois. Et à chaque fois, il les laisse tomber. Et devine qui doit gérer leur colère ?

— Oh, Fe, je suis désolée, ma chérie.

— Moi aussi. » Avalant les deux tiers de son verre, Fe tendit la main et le remplit. « Je pense que nous avons un gros problème, Lyds.

— C'est si grave que ça ? Lydia se laissa glisser sur le tabouret à côté de Fe.

— Oui. On ne fait que se disputer. Les enfants ont besoin de voir leur père plus d'une heure par semaine.

— Et les week-ends ?

— Il travaille en haut dans son bureau ou doit voir des clients.

— Et tu lui as dit ce que tu ressentais ?

— Bien sûr, Lydia, qu'est-ce que tu crois ! »

Levant les mains en signe de reddition, Lydia se pencha en arrière, laissant un peu d'espace à sa sœur. « J'essaie juste de comprendre où tu en es. »

Un sanglot déchira le corps de Fe. « Je suis désolée, Lyds. Merde. C'est un tel gâchis. Je pense que Clark a une liaison.

— Une liaison ? » La dernière personne au monde que Lydia pensait être infidèle était Clark.

« C'est soit ça, soit il en a juste marre d'être père de famille. Les enfants nous mettent à l'épreuve tous les jours. S'il n'est pas en train de baiser quelqu'un, c'est qu'il fait exprès de trop travailler pour ne pas avoir à s'occuper de moi et des enfants.

— Bon sang. » Lydia prit sa sœur dans ses bras jusqu'à ce qu'elle arrête de pleurer.

« Il faut que je tire ça au clair, Lyds. Ça me rend dingue. Je préfère le savoir plutôt que de continuer à me prendre la tête comme ça.

— Bien sûr. Il faut que tu lui parles, ma chérie. Je peux garder les enfants si tu veux ? Je peux les emmener au musée. Ils s'amusent toujours là-bas.

— Toute seule ? Tu as déjà oublié le carnage du début de soirée ? Ce sont de vrais monstres en ce moment. »

Tout en continuant de tracer des cercles apaisants dans le dos de Fe, Lydia essaya de garder sa voix basse et calme. « Je pense qu'ils doivent sentir qu'il se passe quelque chose. Ils ne le comprennent probablement pas, mais traduisent leurs émotions par des cris.

— Super, s'étrangla Fe, nous sommes en train de gâcher leur enfance.

— Calme-toi, je n'ai pas dit ça. Le plus tôt tu parleras à Clark, le plus vite tu pourras les aider à comprendre ce qu'il se passe.

— J'ai moi-même besoin d'aide pour comprendre. Je ne comprends pas pourquoi il disparaît comme il le fait. Rien n'a changé pourtant.

— Quelque chose a bien dû changer pour lui, manifestement. Je peux passer samedi après-midi ? Je ne travaille pas.

— Tu veux emmener les enfants au musée alors que tu ne travailles pas ?

— J'adore le musée. Je pourrais demander à Halle de m'accompagner. Les enfants l'adorent aussi.

— Mmm, je ne suis pas sûre qu'Halle soit un bon choix en ce moment.

— Vous êtes encore fâchées ?

— On n'est pas fâchées, souffla Fe.

— Mais il y a un problème entre vous, c'est évident.

— Si c'est le cas, tu dois le savoir, non ? Tu lui as couru après l'autre nuit, après tout.

— Bon sang, tu ne l'as toujours pas digéré ? Halle avait besoin de parler, et tu n'étais visiblement pas disposée à l'écouter.

— Qu'est-ce qu'elle a dit ?

— Je ne te le dirai pas. Ce que tu me dis reste entre nous, et c'est la même chose pour ce que me dit Halle. Si tu veux le savoir, parle-lui.

— Je n'ai rien fait de mal ! » Fe tendit la main vers la bouteille de vin. Lydia l'intercepta, ce qui lui valut un regard menaçant.

« Te mettre minable ne va pas t'aider.

— Ça me fait me sentir mieux.

— Ça m'étonnerait que tu te sentes mieux demain si tu continues de boire. Et je te rappelle que tu es censée venir avec moi à ma prise de sang.

— Zut, c'est demain. Je n'ai personne pour m'occuper des enfants.

— Fe, tu t'es toi-même proposée de m'accompagner !

— Je suis désolée, mais j'ai beaucoup de choses à gérer, Lydia.

— Je n'ai jamais dit le contraire.

— Parfois, j'ai l'impression que tu oublies que *tout* ne tourne pas autour de *toi* et de ton putain d'utérus foireux ! »

Lydia prit le temps d'inspirer profondément. Fe aurait tout aussi bien pu la frapper en plein visage. Cela aurait fait moins mal. Lydia saisit son sac puis sortit en trombe, après avoir arraché son manteau du dossier de sa chaise.

Lydia pouvait entendre la voix de Fe derrière elle, mais elle ne saisissait pas ce qu'elle disait. Le sang bourdonnait dans ses oreilles alors qu'elle essayait de retenir ses larmes. C'est pour cela qu'elle ne demandait pas d'aide, parce qu'un connard trouvait toujours le moyen de lui renvoyer son état à la figure. Lydia n'arrivait pas à croire que le connard était cette fois sa propre sœur.

Des larmes s'échappèrent finalement lorsque Lydia tourna au coin de la rue, percutant quelque chose. Bon sang, elle venait de se prendre un poteau téléphonique ou quoi ? Lydia trébucha et s'agrippa à ce qu'elle avait heurté.

Mais ce n'était pas un quoi, mais un qui. « Aïe, Lyds, fais attention. »

Levant les yeux embués, Lydia pouvait à peine distinguer le visage d'Halle. « Désolée.

— Est-ce que ça va ? »

Secouant la tête, Lydia essaya d'esquiver Halle. Tout ce qu'elle voulait, c'était être seule. C'était mieux ainsi. Nul doute qu'Halle finirait, comme Fe et tous les autres, à en avoir marre de Lydia et de ses problèmes.

« Lydia, arrête-toi. » Des mains fortes agrippèrent ses épaules alors qu'elle essayait à nouveau, en vain, de partir.

« S'il te plaît, Halle, je veux juste rentrer chez moi.

« — D'accord, je peux te raccompagner. J'ai garé Nora juste là-bas.

— Non, ça va, je...

— Il n'y a pas de non qui tienne. »

Accablée de fatigue et blessée, Lydia se laissa guider par Halle vers la petite mini. Mais c'était la dernière fois qu'elle laissait Halle ou quelqu'un d'autre l'aider.

7

Lydia rejeta l'appel de sa sœur pour la troisième fois. Fe insistait, mais Lydia était toujours bouleversée. Fe pouvait bien patienter encore un peu. Le silence d'Halle pendant le trajet jusqu'à la maison était désagréable.

« Dépose-moi ici, merci. » Lydia voulait être seule, et connaissant Halle, elle allait essayer de l'accompagner jusqu'à la porte. Aussi doux que cela puisse être, Lydia ne pouvait pas le supporter en ce moment.

« Je vais t'accompagner jusqu'à...

— Non, vraiment, ça va. Tu devrais retourner chez Fe et lui parler.

— Tu ne vas pas me dire ce qui t'a tant contrarié ?

— Non, pas ce soir. Je veux juste être seule. »

Lydia vit Halle hésiter. Heureusement, Halle n'insista pas. Avec un sourire triste, Lydia lui souhaita une bonne nuit et sortit de la voiture.

Monty vint à sa rencontre dès qu'elle franchit la porte. « Hé, mon petit bonhomme. » Mon Dieu, elle aurait souhaité qu'il puisse parler. Lydia n'aurait alors pas besoin de qui que ce soit. Personne pour la faire se sentir mal. Personne dont se soucier. « Ce serait génial, Monty. N'est-ce pas ? Juste toi et moi, contre le reste du monde. »

Le petit toutou pencha la tête d'un côté, écoutant Lydia divaguer. Le téléphone de Lydia sonna à nouveau. Voyant le nom s'afficher, elle n'eut guère d'autre choix que de répondre. « Salut, maman. » C'était un coup bas de la part de Fe. Se servir de leur mère pour faire parler Lydia. Un autre mauvais point à inscrire dans le cahier des rancunes contre sa sœur.

« Fe m'a appelé, ma chérie.

— Comme c'est étonnant », déclara Lydia d'un ton impassible. C'était du Fe tout craché. Dire quelque chose de blessant, puis insister pour être pardonnée, ignorant le besoin d'espace de Lydia. Et si cela ne fonctionnait pas, elle faisait appel à l'artillerie lourde. Lydia ne pouvait jamais ignorer sa mère.

« Le sarcasme n'est pas nécessaire avec moi. J'appelle seulement pour prendre de tes nouvelles.

— Désolée, maman. Je vais bien, je suis juste fatiguée, je vais me coucher tôt.

— Fe m'a raconté ce qu'elle t'a dit. » Eh bien, c'était une surprise. Fe n'avait pas pour habitude d'admettre ses erreurs. « Elle sait qu'elle est allée trop loin, ma puce. Tu peux l'appeler ?

— J'apprécie qu'elle soit désolée, maman, mais j'ai besoin d'un peu de temps. Nous traversons toutes les deux quelque chose et nous devons clairement gérer ces choses à notre manière.

— Lydia...

— Maman, s'il te plaît.

— D'accord, d'accord. Je n'insiste pas. Mais, chérie, s'il te plaît, n'attends pas trop longtemps. »

Serrant les dents, Lydia prit une inspiration silencieuse. S'énerver ne servait à rien. Pour leur mère, Fe avait toujours le bénéfice du doute. « Merci d'avoir appelé, maman. Je te rappelle demain. »

Jetant le téléphone par terre, Lydia se dirigea vers la cuisine et prit la bouteille de vin dans le placard. Ras le bol. Elle avait besoin d'un verre. Elle savait que l'alcool pourrait aggraver ses crampes et sa douleur, mais Lydia souffrait déjà.

La bouteille de Merlot disparut, laissant Lydia avec la gueule de bois et des regrets. Se traîner jusqu'à l'arrêt de bus était un supplice. Il faisait un froid glacial et les trottoirs étaient glissants. *Eh bien, je vais chez le médecin, donc au moins je serai au bon endroit si je tombe.* C'était à peu près tout ce à quoi Lydia était capable de penser ce matin.

Lydia jeta un coup d'œil rapide à son téléphone. Sans l'aide de Google Maps, elle ne serait jamais à l'heure à son rendez-vous. Le Dr Maynard avait contacté une bonne amie à elle et avait fait inscrire Lydia à son cabinet. Elle avait décidemment beaucoup de raisons de remercier Halle.

En descendant du bus, Lydia maudit sa stupidité. Une bouteille de vin sur un estomac presque vide était une erreur de débutant. Réprimant ses nausées du mieux qu'elle pouvait, Lydia se força à avancer. En réalité, elle aurait sacrifié son sein gauche pour le confort d'un lit et d'une couverture lestée.

Le bâtiment qui abritait son nouveau médecin était situé dans une maison de ville victorienne. Le cadre conférait un sentiment de confort intime, un contraste frappant avec la froideur sophistiquée du cabinet du Dr Watson.

La salle d'attente était à moitié remplie. En se dirigeant vers la réception, Lydia ressentit un pincement nerveux habituel. « Bonjour, je suis Lydia Archer, j'ai rendez-vous pour une prise de sang.

— Bonjour », répondit la jeune réceptionniste. Ses cheveux étaient couverts d'une quantité bien trop importante de gel. « Asseyez-vous, l'infirmière vous appellera bientôt. »

Lydia venait à peine de s'installer dans la salle d'attente qu'une magnifique femme en blouse bleue sortit d'une porte à côté de la réception. « Lydia Archer ? »

Dans d'autres circonstances, Lydia aurait pu siffler l'infirmière. Elle était magnifique. De longs cheveux noirs attachés en une queue de cheval haute. Des yeux dorés qui pétillaient. Bon, ils ne pétillaient pas vraiment, mais Lydia divaguait dans cet endroit entre la réalité et le fantasme, qui fait voir des choses qui n'existent pas.

« Mlle Archer ? » Répéta l'infirmière.

S'éclaircissant la gorge et rougissant abondamment, Lydia bondit de sa chaise. Gardant la tête baissée, elle suivit les fesses galbées de l'infirmière Bombasse.

« Asseyez-vous. Je suis l'infirmière Bell. Vous êtes ici pour une prise de sang, c'est ça ?

— Oui, c'est ça.

— Excellent. Pouvez-vous retrousser votre manche ? » Obéissant à la demande de l'infirmière Bell, Lydia laissa ses yeux vagabonder à nouveau. Cela faisait un moment que quelqu'un ne lui avait fait autant d'effet. « Vous n'avez pas de problème avec les aiguilles ?

— Aucun problème.

— Parfait. Prête ? » Lydia hocha la tête. L'infirmière Bell prit trois flacons de sang. « C'est fait. Nous allons les envoyer au labo aujourd'hui. Vous devriez recevoir les résultats dans quelques jours. Une copie des résultats sera envoyée au Dr Maynard.

— Super, merci. » Lydia remit sa manche en place et tâtonna maladroitement pour ramasser son sac.

Même si sa nervosité lui avait donné l'impression d'avoir attendu une éternité, le rendez-vous n'avait duré que 10 minutes. Décidant qu'une tasse de café était de mise, Lydia quitta le cabinet. Au coin de la rue se trouvait un petit café pittoresque. C'était tout à fait incroyable : elle n'était qu'à un jet de pierre du centre de Londres, pourtant ce quartier semblait perdu dans le temps.

L'intérieur du café était chaleureux et confortable. Des canapés et des fauteuils moelleux occupaient la majeure partie de la pièce. Le comptoir était petit et débordait de choses qui semblaient délicieuses. Lydia regarda longuement la part de cake au caramel, mais remporta cette fois-ci la bataille contre son ogre intérieur. « Un café noir, s'il vous plaît.

— Autre chose ? » La barista avait-elle deviné à quel point elle voulait cette part de cake ?

« Non merci, c'est tout.

— Assieds-toi, ma belle, et je te l'apporte. »

S'installant sur un fauteuil rembourré dans un coin de la pièce, Lydia scruta le coin salon. Il y avait plusieurs autres clients, qui semblaient tous très à l'aise. *Ce doit être des habitués.* Lydia s'imaginait venir ici tous les matins pour prendre un café, regarder les passants sans se soucier du monde.

« Voilà. Un café.

— Super, merci. » Regardant la barista partir, Lydia balaya à nouveau le café du regard, puis laissa son regard dériver à l'extérieur. La petite rue principale était animée. Des gens marchaient le pas décidé. L'esprit de Lydia retourna vers sa prise de sang. Allait-elle révéler quelque chose ? Les résultats lui permettraient-ils de tenter la chirurgie exploratoire ?

Deux cafés plus tard, Lydia s'apprêtait à rentrer chez elle. « Mlle Archer ? » Lydia releva brusquement la tête et découvrit deux yeux dorés qui la fixaient. L'infirmière

Bombasse se tenait à côté de la table de Lydia avec un magnifique sourire sur le visage.

« Infirmière bomb... Bell, rebonjour.

— Vous partez ?

De toute évidence, elle veut la table.

— Oh, oui, tenez, prenez la table. » Une chaleur s'insinua le long de la colonne de Lydia. En baissant les yeux, elle vit la main de l'infirmière Bell sur son avant-bras.

« Voulez-vous vous joindre à moi ? »

Euh, est-ce que c'était éthique ? L'infirmière Bombasse était, après tout, l'infirmière de Lydia. Mais ce n'était pas comme si elles allaient bientôt se croiser. Lydia n'avait pas l'intention de se faire prélever du sang régulièrement. Toutefois, si Lydia buvait un autre café, elle allait commencer à vibrer. « Bien sûr, je vais...

— Aimez-vous le chocolat chaud ?

— J'adore.

— Je reviens tout de suite. »

Oh mon dieu ! Je vais prendre un chocolat chaud avec l'infirmière bombasse. Merde, ne l'appelle pas comme ça en face, espèce d'idiote.

Voilà pour le vœu de Lydia de se concentrer sur elle-même. Mais que pouvait-elle faire ? L'infirmière Bell était tout simplement adorable. De plus, l'infirmière n'avait pas laissé entendre qu'il s'agissait de quoi que ce soit de plus qu'une rencontre amicale.

« C'est le meilleur chocolat chaud du Royaume-Uni. » L'infirmière Bell était assise en face de Lydia, sirotant sa propre tasse gargantuesque de douceur chocolatée.

« C'est un sacré compliment, infirmière Bell, dit Lydia en riant.

— Zoé. Infirmière Bell sonne bizarre quand je ne suis pas au travail.

— Alors appelez-moi Lydia.

— Lydia. Vous reconnaissez que c'est le meilleur chocolat chaud de tout le pays ? »

En riant, Lydia avala une gorgée. Le chocolat fit réagir ses papilles de la plus délicieuse des manières. « Mmmm. C'est délicieux !

— Je vous l'avais bien dit. C'est une recette familiale secrète.

— Vous êtes d'ici ?

— Ma famille est propriétaire. C'est ma sœur, dit Zoé en penchant la tête vers le barista, qui n'essayait même pas de cacher le fait qu'elle écoutait.

— Oh, waouh. Alors vous pouvez me dire quel est cet ingrédient secret ?

— Ce secret est réservé à des gens très spéciaux. Mais je pourrais vous le dire après quelques rendez-vous.

❧

« Un rendez-vous, Monty. Tu peux le croire ? » Monty n'y croyait clairement pas non plus. Lydia avait quitté la maison pour une prise de sang et était revenue avec un rendez-vous ! Elle qui avait renoncé à sortir avec qui que ce soit. Cela aura duré quelques semaines.

« Elle est super sexy, Monty. Si tu la voyais, tu comprendrais. L'infirmière Bell, c'est son nom. Enfin, c'est Zoé, mais j'aime bien l'appeler l'infirmière Bell. Ça me donne envie de faire un jeu de rôle. » Monty jappa. « Tu as raison, je mets la charrue avant les bœufs. Commençons déjà par dîner ensemble avant d'envisager quoi que ce soit de sexy. »

Les règles de Lydia étaient enfin terminées, elle était donc prête à agir si cela se produisait. Wow, c'était bon de ressentir cette excitation à nouveau. Comme un adulte normal, avec une vie sexuelle. Le visage d'Halle traversa l'esprit de Lydia. L'infirmière Zoé n'était pas la seule à lui faire ressentir cela, mais Halle était hors d'atteinte. Secouant la tête, Lydia s'affaira à trouver une tenue appropriée dans sa garde-robe. Les bas de jogging et les t-shirts amples ne feraient pas l'affaire.

Lydia avait l'habitude d'appeler Fe pour ce type d'urgence. Elle prit son portable et fit défiler son répertoire jusqu'au nom de Fe. Poussant un soupir, elle appuya sur le bouton d'appel. Si Lydia ne faisait pas d'effort, elle aurait sa mère sur le dos jusqu'à ce qu'elle cède. Ajoutez à cela le fait que Lydia s'inquiétait pour sa sœur, elle savait qu'il ne servait à rien de bouder. Les mots de Fe avaient été durs, et Lydia avait besoin d'un peu de temps pour oublier, mais sa sœur n'était pas elle-même. Si quelqu'un pouvait comprendre ce que c'était que de perdre pied, c'était bien Lydia.

« Lyds, oh mon Dieu, je suis tellement désolée !

— Est-ce que tu attendais avec le téléphone déjà à l'oreille ? » La vitesse à laquelle Fe avait répondu à l'appel était étonnamment rapide.

« Oui. J'étais juste en train de décider si j'allais appeler à nouveau. Si tu n'avais pas décroché, je serais venue chez toi avec un haut-parleur. »

Lydia se mit à rire. « C'est un peu romantique, Fe. Tu pourrais commencer par m'offrir un verre.

— Tu me pardonnes ? Je n'aurais pas dû décharger ma frustration sur toi, Lyds.

— Oublions ça, d'accord ?

— D'accord. Mais en plus du verre, je t'offrirai un déjeuner aussi.

— Ça marche. Maintenant, dis-moi comment tu vas. Tu as parlé à Clark ? »

Le sanglot de Fe révéla à Lydia tout ce qu'elle avait besoin de savoir.

« Il a déménagé ce matin.

— Merde ! Fe, que s'est-il passé ?

— Il a couché avec Janey. Sa putain de secrétaire.

— Oh, pour l'amour de Dieu. » *Tu ne pouvais pas faire plus cliché, Clark ! Quel trou du cul !*

« Qu'est-ce que je vais faire maintenant ? » Fe n'attendait pas de réponse. Ses sanglots s'alourdirent et le cœur de Lydia se brisa pour sa sœur.

« J'arrive dans une demi-heure. Où sont les enfants ?

— Halle les a emmenés au parc.

— Bien. J'y serai bientôt. Ne t'inquiète pas. On s'occupe de toi. »

Attrapant son sac de sport au fond de l'armoire, Lydia y entassa autant de vêtements que possible. « Allez, Monty, on doit aller voir tante Fe. »

Le taxi arriva juste au moment où Lydia fermait la porte d'entrée. Avec un peu de chance, le conducteur accepterait Monty sans problème. Jetant tout sur la banquette arrière, y compris elle-même, Lydia enroula la ceinture de sécurité autour d'elle et de Monty.

« Il est mignon. » *Ah, le charme de Monty l'emporte à nouveau.* « Je n'ai jamais vu un chien avec de si beaux yeux. Ça fait tout drôle de dire ça !

— C'est ce que tout le monde dit.

— Où est-ce que je vous emmène ? » Après avoir donné au chauffeur l'adresse de Fe, Lydia repoussa quelques cheveux de son visage. Elle se sentait essoufflée et en nage après s'être précipitée pour prendre le taxi. Monty n'était pas aussi nerveux. Il restait assis en silence, regardant par la fenêtre le monde s'agiter.

Vingt minutes plus tard, Lydia paya et remercia le chauffeur. Monty s'élança vers Fe, qui attendait à la porte. Lydia regarda sa sœur fondre devant son petit chien.

Après avoir posé son sac sur le sol, Lydia prit Fe dans ses bras. « Je suis là. Laisse-toi aller. » Fe n'avait pas besoin de se l'entendre dire deux fois. Lydia sentit son haut s'humidifier de larmes. Seuls les cris des triplés les arrachèrent à leur étreinte. Lydia regarda par-dessus son épaule pour voir de quoi il s'agissait. Halle avait Jack et

Jenny accrochés à la boucle de sa ceinture, suppliant pour de la crème glacée. Joey se contenta de taper la porte du pied.

« Les enfants, aboya Fe. La ferme !

— Alors les terreurs, c'était bien le parc ? » Lançant à Halle un rapide sourire, Lydia éloigna les enfants de Fe et les emmena dans leur salle de jeux. « Vous vous êtes bien amusés avec Halle ?

— Oui, mais on voulait une glace. Tante Halle a dit que nous devions attendre le dîner.

— C'est la règle, vous le savez, indiqua Halle depuis le couloir.

— La règle est stupide, protesta Jenny.

— Peut-être, mais ce n'est pas une raison pour hurler comme ça. » Lydia réalisa qu'ils réagissaient à la tension et au stress. Elle était déterminée à rester le plus longtemps possible pour les aider à traverser les moments difficiles à venir. « Et si vous regardiez la télé pendant un moment ? Si vous vous tenez tranquille d'ici l'heure du dîner, je vais commander du chinois.

— Oui ! » cria Jack en levant le poing.

Les trois terreurs coururent aussi vite que leurs petites jambes pouvaient les porter. *Une crise en moins.*

« Tu ne peux pas continuer à les soudoyer », dit Fe depuis l'îlot de la cuisine. Halle avait mis la bouilloire en marche, prête à préparer une tasse de thé pour tout le monde

« Je le ferai tant que ça marchera, déclara Lydia. Ils sont contents pour l'instant. Ça va nous donner le temps de parler et d'élaborer un plan. Oh, et je m'installe ici pendant un moment.

— Lydia, tu n'as pas besoin…

— C'est déjà fait. Maintenant, raconte-moi exactement ce qu'il s'est passé. »

Lydia écouta attentivement Fe se remémorer sa conversation. Clark couchait avec sa secrétaire, de près de 20 ans sa cadette. Il avait dit à Fe que Janey était amoureuse de lui. Apparemment, il aimait toujours Fe, mais sentait qu'il devait donner une vraie chance à une relation avec Janey. Il était d'accord pour que les enfants restent avec Fe dans la maison familiale. *Comme c'est généreux de sa part.*

« Je pense qu'il est en train de faire une crise de la quarantaine, réagit Halle. Clark a 40 ans cette année et il le ressent soudainement. Je te le dis. Donne-lui quelques mois et il reviendra en rampant.

— Je ne veux pas qu'il revienne en rampant, hoqueta Fe.

— Qu'est-ce que tu veux ? » Lydia pouvait voir le conflit dans les yeux de sa sœur. Elle était triste et blessée, mais Fe était aussi livide.

« Je veux demander le divorce.

— Waouh, vraiment ? » Les sourcils d'Halle étaient remontés.

« Oui. Je n'ai pas envie de me morfondre pendant qu'il décide s'il veut ou non cette famille. Si Clark veut s'installer avec cette Janey, alors elle peut l'avoir. Les enfants ont besoin de structure et de sécurité.

— Es-tu sûre de ne pas vouloir y réfléchir un peu plus longtemps ? » La dernière chose que Fe devait faire, de l'avis de Lydia, était de prendre des décisions en fonction de ce qu'elle ressentait à ce moment précis.

« J'en suis certaine. Je savais depuis un moment que quelque chose n'allait pas du tout. Je pense que j'avais juste besoin qu'il me le dise. Je mérite mieux. Les enfants aussi.

— Je te soutiendrai, quelle que soit ta décision.

— Pour l'instant, je veux boire un verre de vin, me gaver de nourriture et essayer de profiter d'une soirée avec mes enfants et mes deux meilleures amies.

— Je m'occupe de ça, annonça Halle. Je vais commander le diner. Fe, va embrasser les enfants. Ils sont en train de paniquer, et Lyds, peux-tu nous servir des verres ? Je ne pense pas que le thé va suffire. »

« Et voilà... » gazouilla Lydia. Elle venait de finir de verser le deuxième verre de vin quand elle se souvint qu'elle avait rendez-vous avec l'infirmière Chaudasse ce soir ! Merde, cela lui avait complètement échappé. « Merde, merde, merde.

— Ça fait beaucoup de merde, dit Halle en riant. Tu as renversé ?

— Non, j'ai oublié que j'avais un rendez-vous ce soir, répondit Lydia. Où est mon fichu téléphone ?

— Tiens, dit Halle en tendant le portable à Lydia. Je croyais que tu ne voulais plus sortir avec quelqu'un pour le moment. »

En levant les yeux de l'écran, Lydia reconnut clairement l'expression sur le visage d'Halle. La colère.

« Je n'en avais pas l'intention, mais c'est arrivé comme ça.

— Et c'est arrivé comment ?

— C'est l'infirmière qui a fait ma prise de sang aujourd'hui.

— L'infirmière t'a dragué ? Le ton d'Halle montait de plus en plus haut.

— Non, je l'ai croisée dans un café plus tard. Nous avons discuté et elle m'a proposé de sortir.

— Et tu as dit oui ?

— Oui, j'ai dit oui.

— Tu devrais y aller. Je m'occupe de Fe.

— Lydia devrait aller où ? Demanda Fe en faisant glisser l'un des verres de vin.

— Elle a un rendez-vous. »

Lydia ne put manquer le regard que s'échangèrent Halle et Fe. « Ce n'est pas important. » Si seulement ses paroles sonnaient juste. Pour une raison qu'elle avait du mal à identifier, cela semblait maintenant être un gros problème, et Lydia ne savait pas vraiment pourquoi.

8

« JE SUIS VRAIMENT désolée d'être en retard. » Lydia essaya en vain de mettre de l'ordre à ses cheveux. *Putain de vent.* Elle s'était persuadée que tout allait bien quand elle avait quitté Fe. Mais son bus était tombé en panne, et elle avait dû se rendre au restaurant à pied, ce qui l'avait mise en retard.

Comme si cela ne suffisait pas, Lydia ne cessait de ruminer sa conversation avec Halle. Quel était son problème ? Lydia avait bien le droit d'accepter un rendez-vous. Cela ne regardait ni Halle, ni Fe.

« Pas de soucis. Je t'ai commandé un verre de vin rouge. J'espère que ça te convient ? » Zoe était magnifique dans un jean rouge moulant, un haut en soie noire et des talons hauts. Ses cheveux étaient lâchés et tombaient sur ses épaules.

« C'est parfait, merci. Je n'ai pas l'habitude d'être en retard, je t'assure. » Lydia raconta à Zoé ses péripéties pour se rendre au restaurant en y ajoutant une touche d'humour et un brin d'exagération, laissant penser qu'elle avait vécu une grande aventure. Zoé rit à son histoire, et c'était tout ce dont Lydia avait besoin. Cela l'aidait à briser la tension.

« Alors, à part ton incroyable voyage jusqu'ici, comment vas-tu depuis ce matin ? » Zoé sourit d'un air gourmand, que Lydia ressentit jusque dans ses orteils.

« Eh bien, ça fait si longtemps. Je ne suis pas sûre d'avoir le temps de te raconter tout ce qui s'est passé depuis que nous nous sommes parlé.

— Nous avons toute la soirée. » La voix de Zoé était grave et sensuelle. Lydia se pinça discrètement le bras pour s'assurer qu'elle n'hallucinait pas. Après tous ses partenaires merdiques, elle avait abandonné l'idée de trouver quelqu'un. Non pas que Zoé soit soudainement devenue sa partenaire. Mais elle avait certainement du potentiel. Une infirmière serait sans doute compréhensive à l'égard des problèmes médicaux de Lydia. Peut-être que cela ferait toute la différence. Non pas qu'elle s'attendait à ce que Zoé s'occupe d'elle ou de quoi que ce soit. Oh Jésus, elle déraillait.

« Mon beau-frère se tape sa secrétaire. » Voilà qui lançait la conversation. Lydia mourait maintenant d'embarras. *A ce rythme, Zoé va penser que je suis incapable de côtoyer d'autres adultes. Détends-toi Lyds.*

« Oh merde. C'est affreux.

— Ouais, ça fait l'effet d'une bombe. Même si ma sœur, Fe, dit qu'elle s'en doutait depuis un moment. Tout s'est gâté hier soir, et il est parti ce matin.

— Jésus-Marie-Joseph. Tu aurais pu décommander notre rendez-vous. J'aurais compris. J'imagine que ta sœur est bouleversée.

— Elle est au stade de la colère en ce moment. Mais elle a sa meilleure amie qui reste chez elle ce soir. »

Zoé sembla s'arrêter un instant. « Cela veut dire que tu as tout ton temps ce soir, alors ?

— Oui, je suis tout à toi. » Lydia sourit intérieurement. Elle se débrouillait pas mal pour flirter.

« Hmm, vraiment. Tout à moi ? »

D'accord, peut-être qu'elle n'était pas encore au niveau. Zoé, elle, maitrisait parfaitement son sujet. « Tout à toi. » *Bonne réponse.*

« Alors, profitons du dîner. On pourrait peut-être aller chez moi après ? »

Déglutissant exagérément, Lydia hocha la tête. Elle s'y était préparée, physiquement et mentalement. Plus tôt dans la journée, un rapide coup d'œil au calendrier lui avait fait remarquer que cela faisait presque trois mois qu'elle n'avait pas eu de relations sexuelles.

Lydia soupira. À voix haute apparemment, parce que Zoé fronça les sourcils d'un air inquiet. « Tout va bien ?

— Oui, absolument. J'ai juste zoné pendant une milliseconde.

— Cela n'avait pas l'air agréable à première vue. »

Lydia devait-elle parler dès maintenant de ses problèmes à Zoé ? Il lui semblait qu'elle se devait d'être franche avec elle.

« Euh... Bon, c'est un peu gênant. C'est juste que, eh bien... euh.

— Tu es mariée ? Fiancée ? Tu es en cavale ?

— Non, non, et non, Lydia répondit en souriant. J'ai quelques problèmes avec... Lydia fit un mouvement circulaire autour de ses régions inférieures.

— Tu as une MST ?

— Dieu merci, non ! » Bon sang, la conversation ne prenait pas la bonne direction. « Je suis venue faire une prise de sang aujourd'hui pour vérifier mon taux d'hormones. Je vais bientôt passer un test de dépistage de l'endométriose.

— Ah, d'accord. Je suis désolée pour toi. Ma mère a vécu un enfer quand elle était plus jeune. Je m'en souviens très bien ; je priais pour ne jamais avoir mes règles.

— Est-ce qu'elle va bien maintenant ?

— Elle a fini par avoir une hystérectomie. Elle nous avait déjà, mon frère et moi, donc elle était d'accord avec ça. »

L'effroi s'installa dans l'estomac de Lydia. Est-ce que cela pourrait lui arriver ?

« Tant mieux si elle va bien maintenant. Je devrais bientôt avoir une chirurgie exploratoire. J'espère que j'obtiendrai des réponses.

— Je déduis de ta gêne que tes partenaires précédents n'ont pas compris ?

— Ils ont prétendu comprendre, jusqu'à ce que la réalité nous rattrape. C'est pourquoi je voulais être honnête avec toi. Heu... Je serais heureuse de t'accompagner chez toi ce soir, si c'est ce que tu veux. Mais je ne peux pas te promettre que je serai souvent...disponible. »

Se penchant, Zoé posa sa main sur celle de Lydia. « Je comprends. Vraiment. Il n'y a pas de pression. J'aimerais apprendre à te connaître, et pas seulement au lit. » Avec un clin d'œil sexy, Zoé fit rougir Lydia et ruina sa culotte en même temps.

« Ça me plairait bien aussi. »

Une fois cette conversation terminée, Lydia se détendit. Il était facile de parler à Zoé. Elle était attentionnée, sociable et sacrément belle. Lydia avait remarqué que les gens autour d'elles reluquaient Zoé, ce qui l'agaçait un peu. Mais Zoé était là avec elle, et pour l'instant, elle ne détachait pas son regard des yeux ambrés de Lydia.

Lydia se félicitait d'avoir choisi une salade César. Rien n'était moins flatteur ou sexy qu'un ventre ballonné. Ensemble, elles avaient fini une bouteille de vin, qui les avaient bien échauffées pour la suite de leur soirée.

« Prête à partir d'ici ? Zoé roucoula, ses lèvres près de l'oreille de Lydia, la faisant frissonner.

— Très ! »

Zoé habitant à 10 minutes. La balade jusqu'à l'appartement avait été remplie de rires feutrés et de caresses douces. Lydia n'eut pas le temps de prêter attention à l'appartement. Au moment où la porte s'ouvrit, Zoé l'attira à l'intérieur, l'embrassant fougueusement.

Adossée à la porte fermée, Lydia se laissa aller. Zoé s'était manifestement fixée pour objectif de la déshabiller le plus rapidement possible, et Lydia était tout à fait d'accord avec ça.

« Mon Dieu, tes seins sont incroyables », commenta Zoé en regardant avidement la poitrine de Lydia, qui n'avait aucune idée de l'endroit où était passé son soutien-gorge. Zoé lui avait pratiquement arraché tous ses vêtements et les avaient jetés au hasard. « Je veux tes seins dans ma bouche. »

Lydia gémit d'anticipation. N'étant pas du genre à bavarder au lit, elle était plus qu'heureuse de laisser Zoé prendre les devants. La sensation des lèvres douces et chaudes suçant son mamelon gauche fit plier les jambes de Lydia. Le léger pincement de son mamelon droit lui arracha quelques jurons. « Zoé, si tu ne ralentis pas, je vais jouir dans trois secondes. »

« Bien. » Zoé grogna et suça plus fort. Claquant la tête contre la porte, Lydia fut perdue dans le raz-de-marée de plaisir qui partit de sa poitrine et descendit jusqu'à son entrejambe. Jamais elle n'avait eu d'orgasme juste en ayant les mamelons stimulés ! Mais bon sang, c'était sur le point d'arriver.

« Merde, oh mon Dieu, Zoé... Je... » Le gémissement profond de Lydia résonna dans le couloir. Elle pouvait sentir l'humidité couler le long de ses cuisses.

« C'était fantastique. » Zoé haletait, ses yeux avides. Tombant à genoux, elle ne perdit pas de temps et lapa les gouttelettes de plaisir qui descendaient le long de l'intérieur de la cuisse de Lydia.

« Ah, d'accord. » Agrippée à l'encadrement de la porte, Lydia s'accrocha comme si sa vie en dépendait. Zoé était insatiable et était très douée avec sa langue. Chaque cercle, chaque succion et chaque mordillement continuait d'envoyer des chocs de plaisir dans le sexe de Lydia. Après une succion particulièrement fougueuse sur son clitoris, Lydia agrippa la tête de Zoé. « Oh, merde ! »

Elle ne put empêcher ses jambes de céder après cela. S'effondrant sur le sol, Lydia ouvrit paresseusement les yeux. Zoé s'assit sur ses hanches, se pourléchant les lèvres. Quelques secondes passèrent, et il était clair que Zoé se préparait à recommencer. La jeune femme ne s'était pas encore débarrassée d'un seul de ses vêtements.

« Je te veux nue », haleta Lydia.

Avec une aisance rapide, Zoé se leva et se déshabilla.

« Avec plaisir. Allons dans ma chambre. J'ai des projets pour toi. »

N'ayant aucune envie de rester sur le sol, Lydia se releva péniblement. Zoé l'entraîna dans le petit couloir et la poussa pratiquement sur le lit.

« Est-ce que je peux te toucher ? » Lydia cherchait désespérément à mettre la main sur le corps de Zoé.

« Oui. Mais pas encore. Tu aimes les sex toys ? J'ai un gode ceinture. »

Lydia s'entendit dire oui. C'était une surprise. D'ordinaire, Lydia n'aurait pas envisagé utiliser des jouets avant que la relation ne devienne sérieuse, encore moins lors d'un premier rendez-vous. Mais l'énergie de Zoé lui donna le courage d'aller plus vite. Certains des meilleurs rapports sexuels qu'elle n'ait jamais eus étaient avec un gode. Mary, son ex, était extrêmement douée pour manier son appendice en silicone. Malheureusement, depuis que ses problèmes de santé avaient commencé, Lydia trouvait parfois la pénétration douloureuse. Pas à chaque fois. Mais elle ne le saurait pas tant qu'elle n'aurait pas essayé.

« Excellent. À quatre pattes. Accroche-toi à la tête de lit.

— Tu n'auras pas besoin de lubrifiant », murmura Lydia, se sentant déjà dégoulinante d'excitation. Elle avait l'intention de prononcer ces mots doucement, comme un commentaire désinvolte, mais le large sourire sur le visage de Zoe montrait à quel point elle avait trouvé cela sexy.

Avançant sur ses mains et ses genoux, Lydia jeta un coup d'œil par-dessus son épaule. Zoé avait déjà enfilé le harnais, et était en train d'y attacher le jouet. Il était grand et de forme étrange. Un soupçon de panique flotta dans le ventre de Lydia. Cela faisait un moment qu'elle n'avait rien eu de cette taille en elle. *Je vous en prie, faites que je n'ai pas mal.*

« Je vais y aller doucement. Ne t'inquiète pas. » Le fait que Zoé puisse déjà si bien lire Lydia était un énorme réconfort et l'excitait d'autant plus. La communication était essentielle dans une relation, y compris dans la chambre à coucher.

« Ça fait un moment que je n'ai pas fait ça.

— Tu préfères attendre ? Ça ne me dérange vraiment pas. » Zoé marqua une pause.

Pesant le pour et le contre, Lydia s'arma de courage. Oui, le jouet était grand, mais il l'excitait vraiment. Regarder Zoé debout avec ça entre les jambes, c'était un spectacle enivrant. La jeune femme était terriblement sexy et Lydia avait besoin d'elle.

« Je te veux en moi. »

Caressant le jouet, Zoé s'approcha lentement. Ses yeux se fixèrent sur le sexe de Lydia qui l'attendait. Encore deux pas et elle était derrière elle, agrippant les hanches de Lydia. La sensation du jouet glissant contre l'humidité de

Lydia fit gémir Zoé. « Mon dieu, tu es magnifique. J'ai tellement envie de te baiser.

— Fais-le alors. » Le ton de Lydia était impatient. Sa tête tomba sur le matelas, exposant davantage sa chatte. « J'en ai besoin. »

La première poussée fut douce. Pourtant, il fallut quelques secondes à Lydia pour s'adapter. Le flot constant de paroles cochonnes de Zoé l'aidait à se détendre. Il n'était pas physiquement possible pour Lydia d'être plus excitée. « Plus vite. »

Zoé accéléra le rythme, enfonçant le jouet plus profondément. C'était le rapport le plus érotique que Lydia ait jamais connu. Zoé était si sûre d'elle-même, si sûre de savoir comment lui plaire. « Oh merde, je vais jouir », annonça Zoé. Lydia était tellement perdue dans l'euphorie qu'elle ne pouvait pas répondre. Le bruit des hanches de Zoé frappant chaotiquement les fesses de Lydia montrait à quel point Zoé était proche.

« Ah ! Mon Dieu ! » Lydia pleura dans l'oreiller alors que Zoé criait son propre orgasme dans la pièce.

Tombant sur le ventre, Lydia sentit tout son corps se relâcher. Ses jambes ne pourraient pas la porter avant un long moment.

L'odeur du bacon réveilla Lydia. Si son corps ne lui faisait pas si mal, elle aurait bondi hors du lit de Zoé pour chasser ledit bacon. Hélas, ses jambes étaient encore gélatineuses et ses abdominaux étaient en feu.

« Bonjour, ma jolie. » Les yeux de Lydia s'ouvrirent, se posant immédiatement sur Zoé, appuyée contre l'encadrement de la porte. Avec du café dans une main et ce qui ressemblait à un sandwich au bacon sur une assiette dans l'autre.

« Bonjour, marmonna Lydia. Ça sent bon.

— C'est ton petit-déjeuner. Je me suis dit que tu aurais besoin de reprendre des forces. »

Alors qu'elle s'assit dans le lit, Lydia sentit son corps et son esprit s'animer de nouveau. Peut-être était-ce l'odeur de la caféine, ou peut-être était-ce Zoe Bell en lingerie. Quelle qu'en fût la cause, Lydia était heureuse d'être réveillée de cette façon.

« Je pourrais m'y habituer.

— Et moi j'aime bien t'entendre dire ça. » Zoé était assise sur le lit à côté d'une Lydia à demi endormie. «

Tu voudrais le refaire ? Je veux dire, avoir un deuxième rendez-vous ? »

Mâchant aussi vite qu'elle le pouvait pour libérer sa bouche pleine de bacon, Lydia hocha la tête. « Ce serait génial. J'ai bien aimé notre soirée. » Instantanément, son visage s'échauffa. Elle ne voulait pas seulement parler de cette nuit, même si elle avait été exceptionnelle. Zoé était charmante et gentille. C'était aussi simple que cela. Et c'est tout ce dont Lydia avait besoin.

« Ce week-end ?

— Je travaille samedi, mais je finis à six heures.

— Parfait. C'est réglé alors. Que dis-tu de finir ce sandwich et de me rejoindre sous la douche ? Je dois être au boulot dans quelques heures, mais d'ici là, je suis libre comme l'air. »

Le sandwich au bacon disparut en un temps record. Les jambes courbaturées de Lydia se rendirent difficilement jusqu'à la douche, où Zoé fit des choses innommables à son corps. Encore.

Il leur fallut 20 bonnes minutes pour se dire au revoir. Zoé allait être en retard au travail, et Lydia savait que Fe allait bientôt commencer à s'inquiéter. Bien sûr, un texto rapide à sa sœur aurait permis de la rassurer, mais cela signifiait arracher ses lèvres de celles de Zoé pendant plus d'une seconde.

« Regardez qui le vent nous ramène ! Heureuse de voir que tu n'es pas morte ! » cria Fe depuis la cuisine.

Consciente qu'elle marchait bizarrement, Lydia fit de son mieux pour avoir l'air décontractée. « Désolée, j'aurais dû envoyer un texto.

— Je vois que la soirée s'est bien passée. » Lydia aurait pu se passer du clin d'œil de sa sœur.

« C'était une soirée très sympa. »

Fe éclata de rire. « *C'était une soirée très sympa*. Tu parles, tu as deux suçons au cou ! »

Les mains de Lydia se précipitèrent vers la zone incriminée. Zoé l'avait marquée ? Oh super, maintenant elle devrait porter un col roulé sous son polo de travail. « Ils se voient beaucoup ?

— Eh bien, ils sont visibles. Ne t'inquiète pas, tu peux les couvrir. Alors, raconte...

— Fe, je ne parle pas de ma vie sexuelle avec toi. » Les joues de Lydia s'enflammaient à nouveau.

Fe regarda par-dessus son épaule, vérifiant que la voie était libre. De toute évidence, elle ne voulait pas que les enfants l'entendent. « Accouche ! »

Poussant un soupir, Lydia raconta sa soirée. Fe semblait ravie, mais continuait à vérifier qu'il n'y avait personne à proximité.

« Où sont les triplés ?

— Maman est venue les récupérer à la première heure. Elle les a emmenés faire du shopping. »

Donc, si les enfants n'étaient pas là, qui Fe surveillait-elle du coin de l'oeil ?

« Pourquoi tu n'arrêtes pas de regarder par-dessus ton épaule, comme ça ? C'est bizarre.

— Ah bon, vraiment ?

— Bah oui. Il y a quelqu'un d'autre ici ? S'il te plaît, ne me dis pas que Clark est revenu en rampant.

— Bien sûr que non. Halle est à l'étage en train de prendre une douche.

— Tu ne veux pas qu'elle entende notre conversation ? Tu as vraiment l'air bizarre. » Ce n'était pas l'imagination de Lydia. Fe et Halle se comportaient étrangement ces derniers temps. Les regards en coin, les chamailleries, et maintenant Fe à l'affût d'Halle. Depuis toutes ces années où les Archers connaissaient Halle, Lydia n'avait jamais vu Fe vouloir cacher une conversation à sa meilleure amie.

« Eh bien... Je... Je ne savais pas si tu voulais qu'elle entende parler de ta soirée, c'est tout. » Décidemment, c'était vraiment bizarre.

« Okaaay. Ça ne m'embête pas du tout. Halle a déjà entendu pire. » En riant, Lydia posa son sac à main et commença à se préparer une tasse de café fort.

« Tu vas revoir Zoé ?

— Oui, samedi soir. Je t'enverrai un texto cette fois-ci si je ne rentre pas.

— Lyds, tu n'as vraiment pas besoin de rester ici. Je vais bien, honnêtement.

— Fe, je reste. Tu as réfléchi davantage à la situation avec Clark ?

— Tu veux dire, si je veux toujours divorcer de ce connard infidèle ?

— Ouais.

— Oui, j'en ai toujours envie. Maman m'a donné le nom d'un avocat qu'elle connaît. Je pense qu'elle a eu une aventure avec lui une fois. Je n'ai rien demandé.

— Euh. Je ne veux pas penser à maman avec un homme. Lydia frissonna.

— Halle va rester quelques jours aussi.

— Oh, d'accord. Est-ce que c'est ta façon de me dire de m'en aller ? Je comprends, tu ne veux pas partager ta meilleure amie. » Lydia avait dit cela sur le ton de l'humour, mais le regard qui se peignit sur le visage de Fe n'était pas de ceux qui trouvaient sa boutade drôle.

« Tu peux être amie avec Halle.

— Euh, merci. Je plaisantais.

— Lyds, je crois qu'il y a quelque chose que je devrais te dire...

— Ah, Pomponette est revenue. » Halle entra dans la cuisine, son parfum emplissant la pièce. *Mon Dieu, elle sent bon*. « Tu as passé une bonne soirée ?

— Charmante, merci. » Lydia se rendit alors compte qu'elle n'avait aucune envie de parler de Zoé à Halle. Bizarre. « Comment étaient les trois amigos ?

— Remplis de chinois et de crème glacée. Ils m'ont demandé où était Clark.

— Et tu l'as parfaitement géré, ma chérie, merci. » Halle savait toujours quoi dire. Lydia était heureuse que Fe ait ce genre de soutien. Ce n'est pas qu'elle ne pouvait pas soutenir sa sœur elle-même, mais parfois on avait besoin d'une aide extérieure pour mettre les choses en perspective. Non pas qu'Halle puisse être considérée comme un étranger. Oh, bon sang, Lydia se perdait une nouvelle fois dans ses pensées.

« Bon, je vais prendre une douche et ensuite nous pourrons nous organiser. Je vais établir une rotation pour les enfants. Les jours où je ne suis pas au musée, je peux les emmener à l'école et les ramener. Cela te permettra de voir tes avocats par exemple. »

Fe hoqueta et attira Lydia et Halle vers elle. Les trois femmes se tenaient serrées simplement l'une contre l'autre au milieu de la cuisine. La sonnerie du téléphone de Lydia indiquant qu'elle avait reçu un SMS mit fin au moment de communion. En tendant la main vers son téléphone, le rythme cardiaque de Lydia s'accéléra sous l'effet de l'excitation puis, étrangement, de la panique. Le texto était de Zoé, racontant certains de ses moments préférés de leur nuit ensemble. C'était excitant à lire. Sa panique venait du regard que Fe et Halle échangeaient. Halle avait l'air abattue et Fe avait l'air coupable.

Glissant le téléphone dans son sac à main, Lydia s'enfuit rapidement vers la salle de bain. Elle avait vraiment besoin de prendre une douche, donc ce n'est pas comme si elle fuyait *vraiment* ce qui se passait. Mais elle avait bien l'impression de fuir certains sentiments. Des sentiments qui avaient beaucoup à voir avec Halle Cartwright.

9

QUEL ÉTAIT CE SPECTACLE auquel Lydia assistait ? Une feuille de laitue menaçait de tomber de sa fourchette, près de sa bouche entrouverte, alors que son regard passait de Cathy à Harrison. Ils n'agissaient pas bizarrement, mais il y avait quelque chose d'anormal.

Cathy s'essuya la bouche et jeta un rapide coup d'œil à Harrison. Si Lydia avait regardé ailleurs l'espace d'un instant, elle l'aurait manqué. Hm, quelque chose d'étrange se préparait en effet.

« Envie d'un verre ce soir, Cath ?

— Bien sûr. Tu sais que je suis toujours partante pour un verre ou deux, quel que soit le jour.

— Et toi Harrison ?

— Bien sûr. » Le grand causeur avait encore frappé.

« Super, on se voit après le travail alors. » À contrecœur, Lydia quitta la table. Si Norris n'avait pas rôdé dans les couloirs, elle aurait pu se permettre d'être un peu en retard pour retourner au travail. Mais Norris était de garde et d'humeur extraordinairement grincheuse. La raison pour laquelle ce type n'avait pas déjà pris sa retraite était une énigme pour tout le monde. De toute évidence, son travail l'exaspérait.

« Lydia ! *Quand on parle du loup.*

— Norris, que puis-je faire pour toi ?

— Va à la boutique de souvenirs. J'ai besoin de toi là-bas. Benjamin est absent.

— D'accord. » Avec un petit salut, Lydia tourna les talons, heureuse d'être affectée à la boutique de souvenirs, à l'écart de Norris.

Voir deux petits garçons se faire botter les fesses par leur petite sœur avec une épée en bois fut le point culminant de la journée de Lydia. L'incident lui rappelait tellement Jack, Jenny et Joey. Après avoir prévenu Fe qu'elle serait un peu en retard pour rentrer à la maison, Lydia se dirigea vers le pub. Cathy et Harrison étaient déjà installés, avec des boissons sur la table. « C'est fini pour aujourd'hui.

» Accrochant son manteau sur le portant, près de leur table, Lydia sirota goulûment la pinte devant elle.

« Est-ce que c'est moi ou est-ce que Norris est de moins en moins patient ? Même avec les visiteurs, commenta Cathy entre deux gorgées de vin blanc.

— Ce n'est pas toi, Cat. Cet homme a besoin de prendre sa retraite et de trouver un peu de paix. » Harrison n'avait même pas levé les yeux du livre qu'il était en train de lire.

Lydia regarda Harrison puis Cathy. Cat ? Il l'appelait Cat ! Et pourquoi Harrison lisait-il Shakespeare au pub ?

« Harrison, pourrais-tu m'apporter des crevettes frites s'il te plait ? » Demanda Cathy. Sans un mot, Harrison posa son exemplaire d'*Othello* et se dirigea vers le bar.

« D'accord, qu'est-ce qui se passe ? » Allant droit au but, Lydia attendit que Cathy reprenne son souffle.

« Harrison m'a demandé de sortir avec lui il y a quelques jours et j'ai dit oui. Nous avons passé presque tous les jours ensemble depuis ce moment. Et, Lydia, c'est merveilleux !

— Tu disais qu'il était bête comme un balai !

— J'avais tort. Complètement tort. Tu avais raison, il est juste timide.

— Attends, il faut que tu m'en dises plus.

— C'est vraiment simple, intervint Harrison. J'ai un faible pour Cathy depuis que j'ai commencé au musée. J'ai finalement trouvé le courage de l'inviter à sortir, et nous y voilà. Enfin, elle a dit non la première fois.

— Tu sais pourquoi j'ai dit non, Harrison. »

Lydia s'assit et regarda les deux converser.

« Oui, oui. L'écart d'âge et tout ça. Rien qui n'a vraiment d'importance.

— C'était important à l'époque, gronda gentiment Cathy.

— Mais ce n'est plus le cas maintenant ? Demanda Lydia.

— Non, ça ne l'est plus, répondit Cathy, suscitant un sourire amoureux d'Harrison.

— Il nous faut une soirée entre filles, parce que j'ai besoin de tous les détails, dit Lydia en riant.

— En effet. Et tu me dois des détails sur une certaine infirmière !

— Dans ce cas, mesdames. Je vais m'excuser. Je te verrai plus tard. » Harrison se pencha légèrement pour embrasser Cathy sur la joue.

« D'accord, je t'appelle. »

Dès qu'Harrison fut hors de vue, Lydia se tourna vers Cathy : « Espèce de petite cachotière. Tu t'es bien amusée avec *Harrison* ! »

En riant, Cathy prit son temps avant de répondre. « Je suis aussi choquée que toi, Lyds. Quand il m'a invité pour la première fois, j'ai failli me moquer de lui. Je veux dire, c'est Harrison. Pas exactement un orfèvre des mots la plupart du temps. Mais il était totalement sincère. J'ai refusé quand même parce qu'il a presque 20 ans de moins que moi. Je veux dire, j'ai l'air si désespérée ? » C'était une nouvelle facette de Cathy. Lydia la connaissait comme une femme confiante, extravertie et directe. Mais à ce moment précis, la vulnérabilité de Cathy transparaissait.

« Si tu étais un homme et Harrison une femme, tu ne te poserais même pas la question. Ne laisse pas les autres t'empêcher de faire ce que tu veux. »

Cathy sourit. « C'est ce qu'Harrison a dit.

— Un homme intelligent.

— Il l'est. Oh Lydia, il l'est vraiment. Je me suis tellement trompée. Tu sais qu'il a un master en lettres et qu'il prépare son doctorat ?

— Ah bon, vraiment ?

— Oui. Quand Harrison parle, c'est qu'il a quelque chose qui vaut la peine d'être dit. Je n'arrivais pas à y croire lors de notre premier rendez-vous. Cela m'a complètement pris par surprise.

— Je veux bien le croire.

— Et il a été tellement élégant. On a discuté pendant des heures, et à la fin du rendez-vous, il m'a simplement donné un baiser sur la joue, comme il l'a fait avant de partir ce soir.

— Et vous avez… tu sais !

— Lydia Archer, depuis quand je m'épanche sur ma vie intime ?

— Depuis toujours !

— Bon, ok, oui, on a fait l'amour. Et je dirai simplement que la timidité d'Harrison n'atteint pas sa chambre à coucher ! » Lydia aurait pu se passer de cette remarque, mais elle avait demandé des détails.

« Harrison, le démon du sexe ! Super ! Je suis contente pour toi, Cathy.

— Je suis contente pour moi aussi. Nous y allons doucement. Maintenant, assez parlé de moi. Parle-moi de la charmante infirmière Bell. »

Avalant la dernière gorgée de sa pinte, Lydia pointa du doigt le bar. « Je vais avoir besoin d'une autre.

— Elle t'a sorti le grand jeu ?

— On peut dire ça. Nous sommes allées au restaurant. C'était charmant.

— On ne dirait pas. Bon sang, Lyds, un peu plus d'enthousiasme, ce serait bien ! »

Cathy avait raison. Lydia était sur le toit du monde hier matin. Avoir retrouvé sa libido était quelque chose à célébrer, et elle l'avait fait, avec Zoé, à plusieurs reprises. Mais maintenant, alors qu'elle s'ouvrait à Cathy, Lydia se rendit compte que l'échange entre Fe et Halle hier lui restait à l'esprit, lui enlevant la joie qu'elle avait ressentie quelques heures auparavant.

« Il se passe quelque chose entre Fe et Halle.

— Euh, d'accord. C'est un changement de sujet un peu brusque.

— C'est bien ça le problème. Ça ne devrait pas me préoccuper. Pas vraiment. Mais je n'arrive pas à me sortir ça de la tête. Quand je suis rentrée de chez Zoé hier matin – oui, j'y ai passé la nuit – Fe se comportait bizarrement. Comme si elle ne voulait pas qu'Halle entende notre conversation à propos de mon rendez-vous, même si je leur ai déjà parlé de ce genre de choses à toutes les deux. Et puis Halle est entrée et elles ont échangé un regard étrange. D'abord leur dispute... et maintenant ça. Je suis inquiète.

Oh, et avant qu'Halle n'entre dans la pièce, je suis sûre que Fe était sur le point de me dire quelque chose.

— Eh bien, tu as posé la question à Fe ?

— Non, je suis partie prendre une douche. Fe était occupée à appeler son avocat au moment où je suis redescendue, et Halle était redevenue elle-même. Peut-être que je me fais des films. Après tout, je ne sais pas ce qui se passe dans la vie d'Halle. Et Fe est stressée aussi.

— C'est peut-être sans importance. Mais si cela te dérange, trouve le temps de leur parler. Halle t'a offert son amitié, en dehors de celle qu'elle a avec Fe. Eh bien, les amis se parlent.

— Hmm. »

L'intuition de Lydia envoyait des signaux de détresse de toute part. Il se passait quelque chose entre Halle et sa sœur, et Lydia était sûre que c'était important. Est-ce qu'elle devait s'en mêler ? Après tout, Fe et Halle s'étaient mobilisées pour soutenir Lydia dans ses problèmes de santé. Lydia ne devait-elle pas leur rendre la pareille ?

« Bon, bon, assez de drame. Parle-moi plutôt de cette nuit de débauche avec l'infirmière Bombasse. »

Le samedi avait mis beaucoup trop de temps à arriver. Les SMS sexy ne suffisaient plus. La libido de Lydia était à son comble. C'était un évènement en soi et Lydia ne voulait pas en rater une seconde.

Zoé était la reine du sexting. Lydia pas tellement, mais elle faisait de son mieux. Bien qu'elle en doutât, Zoé lui avait dit rougir en lisant ses messages. Lydia avait cessé de les ouvrir lorsqu'elle était en présence d'autres personnes, parce que ses réactions s'étaient avérées impossibles à contrôler.

Zoé avait choisi un autre restaurant chic pour leur deuxième rendez-vous. Habillée sur son trente-et-un, Lydia espérait être appétissante. *Avec un peu de chance, assez appétissante pour être dévorée.*

Bien sûr, Zoé était magnifique. Lydia commençait à penser que c'était l'apparence habituelle de l'infirmière, peu importe l'occasion.

« Tu es superbe, commenta Lydia en arrivant à leur table avec seulement cinq minutes de retard cette fois-ci.

— Toi aussi ! Un apéritif ?

— Oui, s'il te plaît. »

Zoé fit signe au serveur. Lydia mit quelques secondes à calmer ses nerfs. C'était idiot, vraiment, compte tenu des positions dans lesquelles Zoé l'avait vu l'autre soir. Ce n'était pas comme si Lydia cachait quelque chose que Zoé n'avait pas déjà vu. Mais là encore, le sexe était la partie la plus simple.

Coucher avec quelqu'un ne suffisait pas à construire une relation. Quelle que soit la qualité des rapports d'ailleurs. Oui, c'était important, mais Lydia avait appris à ses dépens qu'il y avait un million d'autres choses bien plus essentielles à une relation saine que le sexe.

Malheureusement, la plupart de ses ex-partenaires ne partageaient pas son opinion. Comme d'habitude, elle repensait à ces relations ratées. En demandait-elle trop à quelqu'un ? Pourquoi devraient-ils attendre Lydia, alors qu'il y avait des millions de personnes prêtes à avoir des relations sexuelles 24 heures sur 24, 7 jours sur 7 ?

« La Terre à Lydia.

— Hmm, pardon ?

— Tu rêves beaucoup, n'est-ce pas ? » Au moins, Zoé souriait.

« Désolée. Ouais, j'ai parfois la tête ailleurs.

— Tu veux en parler ?

— Pas du tout. Amusons-nous plutôt. »

À peine ces mots étaient-ils sortis de sa bouche que Lydia aperçut Halle au bar. Et elle n'était pas seule. Une blonde saisissante, qui ressemblait à un mannequin de Victoria's Secret, se tenait à son bras.

Quelque chose qui ressemblait à des brûlures d'estomac monta dans la poitrine de Lydia. Son espoir qu'Halle ne la repère pas s'évanouit avant même qu'elle ait fini de formuler son vœu. Il y eut une seconde de surprise sur le visage d'Halle, suivie d'une expression indéchiffrable lorsque son regard traversa la table pour se porter sur Zoé.

Elles continuèrent à se regarder maladroitement pendant quelques secondes avant que Lydia ne fasse signe à Halle. Pourquoi agissaient-elles si bizarrement ? Ce n'est pas comme si elles ne s'étaient jamais vues auparavant.

« Halle, salut.

— Lydia. » Halle l'accueillit en l'embrassant sur la joue. « Et vous devez être Zoé ?

— C'est moi. C'est un plaisir de vous rencontrer.

— Tu as un rendez-vous ?

— Oh, oui. Un premier rendez-vous. Je devrais probablement y retourner. Tu es ravissante, Lydia. Passez une bonne soirée toutes les deux. »

Lydia regarda Halle s'approcher de la superbe blonde avant de ramener son attention sur son propre rendez-vous, qui la regardait maintenant avec intérêt. « Est-ce qu'Halle est une ex ?

— Quoi ? se moqua Lydia. Non, pas du tout. Je t'ai dit que c'était la meilleure amie de ma sœur.

— Bien sûr. »

Bien sûr. Que voulait-elle dire par là ? Est-ce que *tout le monde* avait décidé d'agir bizarrement, ou est-ce que Lydia avait raté quelque chose d'évident ?

« On commande ? »

Trente minutes plus tard, Lydia prit la dernière bouchée de ses raviolis au fromage lorsqu'elle vit la blonde quitter le restaurant, et Halle à leur table toute seule. Zoé remarqua le regard de Lydia. « Tu veux l'inviter à se joindre à nous ?

— Non, c'est notre rendez-vous.

— Lydia, ce n'est pas un problème. Ton amie a l'air un peu énervée. »

Halle semblait troublée. Le rendez-vous s'était-il si mal passé ? Alors qu'elle s'apprêtait à faire signe à Halle, celle-ci se leva, jeta quelques billets sur la table et sortit, la frustration peinte sur son visage.

« Euh... Je reviens tout de suite, d'accord ? » Qu'est-ce qu'il lui prenait d'abandonner Zoé pour suivre Halle hors du restaurant ? Sans prendre le temps de réfléchir à sa décision, Lydia se précipita pour rattraper Halle.

Enroulant ses bras autour d'elle pour se réchauffer, Lydia scruta la rue. Halle se trouvait à une centaine de mètres de là, à l'arrêt de bus. Lydia accéléra le pas pour rattraper son retard, puis s'engouffra sous l'abri.

« Lydia, qu'est-ce que tu fais ici ?

— Je voulais m'assurer que tu allais bien. J'ai vu ton rendez-vous partir, et tu avais l'air énervée.

— Nous n'avions rien en commun. Tu devrais retourner à l'intérieur. Il fait un froid de canard. » Le froid était glacial. Lydia s'en voulait de ne pas avoir pris son manteau.

« Mais tu vas bien ? Tu n'es pas fâchée ?

— Qu'est-ce que tu veux dire ?

— Halle, je vois bien qu'il se passe quelque chose. Je ne suis pas aveugle. Toi et Fe agissez bizarrement avec moi.

— Cela n'a rien à voir avec toi, je te le promets. » Halle posa une main sur l'épaule frissonnante de Lydia. « S'il te plaît, retourne à l'intérieur avant d'attraper la mort.

— Est-ce qu'on peut se faire une soirée cinéma demain ? Juste nous deux ? » Soudain, le besoin de solidifier leur amitié était la chose la plus importante pour Lydia.

« Si tu veux. Viens chez moi, je commanderai à manger, ok ?

— Parfait. D'accord alors. Bonne nuit. »

Hésitante, Lydia s'approcha pour faire une accolade rapide à Halle avant de retourner au restaurant. Zoé attendait patiemment en sirotant son vin. « Tout va bien ? »

— Oui, son rendez-vous était nul. Mais je pense qu'elle va bien. Désolée de t'avoir quittée comme ça.

— Hé, je comprends. C'est ton *amie*. » La prononciation forcée de « amie » était clairement passive-agressive.

« Elle l'est, et maintenant elle est partie. Alors, on termine et on va boire un verre chez toi ? »

Zoé leva la main vers le serveur. « L'addition, s'il vous plaît. »

De retour à l'appartement de Zoé, les choses prirent une tournure étrange. Comme la fois précédente, Zoé semblait prendre les choses en main. Elle était un peu agressive, mais d'une certaine manière, Lydia se sentait à l'aise... jusqu'à ce que Zoé, la tête entre les jambes de Lydia, l'interroge : « Tu trouves Halle attirante ?

— Quoi ? Lydia haletait.

— Elle est sexy. Je comprendrais. On pourrait peut-être lui demander de se joindre à nous un soir.

— Quoi ?

— Ouais, je pense que ça te plairait. La simple mention de son nom fait réagir ta chatte. »

Se redressant sur ses coudes, Lydia baissa les yeux vers Zoé d'un air incrédule. « C'est mon amie, et c'est tout. Je suis dans cet état parce que tu es entre mes jambes.

— Non, je pense que tu la désires. Et il est clair qu'elle te désire. On pourrait s'amuser. Je suis partante. Je crois que j'aimerais la regarder te baiser. »

Lydia ouvrit la bouche pour protester, mais Zoé suça son clitoris avant qu'une seule syllabe ne puisse passer sur ses lèvres. Le seul bruit qu'elle fit fut un gémissement haletant.

« Dis son nom. » Zoé avait-elle perdu la tête ? « Crie-le pour moi, Lydia.

— Bon sang. Ne t'arrête pas. » Lydia palpitait à chaque ondulation.

« Dis-le, grogna Zoé.

— Halle ! Halle ! Halle ! Oh mon Dieu, oui ! » Rien ne pouvait arrêter le raz-de-marée de plaisir qui jaillissait du centre de Lydia.

Cette fois, quand Lydia se réveilla, l'odeur du bacon grillé n'enflamma pas ses sens. La vue de Zoé debout à la porte avec un sandwich et un café ne l'excita pas. En réalité, c'est le contraire qui se produit.

« Bonjour, prête pour ton petit-déjeuner ? » Zoé se comportait comme d'habitude, ce que Lydia n'arrivait pas à comprendre. La nuit dernière s'était terminée de manière inconfortable pour elle. Elle n'avait pas résisté à l'envie de crier le nom d'Halle lorsqu'elle avait joui, mais elle s'était sentie mal à l'aise dès l'euphorie passée.

« Je suis désolée, je dois y aller. Hum, je commence de bonne heure ce matin.

— Lydia, répondit Zoé, voyant clairement à travers le mensonge. Pourquoi est-ce que tu flippes ?

— Je ne flippe pas. » Le ton aigu de sa voix n'était pas convaincant.

« Bon, tu trouves ton amie sexy. Je t'ai dit que ça ne me posait pas de problème. C'est plutôt excitant, tu ne trouves pas ?

— Je... » Momentanément abasourdie, Lydia eut une image fugace de Zoé et Halle dans son lit.

« Ecoute, mange un morceau et file. Pas besoin de commencer ta journée l'estomac vide. »

Quand Lydia quitta l'appartement de Zoé, elle était complètement déboussolée. Au fil des ans, il y avait eu des moments où Lydia avait pensé à Halle d'une manière plus qu'amicale, mais ils avaient été fugaces. Elle n'avait jamais envisagé qu'Halle puisse s'intéresser à elle et, Dieu les en préserve, Fe ne pouvait pas découvrir que Lydia avait un faible pour sa meilleure amie. Cela n'en valait pas la peine, alors Lydia avait mis de côté son attirance pour Halle et avait continué sa vie.

Mais aujourd'hui, Lydia avait du mal à étouffer ses sentiments si facilement. Ce n'était pas seulement le fait d'avoir crié le nom d'Halle qui rendait Lydia confuse ; c'était tout ce qui allait avec. Cette nuit, ce n'était pas la langue de Zoé sur son clitoris ; c'était celle d'Halle. Le corps de Lydia avait réagi comme jamais, renforçant encore une expérience déjà intense.

Fe était en train de terminer un appel quand Lydia entra. La dernière chose qu'elle voulait, c'était raconter sa nuit avec Zoé. Lydia avait déjà du mal à regarder Fe dans les yeux, terrifiée à l'idée que sa sœur sache que quelque chose de fâcheux s'était passé.

Se précipitant dans les escaliers, Lydia prit une douche et se cacha avec les triplés pendant une heure. Divertir trois enfants excités était bien plus facile que de faire face à l'interrogatoire de Fe.

« Alors ? » Bon sang, sa couverture était grillée. Fe se tenait debout, les mains sur les hanches, les sourcils levés.

« Je voulais passer un peu de temps avec mes neveux préférés. » Ce n'était pas tout à fait vrai, même si Lydia adorait chaque seconde passée avec les triplés.

« Euh, oui. Tu as travaillé aujourd'hui ?

— Oui, je suis restée tard, pourquoi ?

— Je me pose juste la question. Tu peux descendre maintenant ? Il faut qu'on se parle. »

Le cœur de Lydia se serra dans sa poitrine. Fe avait toujours été observatrice, mais maintenant Lydia craignait que sa sœur aux yeux d'aigle n'ait développé des capacités télépathiques et ne sache exactement ce que Lydia avait fait la nuit dernière.

Ses fesses venaient à peine de toucher le siège que Fe se tourna vers elle. « J'ai appelé l'avocat. Clark recevra bientôt les papiers.

— Oh, merci mon Dieu !

— Eh bien, je ne pensais pas que tu serais aussi soulagée. Je croyais que tu aimais bien Clark ?

— Quoi, non. Je ne suis pas soulagée, et j'aimais bien Clark. » C'était un mensonge. Lydia était bien soulagée, mais pas en raison de ce que Fe venait de lui annoncer. « Je suis contente que tu passes à autre chose, c'est tout. Que tu prennes les choses en main. Les enfants ont besoin de stabilité et de sécurité. Est-ce que tu vas bien ?

— Je n'en suis pas sûre. Mais Clark nous a quitté, et je dois m'occuper des enfants. D'ailleurs, j'ai demandé la garde exclusive.

— Vraiment ?

— Oui. Ça fait bien longtemps que Clark n'assure plus son rôle de père. Je lui trouvais des excuses à l'époque, pensant que c'était parce qu'il travaillait dur pour nous. Mais c'était des conneries. Il passait du bon temps avec l'autre pendant que j'étais à la maison à m'occuper de tout. Si Clark veut une nouvelle vie, il peut l'avoir. »

10

Lydia avait passé la journée à se prendre la tête pour savoir si elle devait aller chez Halle ce soir-là comme prévu. Si elle n'y allait pas, cela soulèverait des questions, mais si elle le faisait, Lydia devrait regarder Halle dans les yeux, et elle n'était pas sûre d'en être capable. Pas avec les événements de la nuit dernière si présents dans sa mémoire.

Zoé avait appelé plusieurs fois, mais elle n'avait pas répondu. Bien sûr, il était tout à fait acceptable de vouloir pimenter sa vie sexuelle, et si Zoé était excitée à l'idée que sa partenaire fantasme sur quelqu'un d'autre, qui était Lydia pour juger ? Mais, pour Lydia, c'était trop.

Halle était hors limites pour une bonne raison. Avoir la jeune femme auprès d'elle au quotidien devenait déjà difficile. La dynamique entre Halle, Fe et elle-même était compliquée. Le simple fait de nouer une amitié avec Halle, sans l'intermédiaire de Fe, semblait potentiellement explosif. Lydia n'avait aucune envie de penser à l'attirance qu'elle ressentait pour Halle lorsqu'elle était au lit avec Zoé.

Par conséquent, elle avait décidé de prendre ses distances avec l'infirmière Bombasse. Peut-être était-ce une décision précipitée ? Quoi qu'il en soit, Lydia préférait ne pas poursuivre leur relation. Zoé avait été extrêmement compréhensive, lui assurant qu'il n'y avait pas de raison d'être embarrassée si Lydia devait retourner au cabinet médical.

Une fois ce sujet réglé, Lydia devait maintenant décider si elle allait frapper à la porte d'Halle. La porte devant laquelle elle se tenait depuis dix minutes maintenant. C'était la première fois que Lydia verrait l'intérieur de sa maison depuis qu'elle y avait emménagée. Elle avait déposé Fe plusieurs fois, mais ne s'était jamais aventurée au-delà du perron.

Il était encore temps de faire demi-tour. Retourner chez Fe et se blottir contre Monty et les enfants. Ou elle pouvait aller voir un film en ville. Fe n'aurait pas à la questionner sur sa soirée.

« Tu vas rester là encore longtemps ? Le dîner est presque prêt. »

La voix d'Halle à travers la porte fit sursauter Lydia au point qu'elle dut s'agripper à la rampe pour s'empêcher de tomber. « Bon sang », siffla-t-elle en agrippant le devant de son manteau, comme si cela allait empêcher les battements assourdissants de son cœur.

La porte s'ouvrit pour révéler Halle, vêtue d'un pantalon de jogging et d'un pull ajusté. Et les pieds nus ! Un flot de chaleur envahit le corps de Lydia jusqu'à son visage rougissant. Il ne manquait plus que ça ! C'était exactement le moment d'avoir l'air troublée. Elle aurait aimé que son corps, pour une fois, ne la trahisse pas.

« Lyds, ça va ?

— Oui, oui, tout va bien. » La réponse de Lydia s'adressait au sol. Comment diable allait-elle survivre à cette soirée ?

« Viens, entre vite. Toute la chaleur est en train de sortir. »

En suivant Halle à l'intérieur, Lydia fit de son mieux pour avoir l'air normale. « C'est charmant ici. » L'appartement de Halle était chaleureux et accueillant. Lydia appréciait chaque ornement et chaque œuvre d'art aux couleurs vives.

« Merci. Je m'y sens bien. Le quartier est tellement mieux que celui dans lequel je vivais avant. Est-ce que tu t'en souviens ? »

Halle frissonna à ce souvenir. Lydia se souvenait en effet du précédent appartement d'Halle. Il se situait dans un quartier difficile de la ville, et tout le monde avait été soulagé quand Halle avait finalement décidé de déménager.

« Je suis beaucoup plus proche du travail maintenant, et moins susceptible d'avoir les pneus de ma voiture entaillés.

— Oui, tu as bien fait de t'installer ici. Qu'est-ce qui sent si bon ?

— Le dîner. Je sais que j'ai dit que nous commanderions, mais j'ai ensuite pensé à toutes les cochonneries qu'ils mettent dans les plats à emporter. Il y a toujours plein de sucre et ça n'aide pas à soulager les ballonnements, alors j'ai pensé qu'il serait préférable de nous cuisiner quelque chose de fait maison. Est-ce que tu aimes le curry de légumes ? J'ai aussi pris de la bière sans alcool, parce qu'on ne peut quand même pas manger du curry sans boire de la bière ! La seule chose que je n'ai pas eu le temps de faire, c'est des pains naan. Alors, j'en ai acheté. Mais ne te sens pas obligée d'en manger si cela te fait te sentir mal.

— Halle... » Essayant de se libérer de toute l'émotion qui était coincée dans sa gorge, Lydia posa une main sur le bras d'Halle. « Tu es incroyablement attentionnée. Je te remercie.

— C'est rien du tout. Tu veux une bière maintenant ou plus tard ? »

Rien du tout ? Halle n'avait manifestement aucune idée de la valeur de son geste.

« Maintenant, s'il te plaît.

— Assieds-toi, je reviens tout de suite. J'ai mis des DVD sur la table basse pour que tu puisses choisir. »

Halle était peut-être la dernière personne sur terre à utiliser encore des DVD, et Lydia adorait ça. En fouillant dans la pile, Lydia choisit ses deux films préférés. *Les Goonies,* qui était un classique et *L'Ile aux Pirates,* à cause de Geena Davis.

« Oh, bons choix ! » Halle passa une bière à Lydia et s'assit à côté d'elle sur le petit canapé. « À ta santé.

— À ta santé. »

Après quelques secondes de silence, Lydia s'attendait à ce que le sol l'engloutisse. Elle n'arrivait pas à former une phrase avec Halle si près d'elle. Pas après avoir pensé à elle comme elle l'avait fait la nuit dernière. Et le parfum d'Halle n'aidait pas. Quel genre de personne pouvait bien sentir aussi bon, tout le temps ?

« Le dîner sera prêt dans cinq minutes.

— D'accord.

— Tu es sûre que tout va bien ?

— Et toi ? »

La réplique rapide de Lydia prit Halle de court.

« Qu'est-ce que ça veut dire ?

— Allez, Halle, je sais qu'il se passe quelque chose. Tu t'es encore embrouillée avec Fe ? Qu'est-ce que c'est que tous ces regards secrets ? Elle t'a dit quelque chose ? C'est Clark ? Fe est malade ?

— Oh la la, ralentis. Fe va bien. Les enfants vont bien. Et nous ne nous sommes pas engueulées.

— Alors c'est quoi ?

— Je me sentais déprimée ces derniers temps, c'est tout.

— Pourquoi n'as-tu rien dit ?

— Tu as assez de choses à gérer.

— L'amitié ne marche pas comme ça ! » Lydia se retourna pour faire face à Halle. « Si tu veux que nous soyons amies, tu dois me traiter comme telle. Je veux aussi te soutenir. D'accord ?

— Ouais, d'accord. Désolée. »

Lydia n'était pas convaincue qu'Halle lui avait dit toute la vérité, mais ce n'est pas comme si elle pouvait la forcer à parler. L'image d'Halle clouée au lit lui vint à l'esprit à cet instant, envahissant l'esprit de Lydia. Un petit frisson parcourut sa peau.

« Tu as froid ? » La voix d'Halle semblait plus proche qu'auparavant. Reconcentrant son regard, Lydia vit qu'Halle avait en effet réduit l'écart entre elles, légèrement.

Si un tribunal lui demandait ce qu'il s'était passé ensuite, Lydia jurerait qu'elle avait temporairement perdu la tête. C'était la seule façon d'expliquer pourquoi Lydia s'était penchée et avait posé ses lèvres sur celles d'Halle. Le baiser fut bref et délicieux. Puis Lydia reprit ses esprits et recula si vite qu'elle faillit se déloger une cervicale.

« Oh, merde. Halle, je suis vraiment désolée. Je n'arrive pas à croire que je viens de faire ça. » Halle resta silencieuse, les yeux écarquillés, fixant Lydia. « S'il te plaît, oublie ça.

— Lydia...

— Je devrais y aller. J'ai clairement des problèmes hormonaux ou une sorte de dépression en ce moment. Je suis vraiment désolée. Je gâche tout. »

Lydia bondit du canapé et sortit en quelques secondes.

Rongée par l'embarras et la honte, elle marcha à un rythme effréné jusqu'à ce qu'elle atteigne la porte de Cathy, 25 minutes plus tard. Lydia appuya à plusieurs reprises sur la sonnerie de l'appartement de Cathy, en ruminant toujours contre sa propre stupidité.

« Allô ?

— Cathy, c'est Lydia. »

La porte s'ouvrit quelques secondes plus tard. Cathy attendait dans le couloir. Lydia remarqua la nuisette en soie et se frappa la tête. Elle avait interrompu Cath et Harrison. « Merde, je suis désolée Cath, j'appellerai demain. » Elle était sur le point de rebrousser chemin quand la main de Cathy l'attira à l'intérieur.

« Ne dis pas de bêtise. Est-ce que tu vas bien ? »

Éclatant d'un rire hystérique et inquiétant, Lydia se laissa tomber sur le canapé de Cathy. « Non, je ne vais pas bien. Apparemment, j'ai perdu la tête.

— Cat, tu reviens te coucher ? » L'apparition d'Harrison n'était pas une surprise. En revanche, la crème fouettée sur ses mamelons l'était.

« Oh, salut Lydia.

— Harrison.

— Bébé, je vais rester un peu avec Lydia. Tu pourrais peut-être prendre une douche et aller au pub ?

— Non ! Lydia protesta. Je n'avais pas l'intention...

— Harrison, s'il te plait.

— Bien sûr, pas de problème.

— Cathy...

— Arrête. Lydia, c'est la première fois depuis que nous nous connaissons que tu te présentes à ma porte en panique. Je suis là pour toi, et Harrison le sait. Maintenant, parle-moi de cette situation de crise.

— J'ai embrassé Halle !

— Ok, je crois que cette conversation appelle un verre de vin. »

Laissant tomber sa tête sur ses mains, Lydia gémit en attendant que Cathy revienne avec un énorme verre de vin rouge. « Tiens, avale ça.

— Je n'arrive pas à croire que j'ai fait ça, Cath.

— Pourquoi tu l'as fait ?

— Tout est un peu chamboulé en ce moment, ici. » Pointant du doigt son cerveau, Lydia prit quelques gorgées de vin. « J'avais un rendez-vous avec l'infirmière Bombasse hier et j'ai rencontré Halle. Elle avait un rendez-vous elle aussi. Quoi qu'il en soit, nous nous sommes dit bonjour et patati et patata. Et on s'est dit qu'on se ferait une soirée cinéma ce soir. Plus tard dans la soirée, alors que l'infirmière Bombasse me travaillait au corps, elle a commencé à me parler d'Halle. Elle m'a dit qu'elle aimerait qu'on fasse un plan à trois. J'étais déjà sur le point de... enfin tu vois... et là, elle me demande de crier le nom d'Halle au moment où je...

— Joui... Tu peux prononcer le mot, ma chérie.

— Oui, ça. Quoi qu'il en soit, j'étais si emportée que je l'ai fait, et c'était génial...

— Mais super malaisant en même temps ?

— Oui ! Je n'ai pas seulement prononcé son nom, Cath, je l'ai imaginée là. Faire les choses que Zoé faisait.

— Et maintenant, tu ressens toutes sortes de choses que tu penses ne pas avoir le droit de ressentir ?

— Je *sais* que je ne dois pas les ressentir. Halle ne me voit pas comme ça et Fe aurait une attaque si elle l'apprenait. Je suis allée chez Halle ce soir, en espérant que tout se passerait bien. Oh Cath, elle m'avait préparé un dîner, pensé spécialement pour moi, et acheté de la bière sans alcool parce qu'elle sait que j'ai du mal à digérer. On parlait sur le canapé, et je crois que mon cerveau a court-circuité parce que d'un seul coup, sans que je ne voie les choses arriver, mon visage était collé au sien !

— Waouh. D'accord, et comment Halle a-t-elle réagi ?

— Elle est restée assise là comme un lapin devant des phares. J'ai paniqué et je suis partie.

— Est-ce vraiment si grave ? Je veux dire, elle te regarde comme si elle voulait te dévorer la plupart du temps.

— Tu dis n'importe quoi ! Non, je connais Halle depuis toujours. Je pense que je le saurais si elle était intéressée.

— Changeons de point de vue. Est-ce qu'elle t'intéresse ?

— Bien sûr. Tu l'as vue ? Mais elle est absolument hors de ma portée. Ça aussi, je le sais depuis toujours.

— Pourquoi ? À cause de ta sœur ?

— Oui, à cause de Fe. Elle est super protectrice de son amitié avec Halle. Ça a toujours été le cas.

— Vous êtes des adultes !

— Ça n'a pas d'importance. Je ne peux pas faire quoi que ce soit qui pourrait menacer leur amitié. J'ai fait une erreur stupide ce soir. Je ne sais pas ce qui m'arrive ces derniers temps. Je ne peux pas tout mettre sur le compte de mes hormones délirantes, même si j'aimerais le faire.

— Le stress peut avoir des effets étranges sur le jugement d'une personne. Il est possible que toutes ces conneries avec les médecins t'aient finalement atteinte. Ne culpabilise pas. On fait tous des erreurs. Halle ne va pas t'en vouloir pour ça. Tout ira bien. La vie ira bien.

— Tu devrais organiser des conférences comme coach de vie !

— C'est simplement mes relations sexuelles exceptionnelles qui me font voir la vie du bon côté !

— J'espère que tu veux parler de celles que tu as avec moi, commenta Harrison, avec un clin d'œil à Cathy.

— Oui, mais que cela ne te monte pas à la tête ! » Lydia regarda tendrement Harrison embrasser Cathy sur les lèvres. C'était un couple vraiment mignon et Cathy avait l'air heureuse.

« Je m'en vais. On se voit pour le petit-déjeuner. Au revoir, Lyds.

— Au revoir, Harrison. Je suis vraiment désolée d'avoir gâché votre soirée.

— Pas de soucis. Allez-y doucement », dit-il en pointant la bouteille de vin.

Alors que la porte se refermait, Cathy soupira de contentement. « Il est parfait pour moi.

— Ça se voit. Ça a l'air sérieux.

— Tu sais, ça ne fait que quelques semaines, mais c'est le premier homme avec qui je me sens... Je ne sais pas, en sécurité ? Je ne veux pas dire physiquement.

— Je comprends. Tu peux être toi-même avec lui.

— Oui. Quand nous sommes allés au pub l'autre soir, deux gars ont flirté avec moi. J'ai innocemment flirté en retour parce que je ne peux tout simplement pas m'en empêcher. Et tu sais quelle a été la réaction d'Harrison ?

— Dis-moi.

— Il n'a rien fait. Il lisait son livre pendant que ces gars me parlaient. L'un d'eux m'a demandé mon numéro, j'ai dit non bien sûr. Ils sont partis et Harrison m'a embrassé sur la joue. Ça m'a totalement bouleversé. J'ai l'habitude que mes copains s'énervent à ce sujet. Plus tard dans la soirée, je lui ai demandé si ça le dérangeait que je parle avec ces gars, et il a dit qu'il n'y avait pas lieu de s'énerver. Il savait que j'allais rentrer à la maison avec lui, et il ne pouvait pas en vouloir aux hommes de tenter leur chance. Il est si à l'aise avec ses sentiments, et si sûr de ce qu'il ressent envers moi. Sa confiance est contagieuse.

— Waouh.

— Je sais ! Mais revenons à toi...

— Non, je t'en prie. Continue de me parler de toi. Parfois, j'ai l'impression que je passe mon temps à me plaindre de mes problèmes de santé et que cela me rend imperméable au reste. Tu sais que tu peux venir me voir, n'est-ce pas ?

— Bien sûr que oui. Mais l'amitié est un équilibre. En ce moment, tu as plus besoin de mon aide. Avec tout ce que tu as subis à cause de ce médecin, je ne peux même pas imaginer à quel point cela a été difficile, alors je suis plus qu'heureuse d'être là pour toi. Tu vas bientôt te faire opérer ?

— Oui, la semaine prochaine. Halle et Fe m'ont dit qu'elles viendraient avec moi. Mais je ne suis plus très à l'aise avec ça.

— N'en dit pas plus. Je viendrai.

— Qu'est-ce que je vais dire à Fe ? Elle a elle-même assez de soucis avec le divorce. Si je lui dis de ne pas venir à l'hôpital, elle va me demander pourquoi. Je te jure, c'est un vrai détecteur de mensonges. Je vais craquer, lui dire que j'ai embrassé sa meilleure amie et elle va exploser.

— Eh bien, ne lui dit rien, mais avec tout ce qu'elle a à gérer, cela pourrait l'arranger de ne pas avoir à t'accompagner. Quant à Halle, je pense qu'elle est assez intelligente pour savoir que tu as besoin d'espace.

— Pfff, j'ai tout gâché.

— Oh, arrête. Tu n'as rien gâché du tout. Pour une fois que tu fais quelque chose d'un peu spontanée !

— Ah merci !

— C'est vrai. Tu as été complètement absorbée par les visites chez le médecin et par toute cette douleur. Tu as bien le droit de te relâcher un peu, de faire un peu de bêtises. Au moins, tu vis.

— Je suppose.

— D'ailleurs, comment vois-tu la suite avec l'infirmière Bombasse ?

— J'ai préféré tout arrêter. Après hier soir, je ne me sens pas de la revoir. Pas romantiquement en tout cas.

— C'est dommage. Bon, eh bien, tu n'as plus qu'à charger ton vibromasseur.

— Cathy ! »

En riant, Cathy frappa Lydia au bras.

« Oh ma chérie, il faut que tu te détendes. Avec un peu de chance, bientôt le Dr Machin-Chose te trouvera des pilules magiques ou quelque chose comme ça et tu te sentiras beaucoup mieux. Ensuite, tu pourras reprendre les choses sérieuses.

— Ou je pourrais me concentrer sur moi-même. Il est peut-être temps que j'envisage de déménager.

— Je croyais que tu aimais ton appartement.

— Oui. Mais je crois que j'ai besoin de changement.

— Je comprends. Et imagine tout l'argent que tu économiseras quand tu n'auras plus à aller chez le médecin tous les quatre matins. »

Elles passèrent quelques heures à bavarder, Cathy partageant beaucoup trop d'informations sur Harrison. La soirée fut géniale, même si Lydia gardait à l'esprit qu'elle devrait tôt ou tard affronter les conséquences de son faux pas.

Fe était déjà couchée quand Lydia rentra enfin. Se faufilant dans la chambre des triplés, elle leur donna un baiser rapide et se dirigea vers le lit. Monty attendait sagement sur le lit à côté de son oreiller. « Coucou, mon bonhomme. Désolée, je n'ai pas été beaucoup là récemment. Je te promets que cela va changer. » Monty lui lécha l'oreille avant de glisser sous les couvertures.

Choisissant de laisser les stores ouverts, Lydia regarda par la fenêtre. La lune était grande et brillante, jetant une lueur étrange sur le monde. Peu importe ce que Cathy disait, Lydia se sentait coupable d'avoir embrassé Halle. Elle détesterait que quelqu'un l'embrasse comme elle l'avait fait. Alors elle se sentait obligée de devoir s'excuser, même si elle savait que cela rendrait la situation encore plus gênante qu'elle ne l'était.

Nul doute que Fe le découvrirait aussi. Peut-être devrait-elle retourner dans son appartement avant que cela n'arrive.

Le sommeil refusait de venir ce soir, mais elle ne voulait pas risquer de réveiller sa sœur en descendant. La lumière de son téléphone attira son regard. Le nom d'Halle était affiché sur l'écran.

Poussant un soupir, Lydia appuya sur le bouton d'appel. Elle ferait aussi bien de s'en débarrasser.

« Salut.

— Hé, désolée, il est tard, répondit la voix douce d'Halle.

— De toute façon, je n'arrivais pas à dormir. Ecoute, je veux juste m'excuser encore une fois...

— Tu n'as pas à le faire. Je suis désolée de m'être un peu figée.

— Tu avais toutes les raisons d'être choquée. C'était totalement inapproprié. Tout ce que je peux dire pour ma défense, c'est que j'ai passé 24 heures très étranges, et cela a manifestement perturbé mon jugement.

— Alors, tu ne voulais pas m'embrasser ?

— Non ! Je veux dire, oui, sur le moment, mais je sais que c'était mal.

— Pourquoi ? »

D'accord, la conversation dérapait et Lydia ne savait pas où elle allait. Halle avait-t-elle aimé le baiser ?

« Euh... parce que.

— Est-ce qu'on peut se voir ? Demain soir ? J'ai toujours le curry que j'ai fait. Nous pourrions discuter.

— Je travaille jusqu'à six heures. » Lydia prit soin de ne pas mentionner le rendez-vous avec l'anesthésiste dès le matin, au cas où Halle proposerait de l'accompagner.

« Ça me va, enfin si tu es d'accord.

— Je suis d'accord. Je-je te verrai demain.

— Génial. Bonne nuit.

— Oui, bonne nuit. »

Ce n'était pas comme ça qu'elle pensait que la journée se terminerait ! Cependant, l'anxiété semblait s'éloigner et le sommeil l'appelait. Monty donna plusieurs coups de pattes dans ses jambes pour se mettre dans une position de sommeil optimale. Enroulant son bras autour de son petit corps, Lydia attira Monty plus près.

Fermant les yeux, elle laissa la conversation avec Halle se rejouer dans son esprit. Le ton d'Halle était difficile à déchiffrer au téléphone. Elle n'avait pas eu l'air contrariée ou en colère. Mais elle ne transpirait pas non plus le bonheur ou la joie ? Avait-t-elle aimé le baiser ? L'avait-t-elle détesté et avalé un tube de dentifrice après le départ de Lydia ? De quoi voulait-elle parler ?

« Tu vois Monty, c'est exactement la raison pour laquelle je devrais vivre en ermite dans les bois avec des animaux pour seuls compagnons. » Monty ronflait bruyamment, faisant vibrer son ventre duveteux. « Au moins l'un d'entre nous est content », soupira-t-elle.

11

« Il n'y a rien dans vos analyses sanguines qui puisse remettre en cause la chirurgie. Mais je note que votre alcoolémie était...

— Désolée, rougit Lydia. J'avais bu un verre la veille. Mais ce n'est pas une habitude. *Je parie qu'il entend ça tout le temps.*

— D'accord, eh bien, j'ai juste besoin de vérifier votre taille et votre poids et je pense que ce sera tout. »

Super, faire face à la balance devant Monsieur Fitness allait être amusant. Pourquoi l'anesthésiste ne pouvait-il pas être un peu potelé ou quelque chose comme ça ? Lydia s'en voulait de cette pensée mesquine. Elle devait arrêter de se préoccuper autant de son poids. L'idée lui traversait l'esprit de temps en temps de demander l'aide d'un professionnel. Se regarder dans le miroir et détester ce qu'il reflétait n'était pas une façon saine de vivre.

En montant sur la balance, Lydia se força à regarder le chiffre. Pas trop mal mais ça pourrait être mieux. Ensuite, le médecin la mesura. *Oui, toujours petite !*

« Bon, Mme Archer, je pense que nous en avons fini ici. N'oubliez pas de jeûner à partir de dix-neuf heures la veille. Ni nourriture, ni eau.

— Super. Merci, et à bientôt donc. »

Quelques jours à attendre avant l'opération. Était-ce bizarre d'avoir hâte qu'un médecin vous découpe ? Sans doute, mais Lydia s'en fichait à ce stade.

« Oh, c'est pas vrai. » Lydia aperçut Clark de l'autre côté de la rue, et la dernière chose qu'elle voulait était de discuter avec l'ex de Fe. Baissant la tête, Lydia espérait qu'il ne l'avait pas repérée, mais hélas...

« Lydia ! »

Lydia se retourna pour faire face à la face de rat.

« Clark.

— Elle a demandé la garde exclusive. Qu'est-ce que c'est que ce bordel ? »

La conversation commençait bien.

« C'est avec Fe que tu dois parler de ça.

— Oh, allez. Ne me dis pas que tu crois que c'est juste !

— Ce n'est pas à moi de juger, Clark. Cela vous regarde, toi et Fe.

— Mais ce sont mes enfants.

— Ouais. Comme je l'ai dit, parle à ta femme.

— Je ne voulais pas que ça se passe comme ça, tu sais ? »

Cette annonce bateau irrita Lydia au plus haut point.

« Tu ne voulais pas baiser Janey, puis quitter ta femme et tes enfants pour refaire ta vie avec elle ? C'est dommage.

— Tout est devenu incontrôlable. » Clark passa ses mains dans ses cheveux courts. « J'étais en train de me noyer, Lydia. J'avais juste besoin d'un exutoire.

— Et Janey était cet exutoire ? Charmant.

— Je n'avais pas l'intention de tromper Fe. Janey était là pour me soutenir lorsque j'étais stressé. C'est comme ça que ça a commencé.

— Oui, oui.

— Je sais que j'ai blessé Fe...

— Et les enfants.

— Elle leur en a parlé ? » La voix de Clark était montée dans les aigus. Les passants jetaient à Lydia un regard interrogateur. Posant sa main sur l'avant-bras de Clark, elle espérait calmer la situation.

« Non, elle n'a pas dit un mot de mal contre toi. Mais ils ne sont pas idiots et savent que quelque chose ne va pas. Avant même que tu partes, ils avaient senti la tension.

— Je voulais les prendre avec moi.

— Mais tu ne l'as pas fait. Tu as dit à Fe de garder les enfants. Je pense que ça explique la demande de garde exclusive.

— J'aime mes enfants, Lydia.

— Je n'en doute pas. Fe n'est pas déraisonnable, mais elle ne va pas te laisser aller et venir comme un touriste dans leur vie, Clark. En plus, elle est vraiment blessée.

— Je ne voulais pas lui faire de mal, dit-il d'un ton presque suppliant.

— Alors qu'est-ce que tu voulais ? Parce que tu es parti, Clark. Je peux honnêtement dire que je n'aurais jamais pensé que cela arriverait. Vous étiez solides tous les deux. Qu'est-ce qui s'est passé ?

— Je ne sais pas ! C'était toutes les petites choses. Les enfants, la maison, les factures. J'étouffais.

— Tu aurais dû parler à Fe ! Mais au lieu de ça, tu t'es consolé avec ta secrétaire. Je ne sais pas trop ce que tu veux que je te dise, Clark. Fe souffre et les enfants aussi. *Tu* as choisi de refaire ta vie avec Janey.

— Je veux retrouver ma vie !

— Qu'est-ce que ça veut dire ? »

Lydia était de plus en plus frustrée par cette conversation.

« Mes enfants et ma femme me manquent. » Des larmes coulaient sur le visage de Clark.

« Et Janey ?

— C'était une erreur.

— Alors pourquoi diable es-tu parti ?

— Elle m'a dit qu'elle était enceinte. Mais en fait, non. C'était un mensonge.

— Bon sang, quel gâchis.

— J'avais peur, tu peux comprendre ça ? J'avais peur que Janey me fasse perdre mon travail si jamais je la laissais tomber.

— Donc, au lieu de parler et d'assumer la responsabilité de la merde que tu as semé, tu as préféré laisser tomber ta famille ? » Secouant la tête, Lydia recula d'un pas. « Désolée, Clark, je ne devrais pas juger. Je t'ai dit que je ne voulais pas en parler. Il faut que tu t'arranges avec Fe.

— Elle va me laisser revenir ?

— Tu veux mon avis ? » Il hocha la tête. « Non. En tout cas, pas tout de suite.

— Qu'est-ce que je dois faire ? »

La peine de Clark était évidente. Lydia avait de la compassion pour lui, mais souhaitait avant tout soutenir sa sœur.

« Je ne sais pas. Tu devrais laisser passer un peu de temps, je suppose.

— Tu crois qu'Halle pourrait lui parler ?

— Oh non, n'y pense même pas. Halle est plus susceptible de te trancher la gorge que de t'écouter, alors elle ne plaidera certainement pas ta cause.

— Je suis désolé. Je suis vraiment désolé. »

S'essuyant les yeux, Clark se retourna et laissa Lydia au milieu du trottoir, un peu choquée. Elle avait redouté bien des choses pour cette journée, mais rencontrer Clark n'était pas l'une d'entre elles. Devait-elle dire à Fe ce que Clark lui avait dit ? Fe serait-elle énervée si elle ne lui en parlait pas, ou plus contrariée si elle le faisait ? « Quel merdier » marmonna-t-elle.

Lydia n'avait pas le temps de prolonger sa réflexion. Elle devait prendre son poste dans une demi-heure, et ne pouvait pas se permettre d'être en retard. Norris l'avait déjà dans son collimateur. Apparemment, des rendez-vous médicaux n'étaient pas une raison valable pour prendre un congé.

Le bus arriva sur place cinq minutes avant son heure d'embauche. Mais Lydia n'avait pas à s'inquiéter car tous les employés et visiteurs étaient à l'extérieur, retenus derrière un ruban de police.

Se faufilant à travers la foule, elle aperçut Cathy et Harrison.

« Hé, qu'est-ce qui se passe ?

— Alerte à la bombe, répondit Harrison d'un ton neutre.

— Juste une mauvaise blague, ajouta Cathy.

— Génial, tout ce dont on a besoin.

— Comment ça s'est passé ce matin ? » Cathy avait proposé de l'accompagner, mais elle n'avait pas pu obtenir l'accord de Norris.

« Très bien, aucun problème. Une nouvelle étape de franchie. » Jetant son regard sur la mer de gens énervés, Lydia se demanda si elle devait parler à Cathy de sa brève conversation de la nuit dernière avec Halle.

« Tu as l'air préoccupée, ma chérie.

— J'ai parlé à Halle hier soir. Elle veut qu'on se voie ce soir après le travail.

— C'est une bonne chose, ça, non ?

— Je n'en ai pas la moindre idée. C'était bizarre. J'ai presque eu l'impression qu'elle voulait me dire qu'elle était contente que je l'ai embrassé. » Lydia avait prononcé ces mots à voix basse, comme si elle craignait que Fe soit cachée quelque part et sorte pour lui botter le cul.

« Intéressant. » Le sourire de Cathy voulait très clairement dire 'je te l'avais dit'.

« Mouais. Quoi qu'il en soit, j'ai accepté de la rencontrer. Et ce n'est pas tout. Sur le chemin, j'ai croisé Clark, le mari de Fe. Il s'est complètement effondré face à moi en pleine rue.

— Oh la la, on se croirait dans un soap ! Ta vie est toujours aussi dramatique ?

— Non, heureusement ! Pour être honnête, j'aimerais bien retrouver ma petite vie calme.

— Tu vas le dire à Fe ?

— C'est la question à un million de Livres ! Je ne veux pas qu'elle pense que je suis de son côté à lui ou quoi que ce soit. Elle est toujours très en colère.

— Est-ce qu'il veut revenir ?

— Oui. Il sait qu'il a merdé. Je lui ai dit que Fe avait besoin de temps. S'il essaie de la récupérer maintenant, il signe son arrêt de mort.

— Tu penses quoi de tout ça ? »

Soufflant, Lydia essaya de faire le point sur ce qu'elle ressentait. Elle avait toujours vu Clark comme l'homme parfait pour Fe ; ils s'aimaient farouchement. Elle pouvait comprendre que la vie, son lot de peur et d'anxiété, pouvait changer une personne. Mais elle n'avait jamais imaginé Clark avec une autre femme. Ça ne lui ressemblait pas. Le visage brisé et rempli de larmes de Clark lui revint à l'esprit. Il avait l'air sincèrement blessé et désolé. Mais cela était-il suffisant ? Il avait réduit à néant la confiance que Lydia lui accordait. Et elle n'était pas sûre que Fe puisse un jour lui pardonner. Après tout, que ferait Lydia si elle était à la place de Fe et que l'amour de sa vie l'avait trompé ? Serait-elle capable de pardonner ?

« C'est juste un énorme gâchis. Je veux que ma famille soit heureuse, mais je ne sais pas quoi faire pour les aider pour l'instant. Tu crois que je devrais raconter à Fe ce qu'il m'a dit ?

— Dis-lui que tu l'as croisé et pars de là. Elle te dira si elle veut des détails. »

Leur conversation fut interrompue par un policier qui annonça que tout le monde pouvait de nouveau rentrer dans le musée.

« Enfin, je ne sens plus mes orteils. »

Au fur et à mesure que la journée passait, Lydia devenait de plus en plus nerveuse. Elle se sentait complètement dépassée en ce qui concernait Halle. Cette femme était devenue une énigme. Après toutes ces années à la côtoyer, elle se sentait maintenant en territoire inconnu.

Pourquoi maintenant ? C'était la question à laquelle Lydia voulait répondre. Au fil des ans, elles avaient au beaucoup d'occasions de se rapprocher. *Ou pas*, songea Lydia après un moment de réflexion. Elle avait toujours gardé une distance respectueuse avec Halle.

Alors pourquoi changer maintenant ? Pourquoi Halle avait-elle cherché à se lier d'amitié avec elle ? Et pourquoi Lydia réagissait-elle comme elle le faisait en présence d'Halle ? Lydia ne se sentait pas dans le bon état d'esprit pour entamer une nouvelle relation, ses quelques rendez-vous avec Zoé le lui avait confirmé. Si elle devait sortir avec Halle, elle ne voulait pas d'une aventure sans lendemain. Ce n'était pas possible. Il y avait trop de choses en jeu, trop d'autres personnes à considérer.

Lydia attrapa son sac dans le casier et enfila son manteau. Toutes ces réflexions n'étaient que des conjectures. Elle n'avait aucune idée de ce que Halle voulait. Peut-être allait-elle se présenter chez Halle et se faire dire, poliment, que cela n'arriverait jamais, et que Lydia devrait s'abstenir de poser ses lèvres sur d'autres personnes sans leur consentement préalable. Oui, c'était le scénario le plus probable.

Le bus était bondé. Quelqu'un avait oublié de mettre du déodorant, ce qui ajouta à l'humeur maussade de Lydia. Elle choisit de descendre du bus quelques arrêts plus tôt et marcha à bonne allure. Elle allait sans doute être en retard, mais au moins elle n'aurait pas à endurer les odeurs corporelles d'inconnus.

Déjà troublée et ayant furieusement besoin d'un verre, Lydia frappa à la porte d'Halle.

« Salut, entre. » Halle se tenait sur le pas de la porte. Elle était magnifique, évidemment. Pour une fois, ne pouvait-elle pas ressembler un peu moins à un mannequin ?

« Salut, désolée, je suis en retard. J'ai fait un bout de chemin à pied. Le bus puait.

— Beurk, je comprends tout à fait. Peut-être qu'il est temps que tu achètes une voiture ?

— À Londres ? Non merci. En plus, je peux emprunter celle de Fe quand je veux.

— J'ai une voiture et je vis à Londres.

— Non, tu as une minuscule chose dotée de quatre roues, que tu peux garer sur ta pelouse.

— Oui, je peux garer ma petite merveille partout. »

Levant les yeux au ciel, Lydia tendit son manteau à Halle. La même délicieuse odeur de curry s'échappait de la cuisine, lui rappelant pourquoi elle était ici. Pour parler du baiser.

« Une bière ?

— Oui, s'il te plaît. Hum... un truc fort cette fois-ci. »

Halle gloussa mais alla chercher une bouteille de bière belge dans le réfrigérateur. « Essaie ça. C'est l'une de mes préférées. »

N'ayant pas besoin qu'on lui dise deux fois, Lydia avala plusieurs gorgées. Ouais, c'est exactement ce qu'il lui fallait. Après avoir avalé la moitié de son verre, la boisson commença à faire son effet. « Bon sang, elle fait combien de degrés ?

— Six degrés, vas-y doucement, dit Halle en riant. Mangeons d'abord, puis on pourra parler. Est-ce que ça te va ?

— D'accord, oui… Génial. » Malgré la bière, l'angoisse était bien présente.

Assise à table, Lydia regardait Halle préparer le diner. Elle était si détendue, c'en était presque agaçant. Lydia avait l'impression que son cœur allait s'échapper de sa cage thoracique, tandis qu'Halle jouait tranquillement les parfaites hôtesses.

Après quelques minutes de silence gêné, Lydia n'en pouvait plus. « C'est bizarre, non ?

— Qu'est-ce qui est bizarre ? Halle posa les assiettes sur la table et s'assit.

— Tout. Tout semble gênant entre nous.

— Mange. »

N'ayant rien d'autre à ajouter, Lydia fourra une fourchette de curry dans sa bouche. Le goût provoqua une explosion de bonheur pour ses papilles. « Mon dieu, c'est délicieux. »

Une petite rougeur se glissa sur le visage d'Halle. « Merci. Je suis contente que tu aimes. J'en ai fait beaucoup. Tu pourras en ramener chez toi. »

Silence à nouveau. Posant sa fourchette, Lydia redressa ses épaules. C'était le moment de parler. « J'ai vraiment besoin de parler de ce qu'il s'est passé, Halle. »

Halle prit son temps en essuyant la nourriture inexistante des coins de sa bouche. « OK. Pourquoi m'as-tu embrassé ?

— C'est arrivé sans que j'y réfléchisse.

— Mais tu le voulais ?

— Oui. »

Halle sembla réfléchir à ses prochains mots. « Avant de m'embrasser, tu as a dit que tu avais passé 24 heures de folie. Qu'est-ce que tu voulais dire ? »

Oh mon Dieu. Lydia voulait avoir une discussion franche, mais était-elle prête à parler de sa soirée avec Zoé ? « J'avais rendez-vous avec Zoé, comme tu le sais. » Halle hocha la tête. « Euh... Voilà... C'est gênant...

— Parle-moi. Je te promets que je t'écouterai sans juger.

— Zoé m'a dit qu'elle ne serait pas contre un plan à trois avec toi, et elle m'a fait crier ton nom au moment de jouir ! » Lydia avait prononcé ces mots à la vitesse d'une mitraillette. C'était fait. Elle l'avait dit.

Halle avait les yeux écarquillés.

« Alors, quand je suis venue chez toi la nuit suivante, j'étais déboussolée. Et tu étais là, aux petits soins pour moi, tout était parfait et ton visage était si proche... »

Halle s'éclaircit la gorge. « Je ne peux pas dire que je m'attendais à ça.

— Moi non plus ! J'ai rompu avec Zoé parce que tout ça m'a fait flipper.

— Honnêtement, je ne sais pas quoi dire.

— Tu n'as rien à dire. La dernière chose que je veux, c'est te mettre mal à l'aise. A l'évidence, c'est raté. Je suis désolée.

— Quand tu m'as embrassé, tu pensais à Zoé ?

— Non ! Bon sang, non. J'étais... » S'interrompant brusquement, Lydia fixa la table.

« Hé, qu'est-ce que tu allais dire ? »

Lydia secoua la tête. Non, non, elle ne pouvait pas dire ce qu'elle pensait à voix haute.

« Lydia, regarde-moi. »

La douceur de la main d'Halle sous son menton envoya des picotements dans la colonne vertébrale de Lydia.

« Dis-le.

— Je voulais t'embrasser parce que je ne pouvais pas m'empêcher de penser à ce que j'avais ressentis dans la chambre de Zoé. C'est comme si tu avais été avec moi à ce moment-là. C'est à toi que je pensais, pas à elle, c'est pour ça que j'ai dit ton nom. Quand je suis venue hier soir, je me suis perdue de nouveau dans ce fantasme. Je n'ai pas pu m'empêcher de t'embrasser. »

En un clin d'œil, Halle était debout, prenant Lydia dans ses bras. Le baiser qu'elle lui donna fut féroce. Il fallut une seconde à Lydia pour réaliser, mais quand elle le fit, quelque chose de primal fit surface.

Lydia attrapa les cheveux d'Halle. Sa langue plongea dans sa bouche avec force et passion. Un gémissement s'échappa d'Halle, ce qui poussa Lydia à aller plus loin. Les bruits de métal tombant sur le sol résonnaient dans la cuisine, mais cela ne les dissuadait pas. Ensemble, elles étaient un feu, brûlant de plus en plus à chaque seconde qui passait.

L'air froid caressa l'abdomen de Lydia tandis qu'Halle enlevait rapidement son haut. Lâchant les cheveux d'Halle, Lydia se dirigea directement vers le pantalon de la jeune femme. Elles étaient frénétiques, et c'était parfait.

Lydia pouvait sentir le désir submerger Halle. À chaque contact, à chaque petit gémissement, Lydia prenait confiance en elle. Il n'y avait pas de place pour l'inquiétude, pas quand Halle Cartwright se déshabillait, montrant clairement son impatience.

Deux paires de jeans tombèrent sur le sol, une culotte les suivit. Lydia n'avait aucune envie de ralentir, même pour prendre le temps d'admirer le corps d'Halle.

Lydia frissonna lorsque Halle l'allongea sur le sol de la cuisine. « Ne t'inquiète pas, c'est propre », marmonna Halle en mordillant le cou de Lydia. Lydia se moquait de savoir si le sol était propre. Halle pouvait faire d'elle ce qu'elle voulait, où elle voulait.

Et puis tout s'arrêta. « Non mais ça va pas ? » Le cri strident de Fe emplit l'appartement. Le poids d'Halle s'enleva de Lydia puis elles se précipitèrent toutes les deux pour retrouver leurs vêtements éparpillés.

« Fe, qu'est-ce que tu fais ici ? » Halle enfila son jean et son haut. Lydia s'agitait, essayant désespérément de s'habiller, mais elle paniquait et plus elle essayait, moins ses tentatives étaient réussies.

« Qu'est-ce que c'est que ce bordel ! » Fe pleura à nouveau. « Je n'arrive pas à croire que vous puissiez me faire ça ! »

Lydia leva les yeux du sol. Fe la regardait avec des poignards.

« Fe, calme-toi. »

L'appel de Lydia tomba dans l'oreille d'un sourd.

« Me calmer ?

— Fe, va dans le salon. On te rejoint. » La voix calme d'Halle n'apaisa guère la rage de Fe.

« Je ne te le pardonnerai jamais », siffla-t-elle à Lydia, qui restait assise, bouche bée.

Sentant les larmes monter, Lydia se dépêcha de s'habiller. Avec Fe à l'écart, elle retrouvait des mouvements coordonnés. Halle était debout, ne sachant manifestement pas quoi faire. Lydia n'était pas d'humeur à se disputer avec sa sœur. Et elle comprit qu'Halle se sentait écartelée entre les deux sœurs.

« Ça va aller.

— Lydia...

— Ne t'inquiète pas. Va la calmer. Il faut que j'y aille. »

Traversant rapidement le salon, Lydia fit de son mieux pour ignorer les cris de Fe et se précipita dehors.

Des larmes coulèrent alors qu'elle attendait sur le trottoir. Seule.

<u>12</u>

Lydia avait différentes solutions pour gérer son stress. Le batch cooking était l'une d'entre elles, et elle s'y était pleinement investie pendant toute la semaine. Sa facture d'eau allait exploser. Les casseroles et les poêles ne se nettoyaient pas toutes seules. La pile qui s'élevait dans l'évier en témoignait. Mais elle devait supporter ce petit inconvénient. C'était soit du batch cooking, soit du binge drinking.

Une semaine entière s'était écoulée depuis l'incident de la cuisine et elle n'avait pas eu un signe de vie de Fe ou d'Halle. Pas un seul SMS, d'où les trois plats remplis de spaghettis bolognaise. Son congélateur était déjà plein de chili et de ragoût de bœuf. Cathy allait se régaler. Et c'était bien mérité ! Cathy avait été *la* meilleure amie que Lydia aurait pu demander cette semaine.

Après s'être effondrée à l'arrière du taxi cette nuit-là, Lydia était allée chez Fe pour repartir dix minutes plus tard avec un Monty endormi contre sa poitrine. Cela lui avait fait mal de ne pas pouvoir expliquer aux mômes pourquoi elle ne serait pas là pendant un certain temps, mais ce n'était pas à elle de le faire. Fe pouvait régler ça. Alors elle les avait simplement embrassés pendant qu'ils dormaient, avant de partir.

Le chauffeur avait eu la gentillesse de ne pas faire de commentaire sur le visage de Lydia dégoulinant de larmes.

Dès qu'elle fut seule dans son appartement, elle appela Cathy. En quelques minutes, elle était là pour la réconforter et maudire Fe. Lydia se doutait que sa sœur serait bouleversée à l'idée de la voir avec Halle, mais elle ne s'attendait pas, vraiment pas, à ce qu'elle réagisse comme ça.

Les heures s'étaient transformées en jours et Lydia s'était enfoncée petit à petit dans un trou noir. Elle avait espéré qu'Halle lui envoie un message ou quelque chose comme ça, mais elle n'avait eu aucune nouvelle. Fe avait sans doute besoin de temps pour se calmer. Elle pouvait comprendre ça, mais après sept jours complets, Lydia commençait à s'agacer. Pour qui diable Fe se prenait-elle ?

Où donc était passée Halle ? Après tout, Lydia n'était pas seule, nue sur le sol, ce soir-là !

Et qu'y avait-il de si grave à ce qu'Halle et elle couchent ensemble ? Fe devrait plutôt être heureuse que sa meilleure amie et sa sœur s'apprécient. Il y avait des choses pires que cela dans la vie !

C'était pour canaliser sa frustration que Lydia s'était plongée dans la cuisine. A défaut de pouvoir crier, elle cuisinait. Elle allait cuisiner jusqu'à ce qu'elle se sente mieux. Jusqu'à présent, aucun plat à base de tomates n'avait aidé. Mais peut-être que des lasagnes feraient l'affaire ?

Pour ajouter à son stress, elle allait être opérée demain. Dieu merci, Cathy et Harrison allaient être à ses côtés. Lydia était toujours nerveuse, même si elle avait hâte de pouvoir enfin aller de l'avant.

Maudissant son manque de Tupperware, Lydia ne savait plus quoi faire de ses plats cuisinés. Ils allaient devoir rester sur le plan de travail de la cuisine pendant un petit moment. Il était presque cinq heures de l'après-midi, ce qui ne lui laissait que quelques heures pour manger avant de devoir jeuner. Cela tombait vraiment mal, car Lydia était de ces personnes qui soulagent leur stress en mangeant, surtout tard dans la nuit.

Au lieu de manger une partie des plats qu'elle avait passé toute la semaine à cuisiner, Lydia avait calmé ses nerfs et son chagrin avec une pizza. Monty, qui mâchouillait un marceau de croute couché dans son panier, semblait apprécier son choix.

À 21 h 30, Lydia avait terminé sa journée. Aucune pizza ni aucune série TV n'avait véritablement distrait son esprit. Alors, si elle ne pouvait pas penser à quelque chose d'agréable, elle espérait pouvoir ne plus penser à rien. Monty n'était pas ravi de se coucher si tôt, mais il la suivit fidèlement quand même. Plus vite demain arriverait, mieux ce serait.

Cathy était arrivée à 7 h 30 pile. Lydia se sentait mal mais essayait de faire bonne figure. Malheureusement, le regard compatissant de Cathy lui indiquait qu'elle n'était pas parvenue à masquer ses sentiments.

Initialement, c'était Fe qui devait venir chercher Lydia et la conduire à l'hôpital. Evidemment, il en était maintenant hors de question. Alors au lieu d'arriver tranquillement à l'hôpital en voiture, Lydia et Cathy avaient dû prendre le bus.

Lydia n'allait rester à l'hôpital que quelques heures. Cathy s'était déjà arrangée pour qu'un taxi vienne les chercher, ne sachant pas dans quel état se trouverait Lydia.

Harrison s'était excusé de ne pas être avec elles. Il avait un engagement à l'université qu'il ne pouvait pas manquer. Lydia n'arrivait toujours pas à réaliser qu'il était doctorant.

« Lydia, comment allez-vous ? » Demanda Elise Maynard dès qu'elles l'aperçurent à la réception. Pouvait-elle encore l'appeler Elise, maintenant que les choses étaient plus compliquées avec Halle ?

« Bien. Un peu nerveuse. *C'est un euphémisme.*

— Je comprends mais il n'y a aucune raison. Ce sera fini avant même que vous ne vous en rendiez compte. Vous n'avez qu'à remplir ce formulaire et l'infirmière vous conduira dans votre chambre. Quand tout sera prêt, vous serez amenée en salle et préparée.

— D'accord. *Cela semble assez simple.*

— Vous n'avez rien mangé depuis hier soir ?

— Non, et je meurs de faim. » Les trois femmes rirent à la réponse spontanée de Lydia avant de se dire au revoir. Cathy était autorisée à attendre dans la salle de réveil pendant que Lydia était opérée.

« Oh la la, je suis moche avec ça » La chemise d'hôpital était hideuse. Pourquoi diable y avait-il des miroirs dans la pièce ? C'était tout simplement cruel.

« Ils ne sont pas faits pour être beaux. Tu es sûre de l'avoir mis du bon côté ? Je croyais que tu étais censée avoir les fesses à l'air avec ça ? Lydia repoussa la main de Cathy alors qu'elle tripotait le rabat de la robe.

— Ah, j'en sais rien. Je me suis dit qu'il était plus utile qu'ils puissent accéder à mon ventre qu'à mon derrière.

— Ne vous inquiétez pas pour ça, on s'en occupera », déclara alors une infirmière bienveillante aux yeux pétillants, qui avait dû entendre leur conversation. « Vous êtes prête ?

— Aussi prête que possible.

— Ne t'inquiète pas, ma chérie, tout ira bien. Et je serai juste à côté quand tu te réveilleras.

— Merci, dit Lydia en enlaçant Cathy.

— Pas besoin de remerciements. Maintenant, c'est parti. » Cathy pressa son bras et lui donna un baiser sur le front.

Lydia tapota nerveusement ses doigts sur le bras du fauteuil roulant pendant tout le trajet jusqu'à la salle d'opération. Elle avait également plissé le nez à cause de la forte odeur d'antiseptique qui se dégageait. *Au moins, c'est propre.*

La salle d'opération était plus petite que ce à quoi Lydia s'attendait, bien que son expérience en la matière fût limitée à ce qu'elle avait pu voir dans *Urgences*. Suivant les ordres de l'infirmière, Lydia avait pris place sur une civière, offrant à l'équipe chirurgicale un sourire nerveux alors qu'elle essayait d'empêcher la blouse de dévoiler prématurément son intimité. L'installation de la perfusion avait été horrible. Lydia ne l'avait pas vu venir. Elle n'avait pas imaginé qu'une petite aiguille enfoncée sur le revers de la main puisse faire si mal.

Allongée sur le dos, Lydia fixait l'énorme lampe chirurgicale au-dessus d'elle. *J'espère qu'ils attendront que je sois endormie avant d'allumer ce truc. Ça va me brûler les rétines.*

« Lydia, vous êtes prête ? » Le visage masqué d'Elise scruta celui de Lydia, la faisant sursauter.

« Ou-oui, allons-y. » Faisant de son mieux pour se calmer, Lydia se concentra sur les bips du moniteur cardiaque. C'était étrangement relaxant.

« Génial. L'intervention d'aujourd'hui est observatoire, mais s'il y a quelque chose que je pense devoir traiter immédiatement, je m'en occuperai pendant que j'y suis. Est-ce que ça vous va ?

— Bien sûr. Faites tout ce que vous avez à faire.

— Merveilleux. Vient maintenant la partie amusante. Prenez quelques respirations profondes et comptez à rebours à partir de 10. »

Prenant plusieurs respirations profondes du masque maintenu sur son visage, Lydia compta à partir de 10. 9...8... Puis plus rien.

Quelqu'un avait-il pris un morceau de papier de verre pour frotter la gorge de Lydia ? Ouvrant les yeux avec précaution, elle essaya de se concentrer sur la pièce. Une silhouette floue se trouvait près de l'extrémité du lit.

« Grrr, le grille-pain a besoin d'être nettoyé. »

Le rire de Cathy était suffisamment distinctif pour que Lydia puisse identifier les contours flous.

« Je pense que c'est l'anesthésie qui s'estompe, ma belle. Ton grille-pain va bien.

— Tu peux me passer de l'eau, s'il te plaît.

— Tiens, bois doucement. » Le liquide glacé ne la soulagea que temporairement. Dès que Lydia l'eut fini, la douleur revint plus intensément.

« J'ai mal à la gorge.

— C'est à cause du tube que nous avons placé dans votre gorge. » Tournant la tête, Lydia plissa les yeux et identifia le Dr Maynard.

« Avez-vous trouvé quelque chose ? » Dieu merci, elle retrouvait ses esprits.

« Oui, et tout s'est bien passé. Je dois finir ma tournée maintenant. Cela vous laissera le temps de vous réveiller complètement. Quand je reviendrai, nous passerons en revue l'opération, d'accord ? Prenez votre temps, vous n'êtes pas pressée. Quand vous vous sentirez mieux, il faudra que vous alliez aux toilettes. Vous pourrez manger également. L'infirmière passera bientôt pour vérifier vos éventuels saignements.

— D'accord. Merci, Elise.

— À bientôt. »

Dès que la porte fut fermée, Cathy siffla. « Oh la la, elle est magnifique. Bon sang, est-ce que tous les professionnels de santé sont si sexy ? Cathy s'éventa avec un *magazine Vogue*.

— Elle est sortie un petit moment avec Halle. »

Mentionner son nom était une erreur. Maintenant, Lydia sentait revenir à grand pas une émotion qu'elle avait essayé de tenir à distance depuis la semaine dernière. Elle avait les larmes aux yeux.

« Oh, ma chérie, reste calme. Ce sont les médicaments. Ils jouent avec tes nerfs.

— Je n'arrive pas à croire que Fe ne soit pas là. Après toutes les fois où je l'ai soutenue. »

Lydia n'arrivait pas à stopper ses pleurs. Trois ans de frustration et maintenant qu'elle était sur le point d'obtenir de l'aide, sa sœur était introuvable. Et pour quelle raison ? Parce que Lydia avait failli coucher avec sa meilleure amie.

« Je sais, ma chérie. Laisse tout ça sortir. »

Alors c'est ce qu'elle fit. Et cela lui prit un certain temps. Elle pleurait encore lorsque l'infirmière passa, puis lorsque le Dr Maynard revint.

« Les émotions peuvent être un peu exacerbées après l'anesthésie. C'est normal, dit doucement Elise alors que Lydia hoquetait et soufflait dans un mouchoir. « Voulez-vous que je revienne plus tard ?

— Non, s'il vous plaît, restez. Je veux savoir ce que vous avez trouvé. Cathy peut rester aussi, si c'est possible ?

— Oui, bien sûr. » Elise tira une chaise. « Bon, je peux vous dire sans l'ombre d'un doute que vous souffrez d'endométriose. »

Une bouffée d'air quitta le corps de Lydia. « Oh, mon Dieu. » Les larmes étaient de retour. Elise et Cathy s'assirent patiemment pendant que Lydia se ressaisissait. « Désolée, continuez.

— Il m'a semblé préférable d'enlever les tissus le plus rapidement possible. Je suis ravie de la façon dont ça s'est passé. Pour ce qui concerne la suite, je veux que vous commenciez une nouvelle pilule. C'est un médicament beaucoup plus efficace pour votre état que tout ce qui vous a été prescrit. L'un des avantages de cette pilule est que vous pouvez commencer à la prendre immédiatement. Pas besoin d'attendre vos règles. Cela régulera également vos hormones, qui, d'après vos analyses sanguines, sont un peu capricieuses. C'est une pilule à base de progestérone. Il est possible que plusieurs mois soient nécessaires pour que la situation se stabilise, mais j'ai besoin que vous me fassiez confiance et que vous suiviez le traitement de façon continue. Vous allez vous sentir fatiguée pendant quelques jours, mais vous devriez retrouver votre pleine forme dans environ deux semaines. Si vous devez travailler, allez-y doucement. Ménagez vous dans les prochains jours.

— Je vais parler à Norris, commenta Cathy.

— Assurez-vous de rester hydratée et de continuer à manger sainement. Si vous ressentez de la douleur, ou si vous constatez une inflammation, revenez tout de suite, d'accord ?

— Bien sûr.

— Je vais m'occuper d'elle, Docteur.

— Parfait. Maintenant, il y a une autre chose dont je pense que nous devrions parler. L'endométriose était localisée autour de vos ovaires, ce qui perturbait le développement des ovules. Malgré le retrait des tissus, il est possible qu'il vous soit difficile de tomber enceinte. »

Les murs semblaient se refermer sur Lydia. Tout ce que Lydia avait toujours voulu, c'était avoir sa propre famille. Des enfants qu'elle porterait et chérirait.

« Je suis stérile ?

— Non. Mais si vous décidez un jour d'arrêter la pilule et d'essayer de tomber enceinte, nous devrons faire d'autres tests. Ce n'est pas impossible, Lydia, je voulais juste que vous ayez toutes les informations.

— Je vous remercie. J'apprécie.

— Faisons en sorte que vous vous sentiez mieux, puis nous pourrons examiner les options. Lydia, s'il vous plaît, ne vous découragez pas. Vous êtes sur la bonne voie et je vous aiderai à chaque étape du processus. »

✿

Des bébés. C'est tout ce à quoi Lydia pouvait penser. Une panique s'empara de sa poitrine à l'idée de ne pas pouvoir avoir d'enfants. Une famille à elle, était-ce trop demander ?

Fatiguée de s'apitoyer sur son sort, Lydia accepta avec joie les analgésiques que Cathy lui tendit. Elles étaient arrivées à l'appartement de Lydia une heure plus tôt et Cathy n'avait pas arrêté une minute.

« Une fois qu'ils auront fait effet, tu dormiras mieux. »

C'est tout ce dont Lydia avait besoin. Elle s'appuyait rarement sur les médicaments pour résoudre ses problèmes, mais était prête à concéder la défaite cette fois-ci. Son cerveau refusait de la laisser en paix, une intervention pharmaceutique était donc nécessaire.

Monty était allongé aux pieds de Lydia, gardant un œil inquiet sur elle. En toute honnêteté, elle ne se sentait pas mal, juste somnolente. Bien que sa gorge soit toujours à vif, ce qui était un effet secondaire inattendu et indésirable de l'opération.

Quand elle ne se sentirait plus si fatiguée, Lydia pourrait réfléchir à tout ce qu'Elise avait dit après l'opération. Mais pour l'instant, le sommeil l'appelait.

Des voix étouffées réveillèrent Lydia. Le soleil avait considérablement baissé ; quelques heures devaient s'être écoulées depuis qu'elle s'était endormie. Y avait-il quelqu'un à la porte d'entrée ? Lydia n'attendait personne. La voix de Cathy résonna, plus claire que les autres.

Se redressant avec une grimace, Lydia s'appuya contre la tête de lit. Ces analgésiques étaient plutôt efficaces. Elle ne sentait qu'un petit tiraillement au bas ventre. Se frottant les yeux, Lydia prit un certain temps pour décider si elle devait sortir de son lit pour découvrir ce qui se passait, ou laisser Cathy s'en occuper.

Cathy mit un terme à son hésitation quelques secondes plus tard, visiblement agacée. « Désolée de te déranger, ma chérie. Tu as un visiteur qui refuse de partir.

— Qui ? »

Lydia était encore à moitié endormie, et n'était pas en état de recevoir qui que ce soit.

« Halle

— Qu'est-ce qu'elle veut ? interrogea-t-elle, soudain éveillée.

— Parler. »

Cathy n'avait pas du tout l'air contente.

« Je lui ai dit que tu avais besoin de repos, mais elle est catégorique sur le fait qu'elle a besoin de te voir.

— Euh... Bon, d'accord, laisse-la entrer.

— T'es sûre ? Ne te sens pas obligée, Lydia.

— Honnêtement, ça va. »

Est-ce qu'elle allait bien ? Pas vraiment.

« D'accord. Je vais faire un tour à la boutique et acheter quelques bricoles. J'ai mon téléphone.

— Merci, Cath. »

Lydia attendit nerveusement, lissant les couvertures du lit, puis ses cheveux. L'agacement de Cathy était toujours très clair dans sa voix lorsqu'elle dit à Halle d'entrer.

Deux coups sourds se firent entendre sur la porte de la chambre.

« Entre.

— Salut. »

C'était tout, après sept jours de silence radio. Lydia avait un peu plus de mal que prévu à garder son sang-froid. La seule chose qui l'empêchait d'éclater était l'expression triste sur le visage d'Halle alors qu'elle regarda Lydia dans son lit, l'air probablement irrité.

« Bonjour. Qu'est-ce que je peux faire pour toi ?

— Aïe, je l'ai bien mérité. Est-ce que je peux entrer ?

— Bien sûr. »

Halle se rapprocha, à pas hésitants.

« Je suis vraiment désolée, Lydia. Je n'arrive pas à croire que j'ai raté ton opération.

— C'est bon, Cathy était avec moi.

— Non, ça ne va pas. Rien de tout cela n'est normal.

— Que veux-tu, Halle ? Si c'est pour t'excuser, tu l'as fait. Je te pardonne. Maintenant, j'ai besoin de me reposer.

— S'il te plaît, ne me repousse pas...

« — Ne me repousse pas ? se moqua Lydia. C'est sacrément gonflé. Cela fait plus d'une semaine que j'attends de tes nouvelles. Tu me baises quasiment sur le sol de ta cuisine, puis tu me ghostes ? Pourquoi ? Parce que la pauvre Fe est fâchée ?

— Ce n'est pas ça, protesta Halle.

— C'est exactement ça. Je ne peux pas faire quoi que ce soit. Je t'aime bien Halle et oui, je suis attirée par toi, mais j'en ai marre de tous ces drames. Et avec Fe, il y a toujours un drame. C'est ta meilleure amie et je ne suis que la petite sœur. J'ai compris. J'espère que tu arrangeras les choses avec elle. Tu peux lui faire savoir qu'elle n'aura pas à s'inquiéter que la Villaine Lydia lui pique sa chose !

— Je ne suis pas sa chose.

— C'est ce que tu as retenu de tout ça ? » Secouant la tête, Lydia se mit à rire en trouvant enfin la clarté qui lui manquait depuis sept jours. « Si, tu l'es. Ou c'est tout comme. Ce n'est pas normal de s'énerver comme elle le fait parce que toi et moi on est proche. J'en ai assez de tourner autour du pot. C'est franchement bizarre. J'ai la trentaine pour l'amour de Dieu, je n'ai pas besoin de ces conneries de cour de récréation. Quoi qu'il arrive, elle passera toujours en premier, et tant mieux pour vous deux. J'ai besoin de prendre soin de moi maintenant. Je suggère que nous replacions notre relation là où elle était avant que nous devenions amies. C'est plus facile pour tout le monde.

— Lydia...

— Je reverrai Fe ne t'inquiète pas, mais je n'ai plus l'intention de me plier à ses volontés. Tu peux le lui dire. Oh, et elle ferait mieux de ne pas impliquer maman. Fe m'a dit qu'elle ne me pardonnerait jamais. Eh bien, ça marche dans les deux sens. Je n'aurais jamais pensé que ma propre sœur me parlerait comme ça.

— Lyds...

— Si cela ne te dérange pas, j'aimerais qu'on me laisse tranquille maintenant. Je suis fatiguée.

— Lydia, s'il te plaît.

— Tu l'as entendue, Halle. Il est temps de partir. »

Lydia n'avait pas entendu Cathy revenir, mais elle était heureuse de la voir.

Halle serra les poings à plusieurs reprises avant de se lever lentement. Lydia avait puisé dans le peu de force qu'il lui restait pour résister à l'envie de tendre la main et apaiser l'air déchiré qui s'était abattu sur le visage d'Halle.

« Je suis désolée, Lydia. » murmura Halle d'une voix qui n'était pas plus qu'un murmure.

Quand Lydia fut certaine qu'Halle était partie, elle laissa couler ses larmes. C'était la bonne décision, elle en était sûre. Mais ce n'en était pas moins douloureux. Il n'y avait pas qu'Halle et Fe. Elle repensait aux trois dernières années de torture menstruelle, à tous ses amants partis, à Norris qui lui menait la vie dure. Lydia aspirait maintenant à la paix.

Une fois ses lames séchées, Lydia se sentit libérée d'un poids. Il était temps de changer. Il était temps de laisser toutes ces choses derrière elle. Elles appartenaient au passé.

Il y avait encore des épreuves à venir. Les problèmes de santé ne disparaîtraient pas simplement, mais au moins Lydia avait un médecin compétent à ses côtés. Puis elle avait Cathy et Harrison, et Monty, bien sûr.

<u>13</u>

Il y avait du changement dans l'air. Lydia était déterminée à aller de l'avant.

Près de deux semaines s'étaient écoulées depuis l'opération et pour l'instant, tout allait bien. Elle revit Elise une semaine après l'opération pour faire le point. Elles évoquèrent les impressions de Lydia sur sa nouvelle pilule, qu'elle ne prenait que depuis quelques jours.

Mis à part un peu de nausée au début, Lydia se sentait bien. Elle ne saignait pas encore, mais Elise l'avertit qu'il était probable que ses prochaines règles soient plus longues. Avec un peu de chance, cependant, la douleur serait beaucoup moins forte et le saignement plus léger. La principale préoccupation d'Elise était l'équilibre hormonal de Lydia. Cela pouvait prendre quelques mois pour que la pilule stabilise ses humeurs, et Elise lui demanda de prendre note de ses émotions tout au long de son cycle. Lydia était déjà rompue à l'exercice.

Une fois la partie médicale réglée, elles discutèrent de la vie quotidienne, se donnant rendez-vous pour prendre un café un jour dans la semaine. Il était très plaisant de discuter avec Elise, et Lydia n'avait pas l'impression qu'elle attendait autre chose qu'un échange amical.

Fidèle à sa parole, Lydia se concentrait uniquement sur son propre bien-être. Cela faisait près de trois semaines que Fe était aux abonnés absents. Pas d'appels ni de messages. Même leur mère n'avait rien trouvé à redire de cette distance, ce qui était surprenant. Mais ce n'était pas grave. Si Fe voulait bouder, qu'il en soit ainsi. Seule la pensée du visage abattu d'Halle attristait Lydia. Mais elle avait fait ce qu'il fallait, elle en était sûre. Enfin presque.

Si l'on mettait de côté le « problème Halle », Lydia se sentait bien. Elle ne s'était d'ailleurs pas sentie aussi bien depuis très longtemps. C'est pourquoi elle voulait maintenant du nouveau dans sa vie. Et la liste des changements était longue. Tout d'abord, chercher un nouvel appartement ou une nouvelle maison. Elle aimait sa maison, mais il y avait sans arrêt des réparations à entreprendre, et Lydia en avait assez de devoir supplier son propriétaire. Alors il était temps de passer à autre chose.

Après avoir passé plus d'une décennie dans le quartier, elle n'avait pas l'intention de s'éloigner. Ainsi, la recherche d'une nouvelle demeure serait locale. En fait, à quelques rues de là se trouvait une belle maison victorienne à vendre. Cela engloutirait certainement la majeure partie de l'héritage de Lydia, mais un achat immobilier était un bon investissement. Du moins, c'est ce qu'on lui avait dit. Prenant le taureau par les cornes, Lydia fit une recherche rapide sur Google et trouva l'agence immobilière qui gérait cette vente. Quelques minutes avaient suffi pour obtenir une visite pour le lendemain.

Deuxième point de la liste : l'apparence. Il n'y avait pas grand-chose à faire pour changer sa silhouette. Bien manger et faire de l'exercice était la clé. Quant à sa peau, avec un peu de chance, elle irait mieux grâce à la nouvelle pilule. Mais ses cheveux, c'était une autre histoire. La dernière fois que Lydia était allée chez le coiffeur, c'était il y a plus d'un an, pour un léger rafraichissement. Maintenant, elle voulait un changement, quelque chose de radical peut-être.

Avec ses horaires de travail, il était plus facile de trouver un salon à proximité du musée. Encore quelques minutes à surfer sur internet et c'était plié. Un fois la réservation en ligne faite, Lydia prit une gorgée de son latte au lait d'avoine en soupirant de bonheur. Quelle belle journée !

« Lydia ! » Elle avait parlé trop tôt. « Vous n'êtes pas payée pour rester assise à scroller sur votre téléphone toute la journée. »

Depuis son retour au travail, Norris avait augmenté son sarcasme de 1 000 % et Lydia en avait marre. Il en voulait manifestement à Lydia d'avoir pris du temps pour se soigner et récupérer, même si c'était parfaitement légal et autorisé par la hiérarchie.

« Norris, j'ai encore 15 minutes sur ma pause déjeuner.

— Vous êtes partie depuis des lustres. On a besoin de vous à la caisse de la boutique de souvenirs.

— Je suis partie depuis 45 minutes. Mon déjeuner dure une heure.

— Écoutez jeune fille...

— Non, Norris. J'ai le droit de prendre une pause déjeuner. C'est quoi votre problème ?

— Je vous demande pardon ? »

Le visage de Norris virait lentement à une profonde nuance de rouge.

« Vous m'avez entendu. » Lydia était maintenant debout, les mains sur les hanches. « Nous travaillons tous dur ici, mais vous n'êtes jamais satisfait. L'ambiance n'est pas à la rigolade, et pourtant nous affichons toujours des sourires et faisons un sacré bon travail pour accueillir les gens au musée. Tout ce que vous faites, c'est trouver à redire.

— Je demande seulement...

— L'impossible. Nous ne pourrons jamais être à la hauteur de vos attentes. Vous avez fait pleurer deux nouveaux employés ce mois-ci. Si vous détestez tant travailler ici, pourquoi continuez-vous ?

— Je travaille ici depuis des années, jeune fille.

— Je sais ! Nous le savons tous, mais cela ne justifie pas que vous nous harceliez sans arrêt. J'en ai marre d'arriver au travail en me demandant quelles conneries vous allez nous balancer.

— C'est incroyable. Vous aurez des nouvelles de Sue d'ici la fin de la journée ! »

Sue Randal était la directrice des ressources humaines. Une femme charmante avec de beaux cheveux roux.

« Bien ! Appelez-la ! Il est grand temps de faire quelque chose contre cet environnement de travail hostile. »

Lydia avait bien repéré le coup de bluff de Norris. L'homme pâlit visiblement. « Très bien, je le ferai. » Sa voix ne semblait pas aussi confiante qu'il l'espérait, c'était évident.

« Allez-y. » Lydia le regarda fixement, défiant l'homme de décrocher le téléphone.

« J'appellerai plus tard ! Certains d'entre nous ont du pain sur la planche. » Norris s'éloigna à grands pas, emportant presque la porte avec lui alors qu'il sortait en trombe.

Après une longue expiration, Lydia se rassit et termina son déjeuner tranquillement. Se concentrer de nouveau sur sa liste des changements à introduire dans sa vie l'aida à balayer la mauvaise humeur qui essayait de s'insinuer. *Au diable Norris !*

Le point suivant sur sa liste était plus une liste dans une liste. Lydia s'était rendu compte qu'elle avait traversé la vie sans vraiment réfléchir à ce qu'elle voulait. À 20 ans, après avoir quitté l'université, elle s'était surtout inquiétée de trouver un emploi stable. Payer ses factures et gérer le quotidien avait ensuite pris le pas sur ses ambitions.

Quand son grand-père lui laissa une somme confortable en héritage, elle le plaça simplement à la banque, ne sachant qu'en faire. Puis son corps commença à la trahir, et toute perspective disparut. Lydia voyait défiler les jours en espérant simplement souffrir le moins possible. N'était-ce pas pathétique ?

Toutes les choses dont elle avait rêvé quand elle était enfant étaient tombées à l'eau. Mais c'en était fini de l'immobilisme. Sa liste allait rectifier cela. Le parachutisme, le saut à l'élastique, la plongée sous-marine, elle allait tout essayer. Et voyager aussi.

Mais son plus grand rêve était d'avoir une maison, des enfants et une personne qui l'aime avec qui les élever. Elle pouvait relativement facilement avoir la maison. Un sur trois, c'était déjà un début.

Bonté divine, ses pieds étaient en feu. Après avoir passé quelques heures derrière la caisse de la boutique de souvenirs, Lydia avait presque supplié Cathy d'échanger sa place avec elle pendant un petit moment. Le médecin lui avait dit d'y aller doucement, de ne pas rester assise toute la journée. Heureusement, Cathy avait accepté et Lydia l'avait remplacé pour ses trois visites guidées.

Maintenant, ses pieds protestaient avec véhémence. Lorsqu'elle poussa la porte de la salle réservée au personnel, Lydia fut accueillie par les applaudissements d'un groupe de collègues. Cath et Harrison se tenaient debout au centre. Cathy ajouta un sifflement bruyant, comme si les applaudissements ne suffisaient pas.

« Qu'est-ce qui vous prend ? Lydia avait porté sa main à sa poitrine.

— Tout le monde a entendu ce que tu as fait, commença Cathy. Sunjit était en route pour déjeuner quand elle t'a entendu parler à Norris. C'est notre façon de te dire merci !

—Arrêtez. » Lydia agita la main en rougissant. « Je n'aurais pas dû lui parler comme ça. C'est toujours mon patron.

— N'importe quoi, intervint Sunjit. Ce type est un gros con, avec un égo de la taille de la Tour de Londres. Il a fait pleurer la petite Kerry l'autre jour, elle a failli démissionner.

— Est-ce qu'elle va bien ?

— Oui, on l'a emmenée boire une pinte. J'ai réussi à la calmer. »

Lydia secoua la tête. C'était scandaleux que ses collègues soient traités de cette manière. Quand Norris avait menacé d'appeler Sue, Lydia avait espéré qu'il le ferait. Maintenant, il était évident qu'il bluffait, mais peut-être que Lydia devait, elle, l'appeler.

« Eh bien, merci pour les applaudissements. J'espère que ce petit évènement aura servi de leçon à Norris. » Tout le monde retourna à ses occupations en souriant. Lydia se tourna vers Cath et Harrison. « Vous voulez aller boire une pinte ?

— Comme si tu avais besoin de demander.

— Merveilleux, je vais chercher mon manteau. »

Le Royal Oak était moins fréquenté que d'habitude. Une fois de plus, ils s'installèrent à la table près du feu. Harrison se rendit au bar, laissant à Lydia le temps de montrer sa liste à Cathy.

« Tu vas vraiment déménager ?

— Oui, je pense qu'il est temps. J'ai une visite demain. C'est dans ta rue !

— Pas la magnifique victorienne ?

— Si. »

Lydia ne put retenir un petit cri de joie.

« Oh ma chérie, oui, oui, oui ! Je te vois tout à fait vivre là ! Monty l'adorerait, avec ce beau jardin. Je peux venir avec toi pour la visite ?

— Bien sûr.

— Qu'est-ce que c'est que cet autre point ? Apparence ? Tu ne penses pas à la chirurgie esthétique j'espère ? Lydia, tu es parfaite comme tu es.

— Non, calme-toi. Je pense seulement à changer de coiffure. Peut-être partir sur une coupe courte, je ne sais pas trop... Je vais en parler à la styliste.

— Comme Bruno Mars le dit 'Girl, you're amazing, just the way you are'.

— Pourquoi vous parlez de Bruno Mars ? Harrison posa le plateau de boissons.

— On parle seulement de coiffure.

— Bruno a de beaux cheveux...

— Harrison, chéri, nous ne parlons pas de Bruno ou de ses cheveux.

— Je ne comprends rien à votre conversation. » Prenant une gorgée de bière, Harrison se mit à lire son livre. Lydia et Cathy trinquèrent en riant de la confusion du jeune homme.

« Donc, après la coupe de cheveux, ta liste indique que tu vas rechercher la meilleure manière de te suicider.

— Mais nooon.

— Si. Tu as prévu de te jeter d'un avion, puis d'un pont et ensuite de te noyer.

— Bon sang, Lydia ! s'exclama Harrison, l'air alarmé.

— Ne t'inquiète pas Harrison, elle exagère, comme toujours. Il s'agit de parachutisme, de saut à l'élastique et de plongée sous-marine. »

Croisant les bras sur sa poitrine, Cathy se redressa. « Appelez ça comme vous voulez. C'est stupide et suicidaire !

— D'accord, alors je ne te demanderai pas de venir avec moi.

— Non, et si tu tiens un peu à la vie, tu ne feras pas tout ça non plus.

— Changeons de sujet, s'il te plait, gloussa Lydia. Tu crois que je serais folle d'essayer d'avoir un bébé ?

— Wow, d'accord, reviens un petit peu en arrière. Tu es passée d'une nouvelle coupe de cheveux à une grossesse ?

— Tu as entendu ce qu'Elise a dit. Cela pourrait être difficile pour moi et je suis déjà dans la trentaine. J'ai peur d'attendre trop longtemps et de ne plus pouvoir avoir d'enfant.

— Je pourrai être ton donneur le moment venu, ajouta Harrison, laissant Lydia et Cathy bouche bée.

— Harrison, c'est... » Lydia ne savait pas comment finir sa phrase. Jetant un coup d'œil à Cathy, elle fut rassurée de voir son amie sourire à son amoureux. Ouf, ça aurait pu se passer différemment.

« L'offre est là, pour quand tu seras prête. Cath et moi n'avons pas l'intention d'avoir des enfants. Cela me ferait plaisir de savoir que je pourrais t'aider à vivre ton rêve. »

Un sanglot s'échappa de la gorge de Lydia. « Merci. » Détournant brièvement le regard pour maitriser ses émotions, Lydia pris une gorgée de bière. « Alors, vous avez parlé d'enfants tous les deux ?

— C'est l'une des premières choses dont on a parlé, en fait. » Harrison posa son livre. « C'était important et plutôt libérateur d'être franc sur ce que nous voulions dès le début.

— Il a raison. Autant on peut envisager tous les deux le mariage, autant aucun de nous ne veut d'enfants. Je serais heureuse d'être la meilleure tata du monde.

— Oui, je me vois très bien comme un ami ou un oncle, ajouta Harrison.

— Est-ce que je dois chercher une robe de demoiselle d'honneur ? »

Cathy et Harrison se mirent à rire. « Pas tout à fait. On est heureux comme on est pour le moment. » Ils partagèrent un sourire affectueux et un baiser. Le cœur de Lydia fondit. Ils étaient parfaits ensemble.

« Bon, revenons à nos moutons, ou plutôt à tes bébés, dit Cathy. Si tu veux un enfant, Lydia, c'est merveilleux.

Assure-toi simplement de le faire parce que c'est ton rêve, pas parce que tu as peur que cela n'arrive pas. Tu as dit toi-même que tu voulais avoir un peu de temps pour toi, pour te reconstruire. La visite de la maison, la coupe de cheveux... C'est bien. Prend ton temps.

— Je sais. » En soupirant, Lydia s'attaqua au sous-verre devant elle. « Il y a encore beaucoup de choses à faire. Ça m'a traversé l'esprit, c'est tout.

— Je trouve ça génial que tu réfléchisses à ton avenir, commenta Harrison. Nous sommes là pour toi, quoi que tu décides de faire. »

Lydia regarda Harrison avec affection. Qui était ce jeune homme sûr de lui ?

« Je vous remercie. Tous les deux.

— De rien, vraiment. Passons maintenant à l'autre point à l'ordre du jour. Tu vas appeler Sue et dénoncer Noris ?

— Tu crois que je devrais le faire ? »

Harrison hocha la tête avec enthousiasme. « Oui. Il devient de plus en plus problématique. »

Cathy acquiesça avec un « Oh oui ».

« Je vais y réfléchir. Mais je ne suis pas la seule à pouvoir appeler les RH, vous savez.

— Oui, mais tu as initié quelque chose et motivé les troupes. Tu es le porte-parole officieux maintenant. »

Génial.

❦

« Tous les parquets sont d'origine. La salle de bain et la cuisine ont été refaites. L'électricité et la plomberie ont été mises aux normes l'année dernière. » Meredith, l'agent immobilier, n'en finissait pas de souligner les avantages de cette maison. Mais pour être honnête, à la seconde où Lydia avait franchi la porte, elle s'était sentie chez elle.

« Et ils veulent vendre rapidement, n'est-ce pas ? Demanda Cathy en faisant le tour de la pièce.

— Oui. La famille a déménagé en Australie. Ils ont besoin de l'argent de la maison.

— Y a-t-il une marge de manœuvre sur le prix ? » Lydia pouvait payer le prix demandé, mais qui n'essayait pas d'obtenir une remise ? Le marchandage faisait partie du jeu.

« Je peux certainement négocier un prix plus bas, mais c'est une belle maison. Je n'essaierais pas d'aller trop bas.

— A quinze mille livres de moins, je signe tout de suite.

— Laissez-moi appeler mes clients. »

Lydia attendit que Meredith soit hors de portée de voix pour attraper Cathy avec excitation. « J'adore cette maison. »

— Chérie, elle est magnifique.

— Tu ne crois pas que je me précipite ?

— Lyds, si c'est ce que tu veux, vas-y. Investir dans l'immobilier, c'est malin. Et cette maison est superbe. Tu pourrais vivre ici pour le reste de ta vie si tu le voulais.

— Monty va être surexcité quand il verra le jardin !

— Oh oui ! Tu en as parlé à ta mère ? »

Le sujet se rapprochait dangereusement d'un sujet que Lydia voulait éviter. En lisant entre les lignes, Cathy se demandait si son amie avait eu des nouvelles de Fe.

« Je le lui dirai quand je lui rendrai visite.

— Lydia, le vendeur est d'accord. Darren est impatient de boucler les choses, et étant donné que vous payez sans emprunt, je ne pense pas que cela prendra beaucoup de temps.

— Oh, mon Dieu ! » Lydia et Cathy sautèrent d'excitation, ce qui fit rire Meredith.

« Voulez-vous venir au bureau maintenant et commencer la paperasse ?

— Oui, absolument. »

C'était probablement la première fois que Lydia prenait plaisir à signer une tonne de papier. Sa main était crispée par toutes les signatures qu'elle avait dû griffonner. Une fois fait, Lydia n'eut qu'à se rendre à la banque et à mettre en place le paiement de l'acompte.

Lydia et Cathy célébrèrent autour d'un verre.

« Comment vous sentez-vous, madame la propriétaire ?

— Ce n'est pas encore fait. » Lydia ne voulait pas trop s'enflammer.

— Pitié. Darren, Dillan, ou quel que soit le nom du type, veut vendre rapidement. Tu achètes au comptant. Il ne va pas se poser beaucoup de questions. Et Meredith non plus.

— Espérons-le. Ce serait génial d'emménager avant le printemps.

— On pourra organiser une fête d'emménagement.

— On pourra organiser beaucoup de fêtes. »

Le serveur déposa une pizza focaccia avant de repartir. L'odeur de l'ail et des tomates séchées était divine.

« Comment ça se passe du côté de la foufoune ? »

Lydia se rattrapa avant de s'étouffer avec son déjeuner.

« Cathy. Il y a un temps et un lieu, tu sais.

— Oui, c'est ici et maintenant. À ton avis, qui nous entend ? Regarde, tout le monde est collé à son téléphone. » Jetant un rapide coup d'œil autour d'elle, Lydia ne trouva rien à redire.

« Tout va bien. Mes règles devraient commencer la semaine prochaine, donc je n'ai pas hâte d'y être.

— Mais tu devrais te sentir mieux, non ? Moins de douleur ?

— C'est l'objectif. Elise dit que je devrais aussi remarquer un changement dans mes émotions. J'espère que je ne serai pas déçue.

— Tu m'appelleras si tu te sens déprimée ? On peut organiser une soirée entre filles.

— D'accord. » Lydia remarqua que Cathy jouait avec sa nourriture. « Tout va bien pour toi ?

— Oui. Je voulais te demander... Tu as l'intention d'appeler Fe ?

— Pourquoi tu me demandes ça ?

— Elle est passée au musée hier. »

Posant ses couverts sur la table, Lydia s'essuya la bouche. « Qu'est-ce qu'elle voulait ?

— Je ne suis pas sûre pour être honnête. Elle avait les enfants avec elle.

— Et ?

— Eh bien, elle ne t'a pas demandé, mais il était assez évident qu'elle te cherchait. Les enfants voulaient vraiment te voir. Jenny n'arrêtait pas de tirer sur le manteau de Fe, exigeant de te voir.

— Elle a mon numéro.

— Et tu as le sien.

— Pas cette fois-ci, Cathy. Si elle veut parler, je l'écouterai, mais il faut qu'elle vienne me voir. J'en ai marre de jouer. J'aurais pu supporter qu'elle boude un peu, mais sa réaction a dépassé tout ce que je pouvais imaginer. Je ne méritais pas ce qu'elle a dit.

— Je sais, ma chérie, je suis dans ton camp. Je sais juste à quel point vous étiez proche. Et je sais que les enfants te manquent.

— C'est vrai qu'ils me manquent. La dernière chose que je veux, c'est qu'ils se sentent abandonnés, mais je ne peux pas non plus laisser Fe penser qu'elle peut les utiliser pour son chantage émotionnel. »

Si elle devait être honnête avec elle-même, Lydia était prête à céder presque à chaque heure qui passait. Savoir que ses neveux adorés traversaient une période difficile la rongeait. Ils n'avaient que cinq ans, ce qui était beaucoup trop jeune pour comprendre les nuances des pensées, des sentiments et des actions des adultes. Elle voulait leur envoyer un cadeau, pour leur faire savoir qu'elle était toujours là, mais Cath lui avait rappelé en des termes un peu brutaux qu'un cadeau ne remplaçait pas la présence de Lydia dans leur vie.

« Tu pourrais peut-être en parler à ta mère. Pour savoir comment ça se passe.

— Et comme d'habitude, maman me dira que c'est à moi de faire le premier pas. Elle dira que Fe a du mal en ce moment. C'est toujours la même chose.

— Désolée. Je voulais juste prendre des nouvelles.

— Et j'apprécie. Maintenant, on peut revenir à ces délicieuses pizzas et à ces cocktails divins ? On est censé faire la fête !

— C'est vrai. Félicitations, Lydia ! À ton nouveau départ ! »

Elles levèrent leurs verres et trinquèrent de nouveau aux changements à venir.

<u>14</u>

Jetant un œil sur sa montre pour la énième fois, Lydia maudit de nouveau les transports publics britanniques. Tout accusait du retard, ce qui voulait dire que Lydia était en retard. Sa mère ne lui en tiendrait pas rigueur, mais là n'était pas le problème.

À vrai dire, Lydia se sentait un peu nerveuse. Près d'un mois s'était écoulé depuis leur dernière rencontre autour du déjeuner dominical. Lydia ne pouvait plus se servir de sa convalescence comme d'une excuse pour l'éviter.

Peu importe ce qui se passait dans leur vie, les trois femmes Archer s'asseyaient toujours à 12 h 30 précises tous les dimanches et se racontaient leurs vies. La mère de Lydia n'avait rien dit jusqu'à présent à propos de ses absences au traditionnel déjeuner, mais Lydia appréhendait sa réaction aujourd'hui.

Lorsque le bus arriva finalement à son arrêt, Lydia se dépêcha de descendre et courut le reste du chemin en prenant soin de retenir sa poitrine. Il était peut-être temps d'investir dans des soutiens-gorges de qualité. Arriver au déjeuner toute rouge et en sueur n'était pas le look qu'elle voulait afficher, mais au moins elle avait réussi à limiter son retard de 10 minutes.

Comme d'habitude, Lydia entra sans frapper. La maison de sa mère était petite, mais grandir ici avait été formidable. C'était à tout jamais sa maison, un espace où elle se sentait protégée. Lydia aurait parfois aimé pouvoir revenir y vivre pour retrouver ce sentiment de sécurité. Être adulte, dans l'ensemble, n'était pas une sinécure. Qu'est-ce qu'elle ne donnerait pas pour redevenir une enfant, oublier les soucis, et que sa mère s'occupe de toutes les choses effrayantes que la vie peut apporter. *Si seulement !*

Mais Lydia n'était plus une enfant, et elle devait affronter elle-même ses problèmes. Jusqu'à présent, elle ne se débrouillait pas si mal. L'amélioration de son état de santé avait grandement aidé Lydia à retrouver un peu de confiance. C'était incroyable de voir à quel point ces problèmes avaient ébranlé toute sa vie. La dépréciation constante et la mauvaise humeur avaient eu des conséquences dont même Lydia n'avait pas conscience. Ce n'est que maintenant, alors qu'elle voyait enfin la lumière au bout du tunnel que Lydia réalisait à quel point elle avait été diminuée. Combien elle avait été déconnectée d'elle-même.

Laissant de côté son introspection, Lydia déposa son sac sur le sol du couloir avant d'enlever ses bottes et d'enfiler les chaussons que sa mère gardait pour elle près de la porte d'entrée.

Le porte-manteau débordait comme d'habitude, ce qui lui fit lever les yeux au ciel. Sa mère refusait d'adhérer au système de la rotation saisonnière des vêtements, même si Lydia le lui avait expliqué un milliard de fois. Était-ce si difficile de ranger les manteaux d'été et de printemps durant l'hiver ?

Se dirigeant vers la cuisine, toujours en train de ruminer contre le porte-manteau chaotique, Lydia se rendit compte que la maison manquait cruellement d'odeur de cuisine. Il était presque 12 h 25. Le poulet devrait être presque cuit et remplir la maison d'un délicieux parfum appétissant. Mais la seule chose qui atteignait le nez de Lydia était un diffuseur de parfum réglé beaucoup trop fort.

La tension qu'elle avait ressenti en chemin était revenue de plus belle. Quelque chose n'allait pas. Il ne lui fallut que deux pas de plus dans la cuisine pour voir que son intuition était juste.

Au lieu de sa mère, Lydia trouva Fe attablée en train de boire ce qui ressemblait à un Irish Coffee, à en juger par la bouteille de Bailey's posée en face d'elle. S'arrêtant net, Lydia pesa le pour et le contre. Était-elle d'humeur pour cela ?

Si Fe s'en prenait à nouveau à elle, Lydia n'était pas sûre de pouvoir se retenir cette fois-ci. Les semaines de silence avaient fait germer un sentiment affreux qui cherchait désespérément à montrer son visage. Lydia avait pourtant fait un excellent travail pour l'enfouir.

Vivre avec une telle négativité était exactement ce que Lydia cherchait à éviter. Mais face à la personne à l'origine de son tourment, Lydia n'était pas sûre de pouvoir garder son calme.

Après avoir pris une seconde pour respirer profondément, Lydia vit que Fe n'avait pas l'air très bien. Ses yeux étaient cerclés de cernes et elle avait l'air d'avoir perdu quelques kilos. Ses cheveux n'étaient pas dans leur état immaculé habituel, mais assemblés en une queue de cheval désordonnée.

L'absence de Clark devait sans aucun doute être la raison de l'état de sa soeur. Lydia ne pouvait pas imaginer d'autre explication. Elles se regardèrent pendant quelques secondes jusqu'à ce que Fe baisse les yeux sur la table. *Intéressant*.

« J'en déduis qu'il n'y a pas de déjeuner ? » Le ton de Lydia était froid. Elle ne voulait pas se comporter comme une connasse, mais elle n'arrivait pas encore à trouver en elle-même la force d'être aimable. L'absence de réaction de Fe toucha Lydia.

« Euh, non, maman est chez Libby.

— Génial, grinça Lydia. Elle aurait pu me le dire avant que je traverse Londres pour rien.

— Je lui ai demandé de sortir. » La voix de Fe était un peu tremblante, ce qui ébranla légèrement la résolution de Lydia. Peu importe à quel point elle était en colère contre quelqu'un, Lydia détestait voir un autre humain bouleversé.

« Pourquoi ?

— Parce qu'il faut qu'on se parle. »

Lydia secoua la tête en riant nerveusement. « Maintenant, tu veux parler, hein ? Peut-être que je n'en ai pas envie. As-tu déjà pensé à ça, Fe ?

— S'il te plaît, Lydia...

— S'il te plaît, Lydia, quoi ? Encore une fois, parce que tu veux quelque chose, tu penses que tout le monde doit suivre ton rythme. Eh bien, va te faire foutre, et franchement, va te faire foutre !

— Lydia !

— Fe ! J'en ai marre de tes histoires. Je n'aurais jamais pensé que tu me parlerais comme tu l'as fait ce soir-là chez Halle. Je n'aurais jamais pensé que ma sœur me couperait de sa vie. Jamais. Mais tu l'as fait. Tu m'as crié dessus, puis tu as disparu. Je savais à quel point l'amitié d'Halle comptait pour toi, mais cela m'a dévasté que tu places cette amitié avant moi. Nous ne sommes pas juste des amies, Fe, nous sommes une famille. Est-ce que le fait que j'aie failli coucher avec Halle méritait vraiment cette réaction ? » Agitant la main pour stopper la réponse de Fe, Lydia continua. « Non, ne réponds pas à ça. J'aurais dû m'en douter, je suppose.

— Lydia, je suis désolée. S'il te plaît, écoute-moi. »

Les poules avaient-elles maintenant des dents ? Peut-être bien car, si Lydia en croyait ses oreilles, Fe Archer venait de s'excuser.

« J'ai merdé ! Tout ce que je fais en ce moment, c'est foirer ma vie. J'ai été idiote. Je le sais maintenant. Je suis tellement, tellement désolée. Tu manques aux enfants.

— Ah, alors tu as besoin que je reprenne mes fonctions de baby-sitting, c'est ça ?

— Non ! Mon Dieu, non, Lydia. Tu leur manques. Et tu me manques.

— Il va me falloir un peu plus que ça, soeurette. Qu'est-ce qui s'est passé ? Je sais que tu as toujours été bizarre à l'idée que je sois amie avec Halle, mais je pensais que tu pouvais mettre cela de côté. Nous sommes des adultes, pour l'amour de Dieu. Je peux être amie avec qui je veux, tout comme Halle.

— Je sais ! Je sais, et croie-moi, elle m'a fait savoir ce qu'elle en pense. » Un sanglot s'échappa de la gorge de Fe. « Halle ne m'a pas parlé depuis le jour de ton opération.

— Voilà, c'est donc ça. » Lydia n'arrivait pas à calmer sa colère. « Il ne s'agit pas du tout de nous, n'est-ce pas ? Halle t'a lâché et tu dois être gentille avec moi pour la ramener à bord.

— Non ! » Fe se releva précipitamment, prenant Lydia par les épaules. « Je te jure que ce n'est pas ça. J'ai perdu les deux personnes les plus précieuses de ma vie, et je ne peux pas m'en sortir ! »

Voir sa sœur s'effondrer ainsi brisa le cœur de Lydia et sa volonté de rester fâchée. Prenant Fe dans ses bras, elle laissa sa sœur pleurer. Des larmes lui montèrent aux yeux alors qu'elle continuait à réconforter Fe.

« Je suis vraiment désolée, Lyds, tellement désolée.

— Asseyons-nous. Je pense que j'ai besoin d'un remontant moi aussi. »

Lydia s'occupait à préparer son café. Fe se rassit, s'essuyant le visage et le nez avec la manche de son haut.

« Je suis au fond du trou, Lyds.

— Bon, je t'écoute, et je promets de ne pas t'interrompre. Réglons cela, une bonne fois pour toutes, parce que je ne veux pas revenir là-dessus après aujourd'hui. On met ça derrière nous, d'accord ? »

Hochant la tête, Fe redressa son corps. « Je pense que j'ai peur d'être abandonnée, commença Fe. Je ne m'en suis pas rendu compte avant qu'Halle me crie dessus, qu'elle m'expose tout. Elle ne s'est pas retenue. » Lydia s'assit en silence, écoutant. « Tu étais trop jeune pour te souvenir de l'état dans lequel maman était quand papa est parti. Je me souviens à peine de lui, mais je me souviens que maman pleurait tout le temps. Elle avait le cœur brisé.

— Je ne savais pas.

— Tu n'étais pas censée le savoir. Maman a fait de son mieux pour être forte avec nous. Je l'ai surprise plusieurs fois en train de pleurer sous la douche. À l'époque, je ne voyais pas à quel point cela m'avait affecté. Tout ce dont je me souviens, c'est que j'avais besoin de garder ceux que j'aime près de moi. Je ne voulais pas subir ce que maman a vécu. Malheureusement, cela semble s'être traduit par un besoin de contrôler les gens.

— Il n'y a rien de mal à avoir besoin de contrôle.

— Ouais, mais j'ai ce besoin pathologique de garder les gens à leur place, dans ma tête, je veux dire. Si tout le monde est là où il doit être, personne ne partira.

— Oh, Fe.

— Je sais que ça a l'air dingue, et que la vie ne fonctionne pas comme ça. Tout ce que je peux dire, c'est que j'ai esquivé les peurs de mon enfance. Je n'ai jamais fait quoi que ce soit pour m'en sortir. Je me demande maintenant si c'est la raison pour laquelle Clark est parti.

— Non, ce n'est pas la raison. Je te le promets.

— Comment le sais-tu ?

— C'est un autre sujet. Réglons d'abord ce problème.

— D'accord. Eh bien, ces pensées et ces sentiments sont la raison pour laquelle je n'ai pas pu supporter de te voir avec Halle.

— C'est-à-dire ? »

Fe tripota l'ourlet de sa manche. « Tout ce que je voyais, c'était un désastre en puissance. Qu'est-ce qu'il se passerait si vous deveniez un couple puis que vous vous sépariez ? Je perdrais ma meilleure amie. À part toi, Lyds, Halle est la seule autre personne qui me connaisse aussi bien. Elle est comme une autre sœur pour moi, et je ne veux rien dire par là. Tu es une petite sœur formidable. Je t'adore.

— Je comprends.

— Mais ensuite, je me suis aussi dit que, si vous sortiez ensemble et que ça marchait, je vous perdrais toutes les deux.

— Et pourquoi ça ?

— Vous emménageriez ensemble, vous commenceriez une vie loin de moi. Ce ne serait qu'une question de temps avant que nous nous séparions toutes.

— Sans vouloir t'offenser, c'est stupide.

— Vraiment ? Pense à tous les amis que nous avions en grandissant. Avec combien d'entre eux sommes-nous encore en contact ? Presque aucun, parce que la vie suit son court. Ils se sont mariés, ont eu des enfants et c'est tout.

— Nous sommes sœurs, Fe, pas des vagues connaissances.

— Et papa était notre père, mais cela ne l'a pas empêché de partir. »

Lydia fut frappée par la mention de son père. Elle prit la main de Fe et se rapprocha, baissant la voix. « Fe, tout ce qui s'est passé entre maman et papa, c'est entre eux. Il avait ses raisons, et ça fait mal de penser que nous n'étions pas une raison suffisante pour rester, mais il est seul responsable. Maman est restée. Elle nous a donné assez d'amour et d'encouragement pour deux parents. Nous avons toujours été là l'une pour l'autre. Même quand je t'énervais, ou que tu m'énervais. » Elles se mirent à rire. « Le départ d'une personne ne signifie pas que tout le monde partira. Je déteste ma vie sans toi. C'est triste. Tu es toujours la première personne à qui j'ai envie de parler de ce qui se passe dans ma vie. Ces dernières semaines ont été horribles.

— Je suis désolée. J'avais tellement honte de mon comportement ; je n'ai pas pu me résoudre à te faire face.

— Alors, qu'est-ce qui a changé ?

— Je t'ai perdu. Et oui, j'ai perdu Halle. J'ai l'impression que tout va en spirale et je ne sais pas comment m'en sortir.

— Tu ne m'as pas perdu, Fe. Mais il faut que les choses changent.

— Oh, je sais. J'ai pris rendez-vous avec un psy.

— Vraiment ?

— Ouais, c'est maman qui m'a obligée.

— Ouah, je ne l'avais pas vu venir.

— Je sais que tu penses qu'elle est toujours de mon côté, mais ce n'est pas le cas.

— Tu parles ! Lydia se mit à rire, haussant les sourcils d'incrédulité.

— Si, je t'assure ! Maman sait que tu es plus forte que moi. Plus résiliente aussi. Regarde tout ce que tu as vécu au cours des trois dernières années. Tu as tout supporté toute seule la plupart du temps. Tu es forte, Lyds. Je ne suis pas comme ça. Maman le sait.

— Fe...

— Non, c'est vrai. Mais cette fois, au lieu de me dorloter, elle m'a parlé. Nous avons eu une longue discussion hier soir.

— Ça alors...

— Oui. Je me suis effondrée et je lui ai tout raconté. Que je l'ai vu en train de pleurer, ce genre de choses.

— Ça a dû être dur pour vous deux.

— Plus pour moi, je pense. Tu savais que maman était allée voir un thérapeute ?

— Ah bon ?

— Ouais. Pendant environ cinq ans après le départ de papa. C'est pour cela qu'elle m'a poussé à prendre rendez-vous.

— Et c'est bien que tu l'aies fait.

— Oui. Je ne veux pas que mes enfants grandissent avec des traumatismes. Je ne veux pas non plus faire fuir les gens à cause des miens.

— Fais cette thérapie pour toi, Fe. C'est la meilleure raison.

— J'ai raté ton opération. »

Le sujet avait été amené sans transition, mais cela ne dérangeait pas Lydia. Fe avait besoin de se débarrasser de certaines choses.

« En effet.

— Je ne me le pardonnerai jamais, Lydia.

— Ne dis pas ça. Cathy était avec moi. Oui, je voulais que Halle et toi soyez là, mais c'est fait.

— J'aurais dû être là. » Les larmes coulèrent de nouveau.

« S'il te plaît, arrête de pleurer. Tu as traversé des épreuves toi aussi. Nous aurions toutes les deux pu faire mieux.

— Comment ça s'est passé ? Est-ce que tu vas bien ? »

Prenant une grande inspiration, Lydia pensa aux paroles d'Elise après l'opération. « Ils ont enlevé beaucoup de tissus. Cela devrait aider à soulager la douleur. Mais le médecin m'a dit que j'aurais probablement du mal à tomber enceinte. » Ces derniers mots étaient sortis comme un murmure. L'émotion étouffait Lydia.

« Oh, ma petite puce. Je suis désolée.

— Ça va, je ne suis pas stérile. Je devrais encore pouvoir porter un bébé, mais cela pourrait prendre un certain temps.

— Je sais que tu vas avoir des bébés, au pluriel. Je peux le sentir dans mes tripes. »

Lydia éclata de rire.

« C'est ce que Grand-mère disait toujours, et elle avait toujours raison, sourit Fe.

—Eh bien, si grand-mère le disait !

— Est-ce que tu as vu Halle ? »

Bon sang, Fe n'épargnait pas Lydia en changeant de sujet.

« Pas depuis qu'elle est venue chez moi.

— Elle m'a raconté ce qui s'était passé. » Fe baissa à nouveau les yeux vers ses mains. Lydia attendit. « Tu te souviens du jour où tu es rentrée de ton rendez-vous avec l'infirmière ?

— Ouais.

— J'allais te dire quelque chose.

— Je m'en souviens.

— Mon Dieu, c'est dur... Bon, c'est parti. Halle est amoureuse de toi depuis que nous sommes adolescentes. Elle n'a jamais rien fait ou dit parce que je lui ai demandé de ne pas le faire. Est-ce que tu me détestes ? »

Lydia resta assise, stupéfaite. « Désolée, qu...quoi ?

— Halle est amoureuse de toi. Et ce, depuis près de 20 ans.

— Et tu lui as dit de ne rien me dire ?

— Oui. Je suis vraiment désolée.

— Oui, tu l'as dit plusieurs fois. »

Que diable était-elle censée faire de toutes ces informations ?

« Je n'ai jamais eu l'occasion de te dire ce qu'elle ressentait. Mais c'est de ma faute si elle ne l'a jamais fait elle-même.

— Pourquoi allais-tu me le dire ce soir-là ?

— Parce qu'Halle était complètement bouleversée. C'est pour ça qu'on s'est disputé au pub. Halle voulait t'inviter à sortir, mais tu as dit que tu ne voulais sortir avec personne. Ensuite, tu es sortie avec cette infirmière sexy et cela a dévasté Halle. Elle m'en a voulu, et à juste titre.

— Je... Je ne sais pas quoi dire.

— Tu veux me gifler ? Cela pourrait aider.

— Non, je ne veux pas te gifler. Mais je suis énervée, Fe. C'est quoi ça ? On ne peut pas gâcher la vie des gens comme ça !

— Je sais, s'écria Fe. J'ai merdé. Après vous avoir surpris sur le sol de la cuisine – tes seins sont à tomber, soit dit en passant – Halle a explosé de colère. Une fois que tu es partie, elle s'est fâchée comme jamais. Le lendemain, elle est venue chez moi, et nous avons parlé. Je me suis excusée, mais j'ai dit que j'étais toujours mal à l'aise avec le fait que vous soyez l'une avec l'autre. Et puis nous avons raté ton opération, et c'est tout.

— Comment ça, qu'est-ce que vous vous êtes dit ? Et s'il te plaît, ne parle plus de mes seins. » Lydia s'efforçait de rester concentrée.

« Après que tu lui as dit que tu voulais remettre de la distance entre vous, Halle est arrivée en trombe. Les enfants étaient avec maman, Dieu merci, parce que je ne l'ai jamais vue aussi en colère et bouleversée. Elle a dit que j'avais ruiné sa vie. Sa chance de vivre son histoire d'amour.

— Bon sang.

— J'ai peur qu'elle ait raison. Lydia, est-ce que tu ressens la même chose pour elle ?

— Fe, je ne veux vraiment pas parler de ça.

— D'accord, je comprends. Mais si c'est le cas, parle-lui ? Je ne peux pas être responsable de l'avoir rendue malheureuse.

— Et je ne peux pas lui parler juste pour apaiser ta culpabilité, Fe. J'ai besoin de temps. Je me suis promis d'arrêter les conneries et de commencer à prendre soin de moi.

— Je t'assure que je trouve que c'est génial. Mais ne la rejette pas. Tu n'es peut-être pas prête comme elle l'est, mais je sais que tu l'aimes. Tu n'aurais pas risqué d'attraper une sorte de maladie sur le sol si tu ne l'aimais pas. »

Lydia rougit. « Le sol était propre. Et là n'est pas la question.

— Tu la regardes aussi d'un drôle d'œil.

— Je ne sais pas trop.

— Mais si. Je t'ai vu lorgner bien des fois.

— Eh bien, il faut dire qu'elle est sexy. Bon sang, Fe, je suis humaine. »

La conversation prenait un tour inattendu. Lydia était venue ici pour un déjeuner, pas pour une analyse approfondie de sa vie amoureuse.

« Est-ce que tu penses pouvoir me pardonner ? » Fe serrait sa tasse si fort que Lydia avait peur qu'elle ne la casse.

« Oui, je te pardonne, mais il va falloir un peu plus de temps pour oublier. Je comprends que tu traines des problèmes depuis que nous sommes enfants et que tu dois les résoudre, mais tu t'es bien plantée, Fe.

— Je sais.

— Je vais réfléchir. Je ne veux pas voir Halle souffrir. Mais je dois aussi être un peu égoïste. Pour l'instant, je pense qu'il est préférable de garder votre relation séparée de la mienne et de celle d'Halle.

— Je me tiendrai à l'écart, je te le promets.

— Bon. Est-ce qu'on a tout dit ? On peut passer à autre chose ?

— Je t'ai tout dit.

— Il faut que je te parle de ma rencontre avec Clark alors ! » Contente de pouvoir changer de sujet, Lydia raconta à sa sœur sa conversation avec son ex-mari. Ou celui qui allait bientôt le devenir.

15

« C'ÉTAIT... UNE... IDÉE... débile !

— Je suis on ne peut plus d'accord, ma chérie. Est-ce que ça va ? Tu es toute rouge.

— Non... Je... crois... Je vais... mourir.

— Alors arrête, espèce d'idiote. Personne ne t'oblige à courir, Lyds. Pourquoi diable veux-tu courir de toute façon ? Je pensais que tes seins étaient des boulets incompatibles avec la course ?

— Ils sont... Attend une seconde. » Lydia fit une pause pour pouvoir se pencher et poser ses mains sur ses cuisses. La tête baissée, elle fit de son mieux pour aspirer un peu d'air. « J'ai acheté un nouveau soutien-gorge de sport. » Haletante, Lydia pouvait sentir le point de côté se former pendant qu'elle parlait. « J'ai cru que ce serait une bonne idée pour me mettre en forme.

— Et ça marche ? » Cathy se tenait nonchalamment sur son nouveau scooter électrique, un café au lait à la main.

« Magistralement, comme tu peux le constater. » Passant sa main sur son front moite, Lydia trouva enfin la force de se redresser. « Je ne pense pas que la course à pied soit mon truc.

— Je te ramène sur mon bolide ? »

Lydia regarda le nouveau jouet de Cathy en rigolant.

« J'adorerais en avoir un. C'est une beauté. Qu'est-ce qu'il a sous le capot ?

— 450 watts. Il peut monter jusqu'à vingt kilomètres à l'heure. »

Lydia poussa un sifflement d'appréciation. Cet engin était parfaitement ridicule, mais fun. « Et qu'est-ce qui justifie ce nouveau joujou ?

— Harrison me l'a acheté, à un Français que connaît un de ses amis à l'université. Ils font fureur de l'autre côté de la Manche apparemment.

— Ils se développent un peu partout, non ?

— Peut-être, mais celui-là est un import. Une édition spéciale. Je l'ai appelée Scarlet. »

Lydia éclata de rire. Cathy lui adressa un sourire espiègle. « Elle est sexy. Sexy Scarlet.

— Et quand est-ce que tu chevauches Sexy Scarlet ?

— Quand est-ce qu'*on* chevauche Sexy Scarlet ! Je viendrai te chercher le matin pour aller travailler. Je nous déposerai au métro.

— Eh bien, j'en ai de la chance !

— Oh que oui ! Prête à prendre la route ?

— Allons-y ! »

Se rapprochant de Cathy, Lydia se cramponna. Après quelques hésitations, elles étaient en route. Peut-être devrait-elle envisager d'acheter elle aussi un scooter ? Ainsi, elle n'aurait plus à endurer le bus.

« Tu devrais en acheter un. » Cathy avait garé le scooter devant leur café préféré. « Nous pourrions former un club !

— Quoi, comme les Hell's Angels, mais en scooter ?

— Exactement ! » Cathy cria presque, pointant du doigt Lydia avec excitation. « On serait des vraies dures ! »

Toujours morte de rire, Lydia poussa la porte d'entrée du Café. Elle était gelée, maintenant que son corps s'était refroidi après la course. « Un chocolat chaud ? » Il n'y avait pas besoin de demander. Cathy adorait le chocolat chaud lorsqu'il faisait froid. Lydia aussi. Elle repensa au jour où elle avait rencontré l'infirmière Chaudasse. Elle avait pris un délicieux chocolat chaud, et même si à l'époque elle avait pensé que c'était le meilleur chocolat chaud du Royaume-Uni, rien ne valait celui qu'Halle lui avait préparé le soir où elle était venue regarder des films. C'était un chocolat en poudre instantané sans fioritures et sans sucre, mais le soin qu'Halle y avait apporté avait fait de *ce* chocolat chaud le meilleur du Royaume-Uni. Un sentiment de regret transperça l'esprit de Lydia. La chaleur d'Halle lui manquait. Halle lui manquait.

Acquiesçant d'un signe de tête, Cathy s'éloigna pour trouver une table.

« C'est une nouvelle barista ? » Demanda Lydia en posant les boissons.

« Oh, elle est mignonne, hein ?

— Ne me lance pas là-dessus. Ça ne m'intéresse pas.

— D'accord, mais tu peux quand même regarder ? Je veux dire, elle est sexy. »

Jetant un coup d'œil par-dessus son épaule, Lydia aperçut la barista. Elle était adorable en effet. « Oui, elle est sexy. Bon, est-ce que tu veux que je te raconte ce qu'il s'est passé avec Fe ?

— C'est maintenant que tu me dis ça ? Nous sommes ensemble depuis près d'une heure, et tu abordes le sujet seulement maintenant ! Honte, Lydia, honte.

— J'essayais de courir. Je ne pouvais ni parler ni courir. Tu as vu ce qui s'est passé !

— Eh bien, la prochaine fois, laisse tomber le sport et passe directement aux bonnes choses. Allez, dis-moi ce qui s'est passé.

— C'était un coup monté. Maman n'était même pas là. Juste Fe qui avait l'air... eh bien, dans un sale état pour être honnête.

— Aïe, d'accord. Est-ce qu'elle était encore énervée ?

— Non, pas du tout. Elle m'a expliqué sa réaction lorsqu'elle nous a trouvées, Halle et moi... enfin tu sais.

— Je sais, et je suis si triste que tu n'aies pas pu conclure !

— Merci... Bref, elle envisage de suivre une thérapie. Apparemment, il y a un tas de choses qui remontent au moment où notre père est parti, et dont je ne me souviens pas, mais qui ont marqué Fe.

— Tu la crois ?

— Oui, ça parait logique. En tout cas, elle m'a dit qu'Halle avait complètement arrêté de lui parler.

— Bon sang, pourquoi ? »

C'était la partie que Lydia avait encore du mal à digérer. S'éclaircissant la gorge, elle se massa les tempes. « Fe dit qu'Halle a un faible pour moi depuis que nous sommes adolescentes, et elle a demandé à Halle de ne rien tenter. Puis, quand je lui ai montré que j'étais intéressée...

— En lui dévorant la bouche...

— Halle a perdu les pédales. Elle a dit à Fe qu'elle avait ruiné ses chances de connaitre l'amour. »

Cathy se redressa, les yeux écarquillés. « C'est incroyable, Lyds, tu vis dans un épisode d'Eastenders, mais en version gay.

— Fe m'a demandé de parler à Halle.

— Quoi, en sa faveur ? Elle a du culot !

— Non, pas pour elle. Seulement pour Halle.

— Tu vas le faire ?

— Je ne sais pas. Pour une fois, je suis vraiment sérieuse au sujet de prendre soin de moi. Je veux commencer par être bien seule. Tu vois ce que je veux dire ?

— Oui, je comprends. Alors, quel est ton plan ?

— Halle et Fe sont comme des âmes sœurs amies. Elles ont toujours été là l'une pour l'autre jusqu'à présent. Je ne veux pas qu'elles se fâchent pour de bon. Et d'après ce que je comprends, elles ont toutes les deux besoin d'un peu de soutien. Je pourrais parler à Halle et lui demander d'appeler Fe.

— Et comment tu vas gérer le fait qu'elle ait un faible pour toi ? Tu vas lui dire quelque chose ?

— Hors de question. Fe n'aurait pas dû me le dire. Halle serait mortifiée si je disais quelque chose.

— Alors, tu vas faire comme si de rien était ?

— Je n'ai pas vraiment le choix. Je ne suis pas prête à commencer une relation.

— Tu penses pouvoir être amie avec elle ?

— Ce sera difficile, mais oui. C'est peut-être la meilleure option pour nous. Nous nous entendons bien, et elle me manque.

— Je peux te parler franchement ? » Comme si Lydia pouvait l'arrêter. « Ne sois pas fermée à l'idée. Je sais qu'il y a une tonne de choses que tu veux faire pour te sentir mieux, ce que je soutiens complètement, d'ailleurs, ma chérie. Mais n'écarte rien simplement parce que *tu penses* que c'est ce que tu devrais faire. Vois ce qui se passe quand vous redevenez amies, ok ?

— Je le ferai.

— Alors, est-ce que tout est résolu avec Fe ?

— Je suis toujours en colère contre elle, et elle le sait. J'ai mis en place des limites strictes. Notre relation doit être clairement séparée de tout type de relation que je pourrais avoir avec Halle.

— Bonne idée ! »

Lydia regarda Cathy se mordiller la lèvre. « Est-ce que ça va ? Quelque chose te préoccupe ?

— Harrison veut que je rencontre sa famille. »

C'était au tour de Lydia d'écarquiller un peu les yeux. « C'est... quelque chose. C'est bien, non ?

— Oui, c'est un grand pas. Mais je ne suis pas sûre d'en être capable.

— Pourquoi ?

— Qu'est-ce qu'ils vont penser quand il me ramènera à la maison ? Je suis beaucoup plus âgée. Je sais qu'Harrison ne s'en soucie pas, mais je ne suis pas sûre que sa chère vieille maman soit si contente.

— Peut-être qu'il ne faut pas l'appeler sa chère vieille maman pour commencer. Et de toute façon, tu crois vraiment qu'il te demanderait de les rencontrer s'il pensait que cela pourrait poser problème ?

— Ça fait longtemps que je n'ai pas eu à rencontrer des parents, Lyds. Nous nous entendons si bien. Je ne veux pas que cela torpille notre relation. Les familles peuvent être synonymes de catastrophe.

— Oh, je le sais, dit Lydia en riant. Mais fais lui confiance, Cath. Harrison t'adore. Il ne te mettrait pas dans une situation inconfortable.

— C'est beaucoup de pression. » Cathy avait l'air au bord des larmes.

« Hé, regarde-moi. » Cathy maintint à contrecœur le contact visuel. « Vous allez super bien ensemble. Ne laissez personne ou quoi que ce soit vous faire croire le contraire. Si tu es vraiment mal à l'aise, dis-le à Harrison. Mais aies confiance en lui et en votre relation.

— Je l'aime vraiment.

— Je sais, chérie. Et il t'aime aussi.

— D'accord. Je vais les rencontrer. Bon sang, j'espère que ses parents n'ont rien contre l'alcool !

— Tu veux un autre chocolat chaud ?

— Bien sûr. Est-ce que je peux avoir du chocolat fondu sur la crème ? »

Lydia était plus qu'heureuse de passer un peu plus de temps dans ce café confortable. Monty était avec sa mère, et Lydia n'avait pas envie de retourner dans son appartement vide. Pourtant elle devrait vraiment penser à faire ses cartons. La vente de la maison avançait rapidement et Lydia n'avait rien organisé.

Se dirigeant vers le comptoir, Lydia réfléchit à la situation avec Halle. Comment diable allait-elle se débrouiller ? Le visage blessé d'Halle lui revint à l'esprit, lui provoquant une douleur dans la poitrine. Elle avait renvoyé Halle, alors qu'elle ignorait la profondeur de ses sentiments à son égard. Maintenant, Lydia se rendait compte qu'elle avait été insensible. Aurait-elle dû écouter Halle ? Probablement, mais tout ce que Lydia pouvait ressentir à ce moment-là, c'était de la peine et de la trahison. De la part d'Halle et de sa sœur.

Perdue dans ses pensées, Lydia n'entendit pas la barista lui parler. « Hmm, quoi ? Zut, désolée. Euh, deux chocolats chauds s'il vous plaît, dont un avec du chocolat fondu sur la crème.

— Sans problème. Petite, moyenne ou grande ?

— Médium s'il vous plaît.

— Au fait, je m'appelle Shaz. Je viens de commencer à travailler ici. Je ne t'ai jamais vu auparavant.

— Je suis une habituée, mais je ne suis pas venue depuis plusieurs jours. Tu te plais ici ?

— J'adore. L'endroit est agréable et les gens sont super.

— Génial. »

Shaz préparait leurs boissons, tout en bavardant avec Lydia. Si elle ne se trompait pas, Shaz flirtait.

« Voilà. Bonne journée. »

Lydia lui adressa un sourire et retourna vers Cathy aussi vite qu'elle le pouvait. « Je crois bien que Shaz flirtait avec moi !

— Qui ?

— La nouvelle barista.

— Ah oui, tu as une touche. Regarde, elle t'a donné son numéro sur une serviette. C'est dingue, les gens font vraiment ça ? J'ai vu ça dans des films et dans des livres, mais jamais dans la vraie vie. Oui, elle veut ton corps, Lyds.

— Eh bien, ce corps est hors d'atteinte.

— C'est dommage. Elle pourrait te distraire un peu.

— Pas du tout. Allez, passons à autre chose, tu as reçu l'e-mail de Sue ?

— À propos de la réunion ? Oui. Tu penses que quelqu'un a réellement dénoncé Norris ?

— Si c'est le cas, je n'en ai pas entendu parler. J'étais moi-même encore en train de me demander quoi faire à propose de son comportement. »

Cathy avala une grosse cuillerée de crème, dont une bonne partie se retrouva sur sa joue. Lydia se pencha pour l'essuyer avec la serviette sur laquelle était inscrit le numéro de Shaz. « Eh bien, tu n'auras pas à t'inquiéter que Shaz t'invite à sortir à nouveau. Je suis presque sûre qu'elle pense que nous sommes ensemble maintenant, dit Cathy en souriant.

— J'aurais pu utiliser autre chose que ma serviette pour te débarrasser de cette crème. »

Lydia esquiva à temps pour éviter d'être bombardée au visage avec la serviette susmentionnée.

« Nous devrions prendre des paris sur l'objet de la réunion. Je suis sure qu'on pourrait réunir un petit pactole.

— Essaie. J'espère juste que je ne vais pas me faire engueuler pour avoir répondu à Norris l'autre jour. »

Lydia n'avait pas besoin de s'inquiéter. Sue des RH n'avait pas l'intention de la réprimander pour avoir manqué de respect à Norris. Elle était là pour annoncer que Norris avait pris sa retraite avec effet immédiat.

Toute l'équipe était choquée, ce qui était compréhensible. Un brouhaha de surprise et d'incertitude parcourut le groupe.

« Lydia, puis-je vous dire un mot ? » Sue se dirigeait déjà vers le bureau de Norris, sans même attendre de réponse. Jetant un regard méfiant dans la direction de Cathy, Lydia suivit Sue.

« J'ai entendu parler de ce qui s'est passé. » Sue était une femme qui allait droit au but. « Entre nous, Norris était déjà sous le coup d'un avertissement pour son comportement. Quand l'incident entre vous deux a été signalé, j'ai dû agir.

— Qui l'a signalé ?

— Je ne peux pas le dire. Quoi qu'il en soit, que diriez-vous d'endosser le rôle de superviseur ?

— J'apprécie que vous pensiez à moi, mais vous devriez faire cette proposition à Cathy. » Il n'y avait aucun doute dans l'esprit de Lydia. Elle savait qu'elle avait été capable de « rallier les troupes » contre Norris, mais c'était bien Cathy qui était le socle de l'équipe.

« D'accord, merci. Je lui en parlerai. » Sue les conduisit toutes les deux à l'extérieur, à côté de Cathy. Lydia sourit à son amie, espérant qu'elle accepterait le poste.

Dès que son service prit fin, Cathy fit une petite danse jusqu'à Lydia dans la salle du personnel. « Je sais ce que tu as fait !

— Ce n'est pas le titre d'un film d'horreur ?

— Sérieusement. Merci, Lyds. » Cathy serra Lydia dans ses bras jusqu'à ce qu'elle devienne bleue. « J'ai accepté le poste.

— J'espère bien ! Félicitations, tu vas être une super patronne !

— Je sais. Bon, on va fêter ça ?

— Est-ce que je peux passer mon tour ? Je voudrais aller chez Halle. »

Accoudée aux casiers, Cathy observa Lydia. « Alors, ça y est, tu te lances ?

— Je veux seulement avoir une conversation avec elle. À propos de Fe ! C'est tout.

— Mais bien sûr...

— Oh non, ne commence pas...

— Je commence et continue autant que je veux. Pour une simple conversation, je trouve que tu es particulièrement bien habillée. »

Zut, Cathy avait vu clair dans son jeu. Lydia ne pouvait pas s'en empêcher. Si elle allait voir Halle pour la première fois depuis des semaines, elle voulait être jolie.

Lydia avait beau essayer de chasser les paroles de Fe de son esprit, c'était impossible. Halle l'aimait depuis des années. Des années ! Qu'est-ce qu'elle était censée faire de cette information ?

« Il n'y a rien de mal à vouloir être jolie.

— Je n'ai pas dit qu'il y en avait. Souviens-toi de ce que j'ai dit. Garde l'esprit ouvert. »

Levant les yeux au ciel, Lydia ferma son casier. « Bonne soirée, patronne.

— Bonne soirée, sous-fifre. Mouahaha !!! »

Lydia était encore en train de se moquer des faux adieux malveillants de Cathy lorsqu'elle arriva devant l'appartement d'Halle. Les lumières étaient allumées, assurant à Lydia qu'elle était bien présente.

Mon Dieu, pourquoi perdait-elle toujours sa contenance lorsqu'elle se tenait sur le pas de la porte d'Halle ? Debout, les épaules droites, Lydia semblait calme et assurée. C'était une parfaite illusion.

Après avoir frappé trois coups rapides, Lydia recula d'un pas et attendit. Longtemps. Qu'est-ce qui prenait tant de temps à Halle ? Lydia pouvait l'entendre depuis l'extérieur. Finalement, la porte s'ouvrit en grinçant. Halle se tenait là avec l'air triste. Il lui fallut une seconde pour s'apercevoir que c'était Lydia qui était à sa porte. Quand elle s'en rendit compte, les joues d'Halle s'empourprèrent et ses yeux s'ouvrirent plus grands.

« L-Lydia, salut.

— Salut Halle. Euh, est-ce que je pourrais entrer une seconde ?

— Quoi, oui, bien sûr. Bien sûr, entre. »

En frôlant Halle, Lydia fut frappée par ce parfum qui faisait toujours chanceler ses jambes. Le parfum d'Halle. « Il fait bon ici. » Lydia était affligée d'entamer la conversation avec une telle banalité.

« Oui. Euh, tu veux une tasse de thé ?

— Volontiers. »

En suivant Halle dans la cuisine, Lydia ne put s'empêcher de remarquer l'état de l'appartement habituellement immaculé d'Halle. La vaisselle s'empilait dans l'évier. Des vêtements jonchaient différents meubles. Quant à Halle, elle avait l'air fatiguée. Mais le regard triste que Lydia avait remarqué à la porte avait été remplacé par... un optimisme prudent ? Était-il seulement possible de repérer ce genre d'émotion chez une personne ?

« Tu veux t'asseoir ? » Halle commença à retirer les papiers et les assiettes qui étaient sur la table.

« Merci. »

Elles restèrent en silence pendant qu'Halle mettait la bouilloire en route.

« Comment vas-tu ? »

Se retournant, Halle adressa un petit sourire à Lydia. « Très bien, merci. Toi, euh, tout va bien, je veux dire, depuis l'opération ?

— Je vais bien. Elise m'a donné une nouvelle pilule. Il faudra peut-être un certain temps pour que la situation se stabilise, mais je me sens déjà mieux.

— C'est merveilleux. Je suis vraiment contente pour toi, Lydia. »

Le silence à nouveau.

Expirant lentement par le nez, Lydia décida d'aller droit au but. « J'ai vu Fe. » Halle se raidit visiblement. « Elle m'a dit que vous vous étiez brouillées.

— Vraiment ?

— Halle ?

— Lydia, c'est entre Fe et moi. Je suis surprise que tu viennes ici pour la défendre, après la façon dont elle t'a traité. La façon dont on t'a traité toutes les deux. » La voix d'Halle s'éteignit alors qu'elle prononçait ces derniers mots.

Lydia n'en pouvait plus. Halle avait l'air tellement... brisée. Debout, Lydia combla l'écart qui les séparait et enroula ses bras autour de la jeune femme. Il ne fallut que quelques secondes pour qu'Halle se détende.

« Je suis vraiment désolée, Lyds.

— Ce n'est pas grave. »

Lydia sentit Halle respirer dans son cou. De petits frissons la parcoururent alors qu'Halle expirait sur sa peau. Ayant besoin de garder le contrôle de la situation, Lydia relâcha lentement son emprise et recula d'un pas. « Est-ce qu'on peut parler ?

— S'il s'agit de toi et moi, oui.

— D'accord. » Après s'être assise, Lydia pris une gorgée de son thé. « Je suis désolée de ne pas t'avoir donné l'occasion de parler la dernière fois que nous nous sommes vues. Je me sentais blessée.

— Je sais.

— Je veux que nous soyons amies, Halle. De vraies amies.

— Juste des amies ? »

Serrant ses points, Lydia lutta pour ne pas réagir. Mon Dieu, elle voulait balancer ses propres règles par la fenêtre et chevaucher Halle comme une cow-girl en chaleur toute la nuit. Mais elle ne pouvait pas. Lydia n'était pas prête à entamer une nouvelle relation. Elle devait d'abord apprendre à être heureuse avec elle-même. « Oui. Juste des amies. J'ai acheté une maison.

— Ça alors !

— Et j'ai fait une liste de toutes les choses que je veux faire.

— Une liste ?

— Oui. Je sais que ça a l'air un peu bizarre...

— Non, ce n'est pas ce que je voulais dire. Qu'y a-t-il sur cette liste ?

— Hum, des trucs comme le parachutisme, le saut à l'élastique. Cathy pense que je suis folle. Mais je ne le suis pas. Je viens de me rendre compte que je m'étais laissée aller. J'ai été malheureuse pendant si longtemps. Pour être honnête, j'ai l'impression de me décevoir. Pendant un certain temps au moins, j'ai besoin de faire les choses pour moi et par moi-même.

— Pour un petit moment ? Pas pour toujours ? »

Décidemment, Halle ne lui facilitait pas la tâche. « Pas pour toujours, mais je ne sais pas combien de temps il me faudra.

— Je peux attendre, Lydia. »

Bon sang, cette femme ne lâchait rien.

« Halle...

— J'ai compris. Je vais attendre, et pour l'instant, nous pouvons être amies. Pas de pression. Il n'y a pas d'attentes.

— Tu veux vraiment qu'on soit amies. C'est suffisant ? » Lydia avait besoin d'être sure qu'elles étaient sur la même longueur d'onde.

« Oui. Être ton amie est plus que suffisant.

— Même si cela dure ?

— Aussi longtemps qu'il te faudra. Je n'irai nulle part, Lyds. »

Était-ce une bonne idée ? Pouvaient-elles vraiment rester dans les limites de l'amitié ? La soirée qu'elles avaient achevé sur le sol de la cuisine lui revenait à l'esprit. Connaissant le goût des lèvres d'Halle, Lydia n'était pas sûre qu'elles puissent conserver une relation platonique.

« D'accord. Amies. » Tendant la main, Lydia sourit quand Halle la serra. « Tu dois arranger les choses avec Fe. Voilà, c'est mon premier conseil amical. Tu lui manques. »

Halle gonfla ses joues. « Elle a été trop loin, Lyds. Je ne veux pas entrer dans les détails, mais elle a vraiment merdé. » Lydia savait à quel point Fe avait exagéré, mais elle ne pouvait pas le dire à Halle.

« Elle va suivre une thérapie.

— Vraiment ?

— Oui. Même maman est intervenue ! » Lydia sourit, espérant qu'Halle verrait le bon côté de son commentaire.

« Ah ouais. Si Maman Archer s'en mêle ! C'est...

— Du jamais vu, dit Lydia en riant. Mais c'est clairement nécessaire. S'il te plaît, essaye de lui parler.

« — D'accord, je vais y réfléchir. Mais est-ce qu'on peut arrêter de parler de Fe maintenant ? J'ai besoin d'un peu de temps avant d'être prête à faire quoi que ce soit.

— Bien sûr. Tu veux en savoir plus sur ma nouvelle maison ? »

<u>16</u>

« COMMENT ÇA VA jusqu'à présent, Lydia ? » Demanda Elise Maynard, toujours aussi belle, assise derrière son grand bureau. Est-ce qu'elle s'est réveillée aussi jolie ?

« Bien, même super en fait. Mes règles ont commencé il y a deux jours.

— Et comment vous sentez-vous ?

— Très bien ! » Lydia n'aurait jamais pensé qu'elle pourrait dire une chose pareille pendant ses règles. « J'ai ressenti un certain inconfort, mais rien à voir avec ce que j'éprouvais avant.

— Des nausées ? Des crampes ?

— Pas de nausées. En fait, mes règles ont commencé quand je dormais et je ne me suis pas réveillée, ce qui est une première. Quelques crampes, mais rien de bien grave. » Lorsque Lydia avait constaté qu'elle saignait à son réveil, sa première réaction fut la panique, se demandant quand la douleur arriverait. Après une heure de léger inconfort, elle s'autorisa à penser qu'elle en avait fini avec les douleurs intenses. Rien n'aurait pu entamer sa joie à ce moment-là.

« Et le moral ?

— Aucun nuage noir. J'ai ressenti des fringales, mais j'ai mangé raisonnablement jusqu'à ce que la sensation passe. Je saigne, mais c'est beaucoup plus léger. »

C'était un euphémisme. Au lieu d'utiliser les serviettes extra-épaisses auxquelles elle était habituée, Lydia pouvait mettre un protège-slip et être à l'abri des fuites.

« C'est un bon début, Lydia. N'oubliez pas que vous pourriez saigner plus longtemps que d'habitude. Pas de panique, c'est tout à fait normal.

— J'en ai bien conscience. » Lydia prit une seconde pour calmer ses émotions. « Elise, je dois vous dire merci encore une fois. Ce n'est pas exagérer que de dire que vous avez changé ma vie. Je sais qu'il y aura des jours difficiles, mais je me sens déjà beaucoup mieux. Comme si j'avais retrouvé ma vie. Je ne sais pas comment vous remercier. »

Elise adressa un doux sourire à Lydia. « Vous voir comme ça, c'est toute la récompense dont j'ai besoin.

— Eh bien, c'est possible, mais est-ce que vous m'autorisez à vous offrir un verre ? Je retrouve un groupe d'amis plus tard. Halle sera là. Je suis sûre qu'elle serait heureuse de vous voir. De plus, nous n'avons jamais eu le temps de prendre ce café.

— Bien sûr, pourquoi pas ? Pour votre traitement, je peux vous rediriger vers un médecin généraliste maintenant. Vous devrez le consulter tous les six mois pour obtenir une nouvelle ordonnance. Le Dr Pritchard s'occupera de vous, si vous êtes toujours d'accord pour être opérée.

— Je suis d'accord.

— Merveilleux ! Dans ce cas, vous n'êtes plus ma patiente. Mais si vous avez des inquiétudes, vous pouvez toujours venir me voir.

— Est-ce que ça veut dire que vous pouvez boire une pinte avec moi ? On se retrouve au Royal Oak vers six heures ?

— Avec plaisir. Je vous retrouve là-bas si ça vous va. J'ai d'abord quelques dossiers à terminer.

— Parfait.

— Super. »

Lydia poussa un soupir de soulagement. Les choses allaient dans la bonne direction. Et Meredith avait appelé le matin même pour fixer une date de déménagement. Dans deux semaines, Lydia dormirait dans sa propre maison.

Fe avait amené les triplés au musée plusieurs fois depuis leur entrevue. Lydia appréciait les efforts de sa sœur et était plus qu'heureuse d'apprendre que la thérapie l'aidait. Les triplés étaient toujours aussi vifs, ce qui rassurait Lydia. Ils semblaient bien vivre le divorce de leurs parents. Fe n'avait plus l'air si stressée, même si Clark faisait de son mieux pour la reconquérir. En vain.

Le seul accroc dans son plan parfaitement élaboré pour vivre sa meilleure vie était Halle. Plus exactement, rester seulement amie avec Halle lui causait du souci. Plus elles passaient de temps ensemble, plus Lydia avait du mal à garder ses limites en place.

Bêtement, Lydia pensait que si elles se voyaient en groupe, cela serait plus facile. Mais voir Halle interagir avec Cathy et Harrison lui avait fait l'effet inverse. Elle était si naturellement charmante. Lydia fondait devant elle. Ce n'est que lorsque Cathy lui avait donné un coup de coude – violent – dans les côtes que Lydia avait réalisé : d'une part, elle était pratiquement en train de baver, et d'autre part, il lui était très difficile de s'en tenir à une simple amitié.

Halle désirait Lydia. Et Lydia désirait Halle, mais elle n'était pas encore prête. De plus, Lydia n'était pas tout à fait convaincue que Fe ne ferait pas un nouvel esclandre si leur relation évoluait.

Après avoir envoyé un message à Cathy et Halle pour leur dire de la rejoindre au pub, Lydia rentra chez elle le pas léger. Poussant la porte d'entrée, Lydia appela Monty. Le pauvre petit bonhomme était perdu au milieu des piles de cartons de déménagement dispersées un peu partout.

Le bruit de ses pattes qui sautillaient dans le labyrinthe de cartons la fit sourire. Un jappement bruyant annonça le mécontentement de Monty à l'idée que son royaume soit envahi par ces piles marrons.

« Désolée, mon pote. Il n'y en a plus pour très longtemps, d'accord ? Tu auras plein d'espace à la maison et un jardin beaucoup plus grand. Ce n'est que temporaire.

— Est-ce qu'il te répond parfois ? »

Lydia pivota sur elle-même en hurlant et lança son sac à main sur l'intrus.

« Lyds, merde, c'est moi. »

A bout de souffle, Lydia vit Halle recroquevillée.

« Putain, pourquoi tu entres en silence comme ça ? »

— Tu as laissé la porte ouverte. Je croyais que tu m'avais entendu !

— Eh bien, manifestement non !

— Ouais, j'ai compris ! Bon sang, tu as un sacré lancer.

— J'ai joué au cricket quand j'étais petite.

— Oui, je m'en souviens maintenant. C'est bon, je peux entrer sans me faire bombarder ?

— Oui bien sûr. J'ai juste besoin d'une seconde pour faire redescendre mon rythme cardiaque. Il doit être perdu dans la stratosphère pour l'instant.

— Hé, Monty-ti ! » Lydia sourit tout en reprenant son souffle alors qu'Halle s'agenouilla pour jouer avec son chien. Monty lui adressa son plus beau regard et Lydia devint invisible à leurs yeux pendant quelques minutes.

« Est-ce que tu m'as fait une peur bleue juste pour venir jouer avec mon chien ?

— Non, je pensais qu'on pourrait prendre une pizza avant d'aller au pub. J'étais dans le coin. »

Halle se leva, essuyant les poils de Monty sur son jean.

« Comment cela se fait-il ?

— Ben est sorti aujourd'hui. Je suis venue pour lui faire un dernier examen et lui rappeler de voir son physiothérapeute.

— Ah, il est à la maison, c'est génial.

— Oui, je suis tellement fière de lui. Alors, pizza ?

— Bien sûr. J'ai invité Elise au pub. »

Pourquoi avait-elle dit cela ?

« Oh, vraiment ? Vous êtes amies maintenant ? »

Le tranchant dans la voix d'Halle n'échappa pas à Lydia. S'imaginait-t-elle des choses ?

« Je crois qu'on pourrait devenir amies. C'était délicat quand elle était mon médecin, mais elle m'a réorienté vers un généraliste et il me semble normal que je paie un verre à la femme qui a changé ma vie.

— Bien sûr. » Le visage d'Halle avait toujours l'air affligé.

« Halle, nous ne sommes que des amies.

— Lyds, tu es libre de décider qui tu vois. Ça me va, je te jure.

— Je te dois beaucoup à toi aussi. Mais je ne pense pas qu'un verre suffira. » Lydia n'avait toujours pas trouvé comment remercier Halle de l'avoir dirigé vers Elise.

« Tu ne me dois rien. Ne revenons pas là-dessus. Pourquoi ne te changes-tu pas pendant que je commande une pizza ?

Comprenant qu'Halle voulait éviter le sujet, Lydia soupira. « Je reviens dans 10 minutes. »

« C'est la fameuse liste ? » Demanda Halle en agitant une feuille de papier.

Tout en finissant d'enfiler ses bottes, Lydia se pencha sur la table et jeta un coup d'œil à la feuille qui volait.

« Ouais. Qu'en penses-tu ? »

La sonnette retentit, interrompant temporairement la discussion. Halle se leva pour récupérer le repas qu'elles avaient commandé. « La liste n'est pas très longue. Et qu'est-ce que ça veut dire « apparence » ?

— Je veux juste changer deux ou trois choses.

— Eh bien, la nouvelle coupe de cheveux était une bonne idée. Ça te va super bien ! »

Sentant ses joues rougir, Lydia s'occupa de la boîte à pizza pour ne pas avoir à regarder Halle. Elle avait du mal à gérer ses compliments pour le moment.

« Merci. » En fait, Lydia était aux anges avec sa nouvelle coiffure. Ses longs cheveux bruns laissés naturels avaient laissé la place à une coupe plus structurée qui tombait juste au-dessus de ses épaules. C'était un style simple mais avec un petit quelque chose en plus. Tout le monde l'avait immédiatement complimenté, sauf Halle. Ce qui, sur le moment, l'avait un peu contrariée, mais maintenant elle se demandait si Halle essayait de la jouer cool.

« Donc, tu peux aussi cocher le déménagement. Qu'en est-il des autres points ? Tu as déjà trouvé un endroit pour te jeter d'un avion ? Ou d'un pont ?

— Pas encore. Quoi qu'il en soit, ce ne sont que les premières choses qui me sont venues à l'esprit. Il y a beaucoup d'autres choses que je veux vivre.

— Pourquoi pas ajouter cette course de charité en traîneau à chiens à laquelle tu as toujours voulu participer ? »

Lydia resta silencieuse pendant quelques secondes. *Elle s'en souvient ?*

« Oui, c'est toujours quelque chose que je veux faire. Je n'en reviens pas que tu t'en souviennes !

— Lydia, tu as passé six mois à nous bombarder, Fe et moi, de photos de Husky.

— J'avais douze ans.

— Et alors ? Tu étais déterminée. Tu devrais le mettre sur ta liste. » Halle présenta le papier à Lydia d'une main, tout en lui tendant un stylo de l'autre.

« Voilà, c'est ajouté.

— Quoi d'autre ?

— J'aimerais aussi visiter les fjords en Norvège.

— Eh bien, vas-y ! Cela te ferait de super vacances et une belle aventure.

— Je suppose.

— J'ai eu un patient qui venait de Norvège. Je suis toujours en contact avec lui. Je suis sûre que je pourrais l'appeler et lui demander des conseils de voyage.

— Pourquoi ?

— Pourquoi quoi ? Halle avait l'air perplexe.

— Pourquoi tu ferais ça ? C'est ma liste après tout.

— Mince, je m'immisce trop, c'est ça ?

— Non ! Mais je me demandais juste pourquoi tu voulais tant m'aider ?

— Parce que c'est quelque chose d'important pour toi, Lyds. Tout le monde devrait avoir la chance de vivre ses rêves. C'est malheureux que tant de gens n'y parviennent jamais, sans même oser.

— Et toi, quels sont tes rêves ? »

Souriante, Halle soutint le regard de Lydia.

« C'est une discussion pour un autre jour.

— Ce n'est pas juste » fit Lydia en faisant la moue.

Halle sourit de son sourire mégawatt et Lydia fondit un peu à l'intérieur.

« Mange ta pizza ! »

Lydia lui tira la langue comme une enfant puis fourra un morceau de pizza dans sa bouche. Halle se mit à rire de ses pitreries. C'était exactement l'effet escompté par Lydia. Halle avait le plus merveilleux des rires.

Après avoir terminé la dernière part, Halle débarrassa la table. « Prête pour un verre ? » Il fallut quelques secondes à Lydia pour se rappeler qu'elles étaient censées aller au pub. Une partie pas si petite d'elle était déçue. Le temps passé avec Halle était toujours été si agréable. « Oui, allons-y. À bientôt, Monty.

— Tu veux te promener dans le parc d'abord ? La soirée est agréable.

— Bien sûr. » *Et ce n'est pas romantique du tout !*

Elles arrivèrent les dernières au Royal Oak. Lydia ignora les sourcils froncés de Cathy. Au lieu de cela, elle fit une accolade à Elise, puis à Harrison. Pendant qu'Halle était occupée à leur dire bonjour, Lydia se laissa aller dans l'étreinte de Cathy. « Arrête de me regarder comme ça, murmura-t-elle.

— Aucune idée de ce dont tu parles, ma chérie.

— Hmmm. Qu'est-ce que vous prenez ?

— Je m'en occupe, Lyds. Toi, tu te détends. » Halle se dirigea vers le bar avant que Lydia n'ait eu l'occasion de discuter. Incapable de se contrôler, elle suivit des yeux le magnifique fessier d'Halle à travers le pub. Seul le raclement de gorge peu discret de Cathy la ramena brusquement à la table.

« Tout le monde a passé une bonne journée ? » Lydia bégaya.

Cathy ricana en murmurant : « Subtil. Pourquoi tu arrives si tard ?

— Oh, euh, on a fait un détour par le parc.

— Vraiment. C'est... mignon.

— Oh, c'est juste agréable de se dégourdir les jambes par temps sec. » Même Lydia ne croyait pas à ses propres conneries. La promenade avait été romantique. Même si cela n'était peut-être pas l'intention d'Halle, leur balade avait été romantique. Lydia ne pouvait s'empêcher de sentir qu'elles se rapprochaient...

« Voilà, » annonça Halle en posant un grand plateau au centre de la table. Tout le monde tendit la main, prenant ses commandes respectives. « Est-ce que Lyds vous a dit qu'elle allait en Norvège ?

— Halle..., dit Lydia en riant.

— Quand ? cria Cathy.

— Pas de sitôt. Du calme. Halle prend ses désirs pour des réalités.

— Vraiment ? Halle la défia, une lueur de malice dans les yeux.

— Oui, dit Lydia en riant.

— Vous voulez bien partager vos réflexions avec le reste de la classe ? » Demanda Cathy. Elle n'était vraiment pas convaincue par la liste de Lydia et redoutait qu'elle se blesse.

« Il y a une course caritative en traîneaux à chiens en Norvège. Ça fait un moment que je veux le faire...

— Plus de 20 ans, intervint Halle.

— Et j'ai toujours voulu visiter les fjords. On en parlait, et de fil en aiguille....

— Ah oui ? fit Elise, l'air amusé.

— J'ai suggéré à Lyds de partir à l'aventure en Norvège.

— Toute seule ? La voix de Cathy augmentait en décibels chaque fois qu'elle ouvrait la bouche.

— Pourquoi pas ? Je suis une grande fille !

— Mais... » Cathy ne put finir sa phrase et semblait pâlir à mesure que les secondes passaient.

« Elle ira bien, Cathy. Avec un peu de préparation, il n'y a aucune raison de s'inquiéter. En plus, nous connaitrons tous son itinéraire, n'est-ce pas Lyds ?

— Bien sûr. Je serais ravie de partager mon itinéraire imaginaire avec vous ! Cath, rassure-toi, rien de tout cela ne va arriver dans un avenir proche. D'accord ?

— Tu me préviendras, n'est-ce pas ? Il nous faut un plan ! »

Comment la liste de Lydia était-elle devenue une affaire de groupe ?

❧

« Tu n'as pas pu t'empêcher de leur parler de la Norvège ? Oh merde ! » Lydia avait trébuché sans raison, regardant le trottoir incriminé avant de se redresser. Peut-être que cette dernière pinte n'était pas une si bonne idée.

« Ça te pose un problème ? C'est un projet excitant, non ?

— Oui, mais je n'ai rien prévu. Ce n'est qu'une idée pour l'instant.

— Qui peut se concrétiser très vite, Lyds.

— Tu dis ça comme si c'était la chose la plus simple au monde, dit Lydia en riant. Sa tête flottait.

— C'est aussi simple que cela. Tu veux quelque chose, alors lance-toi. Tu l'as déjà fait avec la maison.

— Ce n'est pas tout à fait la même chose. » Lydia vacilla, attirant l'attention d'Halle. Un bras puissant entourait sa taille, la maintenant debout. Une faible chaleur se fit sentir dans une zone très délicate. Lydia avait lutté toute la soirée, pour être honnête. Tout cette idée de n'être qu'amies ne fonctionnait pas. Halle avait été, comme d'habitude, la parfaite gentlewoman. Pas de manigances, juste de l'amitié. C'était Lydia qui avait l'esprit mal placé. Chaque fois qu'elle sentait le parfum délicieux d'Halle ou qu'elle jetait un coup d'œil à ses bras finement dessinés, Lydia se transformait en une flaque de luxure.

« Bien sûr que c'est la même chose. La maison est une nouvelle aventure. Faire de la luge en Norvège est une aventure. Il suffit de le planifier et de le faire. »

Elles furent interrompues par le téléphone d'Halle. Lydia admirait son visage parfait alors qu'elle décrochait. *Arrête !*

« Salut », répondit Halle. Ses yeux se posèrent sur Lydia. « Non, je ne suis pas à la maison. Oui, je serai là dans une demi-heure environ. » Lydia fit de son mieux pour ne pas écouter. « Je raccompagne Lydia à la maison. » Pause. « Oui, oui. Ouais, on en parlera plus tard.

— Mauvais numéro ? » plaisanta Lydia.

Halle sourit.

« C'était Fe.

— Ah ? Euh, est-ce que ça va mieux entre vous maintenant ?

— Je pense que oui. »

Elles marchèrent en silence jusqu'à la maison de Lydia.

« Fe sait où j'en suis par rapport à toi, » lâcha soudain Halle. Lydia se retourna.

« Et qu'est-ce que cela veut dire ?

— Qu'elle n'a pas son mot à dire. Aucun.

— Et elle est d'accord avec ça ? demanda Lydia nerveusement.

— Cela n'a pas d'importance de toute façon », dit Halle dans un murmure, en se rapprochant.

Le cœur de Lydia battait à tout rompre. Halle, si proche d'elle, anéantissait toute sa détermination.

« Bonne nuit, Lydia. » Se penchant en avant, Halle déposa le baiser le plus doux sur la joue de Lydia.

Lydia regarda Halle partir, stupéfaite de voir à quel point elle se sentait affectée. Si elle avait eu quelques secondes de plus, Lydia aurait entraîné Halle jusqu'à sa chambre et aurait repris les choses là où elles les avaient laissées dans la cuisine d'Halle. Mais une fois de plus, Halle tint sa promesse et respecta la friendzone.

Lydia se dirigea vers l'intérieur en laissant s'échapper un soupir. Monty n'avait pas bougé.

Embrassant le haut de la tête de Monty, Lydia se dirigea directement vers sa chambre. Le cœur battant toujours fort, elle se déshabilla. Elle se glissa sous ses draps et tendit la main à l'aveuglette vers la table de chevet où se trouvaient ses jouets.

Cela faisait un moment qu'elle ne s'était pas satisfaite elle-même. Ce n'était pas le moment idéal. Lydia saignait encore légèrement, et dans ces circonstances, elle n'avait pas l'habitude de faire quoi que ce soit de sexuel, mais c'était une situation d'urgence.

Elle eut la présence d'esprit d'attraper une serviette dans la salle de bain, puis se précipita de nouveau vers le lit. Après avoir allumé son Cstar, Lydia prit une profonde inspiration. Cela ne prendrait pas longtemps. C'était la raison précise pour laquelle elle avait choisi ce jouet. Lydia jouissait toujours rapidement lorsque son clitoris était stimulé et c'est à cela que servait le Cstar.

Pour une fois, elle était contente que Cathy ait été indiscrète et lui ait présenté cette petite beauté. Ce soir, il ne s'agissait pas de douceur et de sensualité. Lydia en avait besoin rapidement et puissamment.

Lydia sélectionna son mode de vibration favori. Un pouls fort. Le pressant contre son clitoris, elle inspira. C'était toujours un choc la première fois que le jouet entrait en contact avec sa peau.

Lydia ferma les yeux et se concentra sur la chose qu'elle désirait le plus. Halle Cartwright. Dans son esprit, Halle était celle qui suçait délicieusement son clitoris, avec une habileté inégalée. « Oh mon Dieu, oui. » Déplaçant le jouet un peu plus haut, le dos de Lydia se cambra. « Oui, Halle, juste là. »

Seulement quelques minutes passèrent entre le moment où Lydia pressa le jouet sur son clitoris et ses cris d'extase. Respirant bruyamment, elle jeta le vibromasseur sur le côté, portant une main à son visage. Son visage était chaud, mais ce n'était pas seulement dû à l'orgasme que lui délivrait à coup sûr son jouet. C'était Halle. L'effet que cette femme avait sur elle. Devait-elle s'en vouloir de penser à Halle de cette façon ? Peut-être, après tout, c'était bien Lydia qui avait refusé que les choses évoluent entre elles.

Halle serait-elle contrariée si elle savait comment Lydia l'utilisait pour jouir ? Ou serait-elle excitée ? *Oh, Lyds, qu'est-ce que tu fais ?*

17

Considérant que son aventure en Norvège allait coûter une petite fortune, et qu'elle venait d'épuiser ses économies pour acheter une maison, Lydia décida d'attendre environ un an avant de s'engager. En attendant, elle s'était concentrée sur les expériences plus accessibles financièrement. À savoir, le parachutisme pour commencer.

L'hiver n'était pas la période idéale de l'année, mais en regardant les prévisions météorologiques, le Royaume-Uni était censé bénéficier d'une semaine de soleil hivernal. Ciel dégagé et peu de vent. C'était le bon moment pour s'élancer dans le vide, non ?

Lydia avait hésité un certain temps et s'était interrogée sur sa santé mentale, surtout après avoir parlé à Cathy, qui était farouchement opposée à l'idée. Mais, en fin de compte, la curiosité l'avait emporté. Assez pour qu'un samedi matin, Lydia ait cherché sur Google l'endroit le plus proche pour sauter en parachute et ait réservé un créneau pour le week-end suivant.

Sa nervosité grandit tout au long de la semaine. Mais Lydia était déterminée à le faire. Le vendredi précédant le grand saut, Lydia s'assura de passer une nuit détendue. La méditation n'avait jamais eu beaucoup d'attrait, principalement parce que Lydia finissait par rire nerveusement, 9 fois sur 10.

Vendredi, cependant, elle tenta à nouveau sa chance. Son corps était trop excité et terrifié par ce qui l'attendait le lendemain, Lydia devait trouver un moyen de se calmer. Même Monty ressentait son anxiété. Ses petits jappements inquiets scellèrent l'affaire. Alors, Lydia tamisa les lumières et ouvrit l'application de méditation qu'elle avait téléchargée la veille.

Il lui fallut plusieurs secondes pour empêcher le rictus automatique de se transformer en rire, mais elle finit par y arriver. La voix féminine mélodieuse enveloppa son salon. Lydia se concentra là-dessus, laissant la voix de velours la guider. Ce n'était pas tant un état méditatif qu'un sommeil léger, mais au moins elle était calme maintenant.

Alors qu'elle ouvrait doucement les yeux, Lydia se mordit la lèvre pour retenir un éclat de rire. Monty était assis à côté d'elle, les yeux fermés, la tête haute. Il s'en sortait mieux qu'elle. Lydia secoua la tête pour se reconcentrer, juste au moment où la voix mélodieuse lui dit de *ressentir son corps*. Comment pouvait-on ressentir son corps ? Voulait-elle dire physiquement ? Non, sûrement pas. Heureusement, l'application précisa qu'elle était censée ressentir son corps *à travers les yeux de son esprit*. Lydia n'avait aucune idée de ce que cela pouvait bien vouloir dire.

Quand Lydia commença à se laisser aller et ne se sentit plus si bizarre à l'idée d'être assise sur le sol pour penser à son propre corps, tout devint sombre et silencieux. Avait-elle enfin atteint un état de transcendance ?

Puis le portable de Lydia sonna et elle s'aperçu que toutes ses lumières étaient éteintes, anéantissant toute illusion qu'elle avait voyagé dans les profondeurs de sa psyché. Lydia attrapa le téléphone et accepta l'appel. C'était Halle. Lydia avait oublié que son téléphone était branché à son haut-parleur Bluetooth, et elle crut halluciner lorsque la voix d'Halle résonna dans tout son appartement.

« Lyds, ça va ? Il n'y a plus d'électricité.

— Heu, oui, attends une seconde. » En tâtonnant dans les paramètres du téléphone, Lydia déconnecta finalement l'appareil. « Je vais te mettre sur haut-parleur pour que je puisse utiliser la lampe de mon téléphone pour trouver mes bougies.

— Oh, le courant est revenu », indiqua Halle, laissant Lydia frustrée. Le courant n'était pas rétabli chez elle. Elle se dirigea vers la fenêtre pour écarter les rideaux, vérifiant les bâtiments de sa rue. Toutes les lumières étaient rallumées, sauf la sienne.

« Merde !

— Qu'est-ce qui se passe ? »

— Je n'ai toujours pas d'électricité. Pourtant c'est rétabli dans le quartier apparemment.

— Attends, j'arrive dans 10 minutes. »

A la lumière de son téléphone, Lydia chercha partout les bougies qu'elle était sûre d'avoir achetées. En y repensant, Lydia réalisa qu'elle les avait inscrites sur sa liste de courses. Mais les avait-elle bien achetées ? Merde.

Halle frappa à la porte quelques minutes plus tard, criant qu'elle était là et que Lydia devait ranger tous les sacs à main qu'elle s'était préparée à lancer.

« Tu es hilarante, dit Lydia d'un ton impassible.

— J'ai mes moments, sourit Halle.

— Tu sais où se trouve le disjoncteur. » Ce n'était pas la première fois que Lydia avait besoin de quelqu'un de plus grand qu'elle pour allumer son électricité. Le propriétaire, pour une raison étrange, avait installé le compteur d'électricité principal en haut de l'armoire de la chaudière de Lydia.

« J'ai compris, une seconde. » Passant devant, Halle se dirigea vers l'armoire, une torche à la main. *Elle est toujours prête.* « Hum, Lyds, à quand remonte la dernière fois que ton installation électrique a été contrôlée ?

— Euh, je ne savais pas que c'était censé être contrôlé. Qu'est-ce qui ne va pas ?

— Ce qui ne va pas, c'est que tu es à deux doigts d'un incendie électrique. Tu ne peux pas simplement remettre le courant en place, Lydia, pas comme ça.

— Tu me fais marcher ?

— Non, pas du tout ! Cette installation est dangereuse.

— Eh bien, c'est juste une putain de bonne nouvelle ! » Levant les mains au ciel, Lydia s'élança vers le salon. Son propriétaire était sur le point de se prendre une volée de bois vert. C'en était trop !

Lydia se précipita sur son téléphone et ne perdit pas une seconde pour lancer son attaque. « Ton installation électrique est merdique, Brian ! Apparemment, j'ai de la chance de ne pas être déjà morte dans l'incendie de cet appartement. Qu'est-ce que tu as foutu ?

— Lydia, calme-toi. Bon sang, pas besoin de dramatiser. Je suis sûr que ce n'est pas si terrible.

— Tu dois faire venir quelqu'un dès que possible, Brian. Je ne peux pas vivre sans électricité !

— C'est le week-end Lydia, je ne peux pas payer le double tarif. J'irai chercher mon pote Bongo lundi matin.

— Bongo ! T'es sérieux ? Il est électricien au moins ?

— Il sait comment câbler des trucs, répondit Brian avec désinvolture. Il te fera un bon prix.

— *Me* fera ? Je n'ai rien à voir avec ça. C'est toi le propriétaire. Il est de ta responsabilité de garder l'endroit sûr et habitable. Ce qui, soyons honnêtes, n'est plus le cas depuis très longtemps, Brian.

— N'importe quoi...

— Ah oui ? » Lydia poussa un cri perçant. « Je dois me contenter d'une eau tiède depuis un an. Le lavabo fuit dans la salle de bain. Les robinets de la cuisine gouttent. J'ai dû changer moi-même la chasse d'eau car tu n'as pas daigné venir. Les fenêtres de chaque pièce doivent être rescellées. Avec tous les loyers que je t'ai versé, tu as les moyens d'entretenir cet appartement. Où est passé l'argent, Brian ?

— Je l'ai mis dans mon journal, rétorqua Brian.

— Eh bien, c'est génial. Ça me fait une belle jambe ! Ces réparations auraient dû être faites depuis des années. Ce n'est pas à moi de payer. C'est à cela que sert mon loyer. Tu vas avoir des nouvelles de mon avocat. Je vais demander le remboursement de ma caution et du dernier mois de loyer. Je vais devoir quitter l'appartement ce soir, au lieu de la semaine prochaine. Et avant que tu ne dises quoi que ce soit, Brian, j'ai des preuves documentées que j'ai envoyé les demandes de réparation, ainsi que des preuves photo et vidéo qu'à ce jour, tu ne les as pas faites.

— Lydia, attends. Pas besoin de parler d'avocats. Je vais faire venir quelqu'un ce soir, d'accord ?

— Non, c'est trop tard. Je veux recevoir les sommes que tu me dois sur mon compte d'ici la fin de la semaine prochaine. Ne me pousse pas à bout, Brian, j'en ai assez ! »

Frappant le bouton de fin d'appel beaucoup trop fort, Lydia inspira profondément, un grognement émanant du plus profond d'elle-même. *Putain de Brian !*

« Putain de merde, Lyds, tu n'y es pas allée de main morte ! C'était exceptionnel ! »

En se retournant, Lydia fût surprise de voir Halle qui la regardait les yeux écarquillés.

« Il était temps que tu te dresses contre cette larve inutile qui te sert de propriétaire. »

Hochant la tête, Lydia laissa la colère et la pression retomber. Halle était peut-être impressionnée, mais Lydia se sentait peu à peu glisser en mode panique. Oui, elle avait sérieusement engueulé Brian, mais ce faisant, elle s'était retrouvée à la rue. Il lui restait encore une semaine avant qu'elle ne récupère les clés de sa maison.

« Merde, merde, merde. » Lydia commença à faire les cents pas, sous les yeux d'un Monty inquiet. « Bien joué, Lydia », murmura-t-elle avec colère.

« Lydia, veux-tu arrêter de bouger ? » Halle se mit à rire en la prenant par les épaules. « Qu'est-ce qui t'inquiète ?

— Heu, je viens de dire à Brian que je partirai ce soir, Halle.

— Et ?

— Et je n'ai nulle part où aller. »

Appeler Fe lui traversa l'esprit, mais Lydia n'était pas sûre d'être prête à vivre avec sa sœur, même pour un temps limité.

« Viens chez moi. » Bien sûr, Halle lui offrait l'hospitalité. Lydia aurait dû la voir venir de loin.

« Tu n'as qu'une seule chambre, comme moi.

— Le canapé est convertible. Et ce n'est que jusqu'à ce que tu récupères les clés de ta maison. En plus, j'habite bien plus près du musée, donc ça va te faciliter la vie. Allez, Lyds, ça va être amusant ! » *Amusant ? Plutôt de la torture !* « Écoute, pourquoi ne prends-tu pas quelques affaires, et on va chez moi ? Si tu es vraiment mal à l'aise, tu pourras appeler Fe demain, ou ta mère. »

En regardant l'heure, Lydia céda. Il se faisait déjà tard. A cette heure, Fe devait être en train de se battre avec les triplés pour les faire rester au lit, et sa mère devait déjà être en robe de chambre en train de regarder une rediffusion de *Poirot*. Et il était hors de question d'aller chez Cathy. Lydia n'avait aucune envie de revoir Harrison torse nu.

« Très bien. Je vais prendre des trucs. »

Lydia était prête à partir en moins d'une demi-heure. Halle ramassa ses sacs, pour permettre à Lydia de porter Monty, qui n'était pas ravi de voir sa routine du soir bousculée.

« Veux-tu que je t'aide à emballer le reste de tes affaires demain ? Demanda Halle en les conduisant chez elle.

— Oh, euh, non, ça va aller, merci. » Lydia n'avait pas dit à Halle qu'elle avait l'intention de sauter en parachute le lendemain. Peut-être devrait-elle reporter le rendez-vous ?

« Ça ne me dérange pas. J'ai un week-end de congé.

— En fait, j'ai un rendez-vous demain matin. Mais peut-être qu'on pourrait ranger l'appartement dans l'après-midi ?

— Bien sûr. Tu fais quelque chose de sympa ? »

Tripotant les oreilles de Monty, Lydia marmonna sa réponse, ne sachant pas pourquoi elle ne voulait pas le dire à Halle.

« J'ai une bonne ouïe, Lyds, mais pas tant que ça. Tu n'as pas besoin de me le dire si tu n'en as pas envie.

— Je vais faire du parachutisme.

— Ok, pourquoi tu ne voulais pas me le dire ? » Halle avait l'air vraiment confuse.

En soupirant, Lydia regarda par la petite fenêtre de Nora. « Je ne sais pas. Cathy m'a rendu nerveuse à propos de ça. Et Fe n'est pas beaucoup mieux. J'essayais de me calmer ce soir, tu sais, pour me préparer. Tout allait bien jusqu'à ce que l'électricité soit coupée. Ensuite, tu as entendu toutes les conneries de Brian, donc je ne me sens pas *du tout* zen et en accord avec moi-même. Je ne voulais pas que tu t'inquiètes toi aussi. Je sais que tout le monde pense que je suis folle de vouloir faire ce genre de choses, mais c'est important pour moi.

— Je comprends, répondit Halle d'une petite voix. Je n'ai jamais pensé que tu étais folle.

— Je sais, c'était stupide. Tu es la seule à comprendre ce genre de chose. Je n'aurais pas dû penser comme ça.

— Pas de soucis.

— Non, ce n'est pas bien. J'ai du mal à faire confiance aux autres. Même pour des bêtises comme ça. » Pourquoi régurgitait-elle tout cela maintenant ? Halle n'était pas là pour une séance de thérapie improvisée.

« Pourquoi tu trouves ça si difficile, si cela ne te dérange pas que je te le demande ? »

Lydia passa une seconde à y réfléchir. La réponse était simple. « Parce que les gens s'en vont. Je me suis trop reposée sur mes amis et ma famille, et je finis toujours par souffrir.

— La famille ?

— Oui. Regarde comment Fe s'est comportée ces derniers temps. Je me suis laissée convaincre d'accepter son aide et elle m'a laissé tomber, rejeté même. Je sais que je suis censée m'en remettre, mais parfois, Halle, j'ai l'impression de n'être qu'un paillasson. Et puis il y a maman qui, jusqu'à récemment, n'a jamais pris mon parti. Quelle que soit la situation, elle se tient en gardien de la paix, mais en fin de compte elle soutient toujours Fe. Alors, j'ai arrêté d'aller la voir. Cathy est géniale, et elle a été un roc, mais elle est avec Harrison maintenant, et je ne vais pas continuer à l'embêter avec mes trucs. Et puis j'ai mal à la tête quand elle me crie dessus parce que je veux essayer de nouvelles choses qu'elle qualifie de 'putain de débile'.

— Et moi ? »

Lydia se retourna. Halle regardait la route, mais continuait à jeter un coup d'œil à Lydia.

« Et toi ?

— Je sais que j'ai foiré après... tu sais... mais je suis là maintenant. Si tu as besoin d'aide, Lydia, je suis là pour toi. »

C'était en train de devenir une habitude entre elles. Une conversation anodine qui aboutissait à quelque chose de plus profond. Une direction que Lydia savait ne pas devoir emprunter. « Tu veux m'accompagner demain ? »

La question prit manifestement Halle de court. Elle regarda Lydia.

« Tu me proposes de venir avec toi ? Vraiment ?

— Oui, si tu veux. Honnêtement, j'aurais besoin de soutien, dit Lydia en riant. Qui aurait cru que sauter d'un avion pouvait être stressant ?

— J'adorerais venir avec toi. Est-ce que je peux participer ?

— Tu veux sauter en parachute ?

— Seulement si tu es d'accord. Je comprendrais tout à fait que tu veuille tenter l'expérience toute seule. Je peux regarder depuis le sol. J'apporterai une fiole de quelque chose de fort pour quand tu atterriras, ajouta-t-elle en souriant.

— Pas question. Si tu es prête à crier avec moi, alors je suis heureuse.

— Ah, Lyds, tu dis les plus belles choses.

— Bon sang, on va vraiment le faire ?

— Oh oui, on va le faire ! Je vais aller sur le site Web dès que nous serons chez moi pour réserver ma place. »

« Je crois que je vais être malade.

— Lydia, tu ne vas pas être malade. Mais tu n'es pas obligée de faire ça, répéta Halle pour la dixième fois alors qu'elles roulaient à une vitesse indécente dans la petite voiture.

— Pas à cause du saut en parachute, Halle. À cause de ta conduite. On finira écrasé comme une canette de Coca-Cola si on a un accident.

— Oh, calme-toi, dit Halle en riant. Tu as l'impression qu'on va vite parce que Nora est petite et que nous sommes plus proches du sol. Je te promets que je respecte la limite de vitesse.

— Combien de temps avant d'arriver ?

— Cinq minutes » indiqua Halle en fronçant les sourcils.

La jeune femme avait été une boule d'énergie toute la matinée. Dieu sait à quelle heure elle s'était levée. Quand Lydia se traîna dans la cuisine, en évitant soigneusement de regarder l'endroit sur le sol où Halle l'avait presque ravagée, elle fut étonnée de voir la table ornée d'un magnifique petit-déjeuner.

Halle était assise en train de grignoter des toasts avec des œufs brouillés et du bacon sur une assiette. Lydia ne pouvait même pas regarder la nourriture. Mais, à force de persévérance, Halle lui a fait manger une tranche de pain grillé beurré avec de la confiture. Ce pain grillé beurré pesait maintenant lourdement sur son estomac, menaçant de réapparaître alors que Nora filait à toute allure.

« Nous y sommes ! Et en un seul morceau.

— Ouais, juste, murmura Lydia.

— Oh la la, tu n'es vraiment pas du matin. »

Lydia voulut répondre, mais Halle s'échappait déjà de Nora, souriant avec enthousiasme. Se frottant le visage à deux mains, Lydia prit trois respirations profondes. « Tu peux le faire, Lyds ! Tu peux le faire !

— Oui, Lydia, tu peux le faire ! » Halle fit en écho depuis l'extérieur. Eh bien, c'était embarrassant. Lydia était habituée à ce que Monty soit le seul à l'entendre marmonner pour elle-même.

« On y va ? » demanda Lydia sur un ton beaucoup plus confiant qu'elle ne le redoutait.

« En avant ! » dit Halle avec autorité avant de s'éloigner. Se précipitant après Halle, Lydia fit de son mieux pour se calmer et maitriser ses sensations. Le but de ces expériences était de... Eh bien, de faire l'expérience des choses. Il n'y avait aucun intérêt à tout cela si Lydia perdait pied et ne se souvenait pas de quoi que ce soit à la fin de la journée. En utilisant les techniques de respiration qu'elle avait apprises en écoutant l'application de méditation, Lydia se concentra et regarda autour d'elle. Le soleil était bien haut, mais il dégageait peu de chaleur. Il n'y avait pas un nuage dans le ciel, ce qui signifiait qu'elles auraient une excellente visibilité.

Halle se dirigea vers un hangar suivi de près par Lydia. Il y avait quatre gars qui attendaient dehors. L'un d'eux avait l'air aussi nerveux que Lydia, alors elle supposa qu'il était là pour son premier saut, lui aussi. Les trois autres gars avaient le logo de l'entreprise sur leurs combinaisons.

« Salut, nous sommes là pour le saut, gazouilla Halle. Je m'appelle Halle et voici Lydia.

— Bonjour et bienvenue à vous. Je vais faire les présentations : moi, c'est Jimmy, lui c'est Angel, et ce gars à l'air louche, c'est Bob, dit Jimmy en faisant un clin d'œil.

— Sympa, enchaina Bob en riant. Est-ce que c'est votre premier saut ? » Lydia hocha la tête. « Super, voici Roy. Il sautera avec vous aujourd'hui. C'est aussi sa première fois.

— Salut, Roy », salua Halle avec enthousiasme. Roy hocha la tête, l'air vert.

« Ça va être génial ! » Halle sourit. Son énergie était contagieuse, et Lydia se sentait de plus en plus enthousiaste.

« Bon, puisque tout le monde est là et bien prêt, allons-y ! », cria Jimmy. Ils se tapèrent tous dans la main, ce qui fit rire Lydia.

Après une leçon très approfondie, Lydia se sentait plus détendue. Elle allait sauter en tandem avec Bob, qui s'avérait être drôle. La camaraderie entre les instructeurs avait mis tout le monde à l'aise. Bob prenait constamment de ses nouvelles, s'assurant que Lydia était dans le bon état d'esprit. Après tout, c'était censé être amusant.

Après avoir enfilé sa combinaison de vol, Lydia se dirigea vers l'avion. Halle était juste à côté d'elle, presque appuyée sur son corps. « Comment te sens-tu ? cria-t-elle par-dessus les moteurs.

— Fantastique », répondit Lydia en souriant largement.

Levant la paume de sa main, Halle fit un geste pour un autre high five. Lydia leva les yeux au ciel mais s'exécuta.

Elles s'attachèrent et attendirent que l'avion roule. Tout le monde était de bonne humeur. Lydia jeta un coup d'œil à Halle. Son visage était si ouvert et heureux que Lydia sentit son estomac palpiter, et elle savait que cela n'avait rien à voir avec le saut à venir.

Jimmy se leva, signalant qu'il était temps pour tout le monde de se mettre en position. Roy et Angel étaient les premiers, suivis de Lydia et Bob, laissant Halle et Jimmy fermer la marche. Roy avait toujours l'air aussi mal. Son front laissait voir des gouttes de sueur.

Regardant nerveusement Angel, Lydia pouvait voir que Roy était sur le point de reculer. Faisant un signe de la main pour attirer son attention, Lydia lui fit son plus beau sourire et leva deux pouces en l'air, espérant que cela lui donnerait un peu d'encouragement. Ils se regardèrent dans les yeux pendant quelques secondes jusqu'à ce que Roy hoche la tête. Se redressant, Roy se plaça devant Angel, se laissant clipser.

Jimmy ouvrit la porte. Le vent et le bruit coupèrent le souffle de Lydia. Donnant le signal, Jimmy tapa sur l'épaule d'Angel. Sans s'arrêter, il s'agrippa aux bords de la porte et se jeta avec Roy hors de l'avion.

« Putain de merde ! » Lydia réalisa alors que c'était son tour. Bob lui prit le harnais et lui lança un dernier regard interrogateur. C'était le regard « Êtes-vous prête à faire ça ? ». Lydia sourit à Bob, puis se tourna vers Halle, qui lui dit : « Je suis fière de toi. »

Ravalant l'émotion soudaine, Lydia se laissa guider par Bob jusqu'à la porte.

C'était maintenant ou jamais.

18

Laissant ses doigts se promener dans l'herbe trempée de rosée, Lydia leva les yeux vers le ciel sans nuage. Son cœur battait à plein régime et ne se calmerait probablement pas de sitôt. Elle repensait au moment où Bob les avait poussés hors de l'avion. Elle ressentait encore l'intensité du vent et le bruit dans ses oreilles.

Plutôt qu'une impression de chute, Lydia avait eu la sensation de voler. S'élever au-dessus du monde, voir la terre d'une toute nouvelle manière. L'adrénaline avait envahi son système alors qu'ils volaient de plus en plus vite.

Bob avait déclenché le parachute plus tôt que Lydia l'aurait voulu. C'était une expérience à laquelle elle aurait souhaité ne jamais mettre fin.

Après qu'ils eurent atterri en toute sécurité, Bob les détacha et tapota le dos de Lydia, qui était toujours dans un état second. Elle était incapable de tenir une conversation pour l'instant, ce que Bob et Angel trouvèrent plutôt amusant. Ils s'éloignèrent de l'aire d'atterrissage, attendant Halle et Jimmy.

Halle rayonnait lorsque ses pieds touchèrent le sol. Jimmy eut à peine le temps de les détacher qu'elle se précipita vers Lydia et la releva en les faisant tournoyer. « C'était incroyable ! »

Lydia éclata d'un rire incontrôlable pendant qu'elles tournaient. Puis Halle lui tapa dans la main et parti discuter avec les instructeurs. Lydia se laissa de nouveau tomber au sol, étendue comme une étoile de mer.

Une ombre bloqua la vue de Lydia. Plissant les yeux, elle se concentra sur Halle qui la regardait. « Tu vas bien, Lyds ?

— Complètement !

— Je peux me joindre à toi ?

— Bien sûr ». Lydia soupira joyeusement.

Halle s'étala sur le dos, imitant Lydia. Elles restèrent allongées en silence, les yeux fixés sur le ciel. Ce n'est que lorsque Lydia sentit la main d'Halle prendre doucement la sienne, entrelaçant leurs doigts, qu'elle détourna son regard.

Halle gardait les yeux vers le ciel, souriante. Lydia laissa ses yeux errer sur le visage d'Halle, traçant le contour de son nez jusqu'à son menton. La peau bronzée d'Halle brillait au soleil du matin. Ou bien les sentiments que Lydia nourrissait pour la jeune femme lui faisait voir des choses qui n'existait pas !

« Tu l'as fait, Lydia ! Comment tu te sens ?

— Incroyable ! Juste... Mon Dieu, je suis sans voix. Je n'arrive pas à croire que je l'ai enfin fait. Qu'est-ce que tu en as pensé ? »

Halle se retourna pour regarder Lydia.

« Je pense que c'est l'une des choses les plus formidables que j'ai jamais faites. J'ai envie de sauter dans l'avion et de tout recommencer. »

Lydia se mit à rire. « Oh mon Dieu, moi aussi !

— Vous allez bien là-bas, mesdames ? »

Lydia et Halle levèrent la tête pour regarder Jimmy amusé.

« Sacrément bien ! s'écria Lydia.

— Fan-ta-stique, ajouta Halle.

— Ça fait plaisir à entendre. Vous voulez venir dans le hangar pour prendre une tasse de thé ? Vous allez vous geler les fesses si vous restez là trop longtemps ! »

Halle se leva d'un bond et tendit la main à Lydia, qui la prit volontiers. Halle la souleva et la serra dans ses bras.

« Merci de m'avoir permis de partager ce moment avec toi, Lyds.

— Je n'aurais pas voulu le faire avec quelqu'un d'autre. »

Comme ces paroles étaient vraies.

Après deux tasses de thé bien chaud et quelques biscuits, Lydia et Halle firent leurs adieux aux instructeurs et partirent. Il leur faudrait plusieurs heures en voiture avant d'arriver chez Halle.

« Sauter d'un avion, c'est moins effrayant que ta mini !

— Hé, arrête de médire sur Nora, dit Halle en riant.

— Je ne la critique pas. C'est ta conduite que je déteste.

— Je suis un super pilote, déclara Halle avec humour.

— Oui, oui. Oh, ça te dirait de t'arrêter pour manger un morceau au pub ? »

Halle tourna brusquement, prenant un virage serré à gauche. Lydia se cramponna de toutes ses forces.

« Il y a un bon pub pas très loin » commenta Halle, ignorant complètement le fait que Lydia était accrochée à la portière de Nora. Une fois la voiture garée, Halle ouvrit la porte de Lydia. « Ça va ?

— Super, murmura Lydia. J'ai juste besoin de remettre mes organes en place. »

Halle éclata de rire et guida Lydia vers l'entrée du pub en la prenant par la main.

Lydia pesait le pour et le contre en détaillant le menu : son estomac et ses papilles réclamaient une tourte au boeuf et à la bière. Son tour de taille, cependant, nécessitait quelque chose d'un peu moins chargé en glucides.

— Prends la tourte » dit Halle, tout en regardant son propre menu. Lydia leva les yeux, confuse. « Tu veux une tourte au boeuf et à la bière avec des frites au lieu de petits pois. Je te ferai une salade ce soir si tu veux.

— Qu'est-ce qui te fait dire que...

— La tourte est ton plat préféré, mais tu en manges que lors d'une occasion spéciale. Aujourd'hui, c'est vraiment spécial, alors je sais que tu veux la tourte.

— Wow, c'est fou, dit Lydia en riant jusqu'à ce qu'Halle la regarde, une lueur particulière dans les yeux.

— Tu es magnifique, Lydia.

— Euh...

— Je voulais juste que tu le saches. Ton corps est parfait. Prend la tourte.

— D'accord. » *Bon sang, est-ce qu'il fait chaud ici ?*

La tourte était délicieuse. Lydia s'était même laissée tenter par une part de pudding avec de la crème anglaise. Bien sûr, elle devrait faire attention au cours des prochains jours, mais Halle avait raison. Aujourd'hui était un jour spécial.

« On va chez toi et on commence à faire tes valises ? »

Halle paya le repas et tendit le manteau de Lydia ouvert pour elle.

« Tu peux juste me déposer, Hal. Cela ne me prendra pas longtemps.

— Je me suis dit que ce serait plus rapide si on le faisait ensemble, comme ça on aurait le temps de planifier ta prochaine aventure !

— Quelle sera la prochaine aventure ? Lydia sourit.

— Sauter d'un pont, pardi ! »

« Tu peux m'expliquer pourquoi tu as trois Furby ? cria

Halle depuis l'intérieur du dressing, qui était le seul point fort de l'appartement de Lydia.

— Je les ai achetés pour les triplés, pensant qu'ils apprécieraient un jouet rétro, mais ils ont paniqué. Fe a dit qu'ils n'avaient pas dormi pendant une semaine.

— Oh oui, je m'en souviens ! »

Lydia entendit Halle déplacer d'autres choses dans un carton. Lydia avait déjà emballé la majorité, elle n'avait donc pas vraiment besoin d'aide, mais Halle avait insisté.

« Ils peuvent être donnés à des œuvres caritatives. La plupart des choses qu'il y a là-dedans aussi !

— Hé, tu as vu ces photos ? Oh, la vache ! dit Halle en riant. Lyds, il faut que tu les voies. »

Posant le carton qu'elle était en train de remplir de jouets pour chien, Lydia rejoignit Halle sur le sol du dressing.

« Quelles photos ? »

Lydia ne se souvenait pas d'avoir eu un album ou quoi que ce soit. Halle avait une boîte à chaussures verte sur ses genoux. Les yeux de Lydia s'écarquillèrent. Oh merde, c'était la boîte à souvenirs de Lydia. C'était en quelque sorte un hommage à Halle. Cela faisait de nombreuses années qu'elle n'avait pas ouvert ce truc, mais Lydia s'en souvenait clairement.

À l'âge de 12 ans, Lydia avait commencé à remarquer les filles. Une fille en particulier, mais Halle était inatteignable. De toute évidence, Lydia avait géré son désir non réciproque en collectant des petites choses qui lui rappelaient son aînée. Talons de billets. Photos Polaroid de sorties. Mon Dieu, il y avait même un vieil emballage de barre de céréales jeté par Halle. À quel point était-ce inquiétant ?

En regardant la boîte à souvenirs maintenant, il était clair comme le jour que Lydia avait été amoureuse de la meilleure amie de sa sœur. Halle arriverait-elle à la même conclusion ?

« Bon sang, regarde mes cheveux sur celle-là, dit Halle en riant. Lydia jeta un coup d'œil et sourit.

— Je les aimais bien comme ça !

— Impossible !

— Si, vraiment. Tu étais originale.

— Si tu le dis, dit Halle en riant. Est-ce que c'est le billet pour le carnaval où nous sommes allées ?

— Ouais. »

Lydia avait-elle l'air calme et naturelle ? En tout cas, elle l'espérait.

« C'était une super soirée. C'est là que j'ai eu mon premier baiser. »

Mensonge ! Lydia n'avait eu son premier baiser qu'un an plus tard. Le billet de carnaval lui rappelait Halle qui ce soir-là avait gagné pour elle un éléphant en peluche, qu'elle avait toujours d'ailleurs.

« Ah, que de bons souvenirs ! Je réalise que nous avons passé plus de temps ensemble que je ne le pensais.

— Fe était présente aussi, commenta Lydia.

— C'est vrai, mais si je me souviens bien, Fe est partie draguer un gars. Et toi et moi, on a passé la soirée à écumer toutes les attractions. Je t'ai trouvé cet éléphant. Tu t'en souviens ? » Lydia hocha la tête.

« Et ici, dit Halle en montrant une photo d'elles sur la plage, Fe ne voulait pas se mouiller les pieds, alors on est allé pêcher des coquillages toutes les deux. On est tombé sur cette méduse et tu as piqué un sprint pour sortir de l'eau en hurlant.

— Je suis une vraie trouillarde.

— Non, ce truc était énorme, Lyds. Un vrai monstre marin.

— Un monstre marin ?

— Nous étions des enfants. Donc, bien sûr, il ressemblait à un monstre marin ! »

Elles passèrent la demi-heure suivante à passer en revue le contenu de la boîte. Lydia fit de son mieux pour rester calme, même lorsqu'il lui sembla évident qu'Halle avait compris que la boîte lui était dédiée.

Plusieurs allers-retours jusqu'à l'appartement de Lydia furent nécessaires, mais elles arrivèrent à bout du dernier chargement de cartons. Monty jappa d'excitation quand elles rentrèrent. La mère d'Halle sortit de l'appartement, souriant aussi brillamment que sa fille.

« Coucou vous deux. Comment s'est passé le saut ?

— Oh la la, maman, c'était exceptionnel. J'ai adoré !

— J'essayerai peut-être un de ces jours. Et toi, Lyds ? Pareil qu'Halle ?

— Oui ! Un million de fois oui, c'était génial. Merci d'avoir gardé Monty pour moi.

— Oh ma chérie, cette petite boule de poils est charmante. Tu as de la chance que je n'aie pas eu mon gros sac à main sur moi, sinon il serait rentré à la maison avec moi. »

Lydia se mit à rire, prenant Monty dans ses bras, qui la couvrit de baisers détrempés.

« Il fait cet effet là à tout le monde. »

Elles transportèrent les cartons de Lydia dans le salon d'Halle. Lydia grimaça en remarquant à quel point elle prenait de la place avec ses affaires.

« Détends-toi » lui murmura Halle à l'oreille.

Un frisson parcourut le cou de Lydia. Quand Halle s'était-elle approchée si près ?

« Je vois que tu t'inquiètes. Tu récupères tes clés dans une semaine. On peut supporter des cartons pendant quelques jours. »

La sonnette d'Halle empêcha Lydia de faire quelque chose de stupide, comme se retourner et enfoncer sa langue dans la gorge de la femme susmentionnée.

« Je vais ouvrir » indiqua la mère d'Halle.

Des cris d'excitation et une ruée de petites jambes déboulèrent. Lydia se mit à rire au moment où les triplés franchirent la porte du salon. Ils poussèrent un cri encore plus fort lorsqu'ils remarquèrent que leur tante se tenait près du canapé.

« Tante Lydia, tu es là ! Jenny cria, assez fort pour que Monty gémisse.

— Oui, je suis là » dit Lydia en riant. Quelques secondes plus tard, Fe franchit la porte. L'expression de surprise était claire sur son visage alors qu'elle contemplait la scène.

« Est-ce que tu vis ici maintenant ? Demanda Jack en se jetant sur le canapé.

— Non, j'ai ma propre maison maintenant, tu te souviens ? Mais je ne peux pas emmener toutes mes affaires là-bas avant le week-end prochain.

— Qu'est-ce qui cloche avec ton appartement ? Demanda Fe.

— Elle a remis Brian à sa place, répondit Halle en riant. L'électricité de son appartement n'a jamais été rétablie après la panne de courant. J'ai fait le tour et j'ai découvert que c'était à deux doigts de...

— Ce n'était pas bon, dit Lydia en hochant la tête en direction des enfants. La dernière chose dont elle avait besoin, c'était des triplés intéressés par des incendies domestiques.

— Ouais, ce n'était pas bon, abrégea Halle.

— J'ai appelé Brian, et il a été comme d'habitude inutile.

— Puis elle s'est rendu compte qu'elle était sans-domicile pour une semaine, sourit Halle. Alors je lui ai dit de venir ici. Et c'est ce qu'elle a fait.

— Bien, euh, ok, c'est très bien. » Fe hocha la tête d'un air comique, manifestement mal à l'aise mais faisant de son mieux pour garder le contrôle. Ses années à interférer dans la relation d'Halle et Lydia étaient difficiles à abandonner, évidemment.

« Au fait, nous avons fait du parachutisme aujourd'hui ! lâcha Lydia. C'était génial.

— Aujourd'hui ! Tu y es allée aujourd'hui ?

— Ouais, c'était tellement cool.

— Tu l'as fait aussi ? Demanda Fe à Halle en haussant les sourcils.

— Oh oui, je l'ai fait. Je ne pouvais pas laisser Lyds s'amuser toute seule. »

Le clin d'œil qui suivit causa un petit problème à Lydia au niveau de sa culotte.

« Waouh. Je ne pensais pas que tu irais jusqu'au bout. »

Le commentaire de Fe la piqua.

« Moi, j'étais sûre qu'elle le ferait, intervint Halle. Et ensuite, c'est le saut à l'élastique. En parlant de ça. Quel est ton emploi du temps dans la semaine, Lyds ?

— Oh, euh... je travaille du lundi au mercredi. Puis je suis de repos jeudi et vendredi. J'avais prévu de passer un peu de temps à nettoyer l'appartement avant de quitter officiellement les lieux, mais ce n'est plus un problème. Brian peut se brosser !

— Écoute, écoute, dit Halle. Qu'est-ce que tu dirais de te trouver une réservation pour faire du saut à l'élastique pendant l'un de tes jours de repos ?

— Si tôt ? Demanda Fe.

— Pourquoi pas ? Dit Halle, les yeux rivés sur Lydia. Tu vas bientôt être occupée par la maison. Cela pourrait être une excellente occasion de cocher un autre élément de la liste !

— Allons-y ! dit Lydia avec enthousiasme. Tu veux le faire avec moi ?

— Si tu m'acceptes !

— Depuis quand tu as envie de te jeter d'un pont ? Fe se moqua d'Halle.

— Depuis que j'ai décidé de faire tout ce que Lydia voudra bien que je fasse ! » répondit Halle du tac-o-tac.

Fe recula, réalisant qu'elle évoluait sur un terrain sensible. Elle et Halle commençaient tout juste à retrouver un semblant de normalité.

« Désolée, désolée, marmonna Fe. Bon, les enfants, on va laisser tante Lydia et tante Halle. Elles sont occupées. »

Les triplés protestèrent bruyamment.

« Mais on veut rester, gémit Joey.

— Je veux de la glace, annonça Jenny.

— Tu peux rester, Fe, indiqua Halle d'un ton adouci. Nous pouvons commander à manger et les enfants pourront regarder la télévision. Ça fait un moment qu'on ne s'est pas vu. »

Halle offrait un rameau d'olivier, ayant parfaitement conscience que l'attitude de Fe provenait de sa peur d'être abandonnée.

Lydia commença à chatouiller les petits morveux, qui explosèrent de rire.

« Ouais, en plus j'ai besoin d'un peu de temps pour torturer ces trois-là ! »

Fe acquiesça en souriant. C'était la première fois depuis des semaines que Lydia se sentait à l'aise avec sa sœur. Le commentaire d'Halle à Fe était fermement ancré dans sa tête. Halle pensait-elle vraiment ce qu'elle disait ? Elle ferait tout ce que Lydia lui demanderait.

Après avoir terminé deux grandes pizzas, la grande majorité engloutie par les triplés, Lydia, Halle et Fe partagèrent une bouteille de vin dans la cuisine. Halle chercha un endroit pour faire du saut à l'élastique et, à la surprise de tout le monde, y compris la sienne, Fe décida de se joindre à elles le jeudi suivant.

« On est folles ! Déclara Fe alors que le trio se tenait debout en regardant un canyon terrifiant.

— Tu n'es pas obligée de le faire, Fe » dit Lydia d'un ton rassurant.

Fe avait regretté immédiatement sa promesse d'ivrogne, mais elle tenait à aller jusqu'au bout.

« Sérieusement, Fe, il n'y a pas de pression ici, ajouta Halle.

— Mais vous y allez toutes les deux ?

— Oui, répondirent-elles à l'unisson.

— Eh bien, je ne recule pas alors. »

Croisant sa main sur sa poitrine d'un air de défi, Fe prit plusieurs respirations profondes et demanda :

« Est-ce que je peux y aller en premier ? »

Lydia et Halle échangèrent un regard.

« Bien sûr, ouvre le bal frangine » sourit Lydia.

Le gars à l'élastique fit de son mieux pour être ouvert et amical avec Fe pendant qu'il l'attachait. Imperméable à ses efforts, elle le regarda fixement jusqu'à ce qu'il se taise et sécurise son harnais.

« Bon sang, elle a un regard terrifiant, murmura Halle.

— Je ne l'ai vue avec ce regard qu'une seule fois auparavant, et c'était quand elle accouchait. Jenny était têtue et ne voulait pas sortir. Puis Fe a fait cette tête et d'un coup Jenny est sortie. C'est son visage déterminé, et je suis presque sûr qu'elle peut tout faire quand elle est dans cet état. »

Elles regardèrent Fe écouter le gars expliquer ce qu'elle devait faire. Au moment où il lui fit signe, Fe se jeta du bord. Lydia souffla. Halle jura. Elles se penchèrent toutes les deux et regardèrent Fe crier de plaisir alors que l'élastique la faisait frôler l'eau en contrebas.

« Jésus Marie Joseph » dit Lydia en riant.

Fe continua à hurler et à crier jusqu'à ce qu'elle soit de retour sur la terre ferme.

« Waouh ! Les filles, c'était de la folie !

— Je suis la suivante, cria Halle, s'approchant déjà de l'instructeur.

— Fe, oh mon Dieu, c'était dingue ! dit Lydia en rejoignant sa sœur.

— Je n'arrive pas à croire que je viens de faire ça.

— Bien sûr que tu l'as fait. Tu es une dure à cuire.

— Lydia, je suis désolée. Je sais que je l'ai déjà dit, mais je suis désolée, répéta Fe en regardant par-dessus son épaule Halle en train de s'équiper. J'étais stupide de penser que vous m'abandonneriez un jour. Vous feriez un beau couple. Elle t'adore, et tu l'adores. Je le sais depuis longtemps. S'il te plaît, ne laisse pas mes bêtises t'empêcher de vivre quelque chose avec elle. »

Lydia resta silencieuse, choquée par l'explosion soudaine de sa sœur.

« Et pour ce que ça vaut, je pense que tu es prête à être avec elle. Je sais que tu veux attendre d'être prête, d'aller mieux. Mais parfois, nous avons besoin d'une personne avec nous pour aller mieux. »

Lydia hocha la tête. Fe ne lui apprenait rien. Attendre le bon moment n'était qu'une excuse. Ces derniers jours, il était devenu très clair qu'Halle aidait Lydia à se sentir mieux dans sa peau. Au point que Lydia avait maintenant la confiance nécessaire pour se regarder dans le miroir et ne plus être si dégoûtée par ce qu'elle y voyait.

Évidemment, c'était loin d'être suffisant. Lydia voulait aimer son corps complètement. Pour l'instant, elle voyait toujours ses failles, les parties d'elles qui clochaient, ses pièces cassées, mais le fait d'avoir Halle près d'elle l'aidait plus que n'importe quel régime.

« Je sais, Fe » répondit finalement Lydia

Fe sourit et fit un clin d'œil. Leur attention se porta alors sur le bord du pont où Halle cria avant de s'élancer dans le vide.

« Tu es prête frangine ? » appela Fe depuis la barrière.

C'était le tour de Lydia. Pas seulement pour se lancer d'un pont en espérant qu'un élastique l'empêcherait de s'écraser, mais aussi pour saisir une autre chance. Pour être celle qui a le courage d'inviter Halle à sortir.

C'était la plus grande aventure après tout, n'est-ce pas ? La chose que Lydia désirait le plus. Être aimée de quelqu'un. Peut-être qu'il était temps d'arrêter d'espérer et de faire en sorte que cela se produise.

« Je suis prête » répondit Lydia à sa sœur.

Elle était tellement prête !

<u>19</u>

« Fe ?

— Je suis ici, Lydia.

— Oh la la, c'est quoi toute cette fumée ?

— On a cuisiné. »

Lydia entra dans la cuisine de Fe. Les triplés portaient des tabliers identiques, entièrement couverts de farine. Fe avait un peu de farine sur la joue. La fumée, qui provenait des plateaux déposés sur le plan de travail, emplissait l'air de la cuisine.

« Euh, ce n'est pas de la cuisine, ça. C'est une tentative d'incendie volontaire !

— Très drôle, répondit Fe d'un ton impassible. On essaye de faire des muffins.

— Ceux au chocolat, toussa Jenny. Mais on les a laissés trop longtemps et maintenant ils sont brûlés.

— Moi je vais quand même les manger », marmonna Joey, en regardant les gâteaux carbonisés.

Lydia commença à ouvrir les fenêtres, espérant que la fumée se dissiperait rapidement.

« Fe, tu ne sais pas cuisiner !

— Bonjour à toi aussi !

— Quoi ? C'est un fait. Tu as cassé trois micro-ondes chez maman.

— Maman a cassé le nôtre aussi, dit Jenny.

— Traîtresse, murmura Fe à sa fille, qui ricana.

— Et elle a mis le feu au four à Noël, ajouta Joey, lorgnant toujours sur les muffins brulés.

— Ok, n'en rajoutez pas ! fit Fe en souriant. Bon sang, j'essaie de faire mon devoir de mère et d'enseigner à mes enfants des compétences utiles pour la vie quotidienne, et c'est le remerciement que je reçois ?

— Fe, c'est à *toi* qu'on doit enseigner ces compétences, ensuite tu pourras essayer de les transmettre ! dit Lydia en riant. Allez, on nettoie ce bazar et on reprend tout depuis le début. »

Une heure plus tard, la cuisine sentait bon le chocolat. Joey vibrait pratiquement d'anticipation en les regardant refroidir. « Est-ce que je peux en avoir un maintenant ?

— Non, ils sont encore trop chauds, mon amour. Dix minutes, d'accord ? Allez jouer. Je t'appellerai quand ils seront prêts. »

Les terreurs s'éloignèrent sans trop râler.

« Ils ont l'air de s'en sortir mieux, commenta Lydia en sirotant son Irish Coffee.

— Clark et moi leur avons parlé. Ils savent que nous allons divorcer.

— Alors tu t'es finalement décidée ? »

Pendant un certain temps, Lydia avait cru que Fe retournerait avec Clark, mais il était clair que certaines choses ne pouvaient tout simplement pas être réparées.

« J'ai perdu toute confiance en lui, Lyds. Je ne veux pas passer ma vie à toujours me demander si cette réunion tardive est réelle ou s'il est en train de faire un autre truc.

— C'est tout à fait compréhensible.

— Et en fait, je crois que je vais suivre ton exemple pendant un moment. »

Les sourcils froncés, Lydia continua à boire son café, se demandant ce que voulait dire sa sœur. « Tu m'expliques ?

— Je veux mettre de l'ordre dans ma vie. J'ai besoin de me prouver à moi-même que je suis assez forte pour voler de mes propres ailes. Quand j'y pense, j'ai toujours eu un gars sur qui compter. Je ne veux plus être ce genre de personne. J'ai trois enfants qui comptent sur moi et pour qui je suis un exemple. Et, surtout pour Jenny, je veux qu'elle voie à quoi ressemble une femme forte et indépendante. Je veux dire, elle t'admire déjà. J'aimerais être l'autre personne qu'elle admire. »

C'était peut-être la conversation la plus profonde qu'elles avaient jamais eue. Lydia se repositionna sur la chaise.

« C'est... eh bien, c'est génial, mais tu sais qu'ils t'admirent. Ces trois-là t'adorent.

— Je le sais ! Mais regarde-nous, avec maman. Nous la voyions comme une super-héroïne en grandissant.

— C'est vrai.

— Je veux que les terreurs me regardent de cette façon.

— Il faut peut-être arrêter de les appeler des terreurs, sourit Lydia.

— On ne va pas se mentir, Lyds. Ce sont des terreurs, et ils le savent.

— Mais les crises de colère ont cessé, non ?

— Ça va beaucoup mieux. Parfois, l'un d'entre eux craque quand Clark leur manque, mais nous avons convenu que les enfants pouvaient l'appeler à tout moment et qu'il décrocherait le téléphone.

— Et il s'y tient ?

— Jusqu'à présent, oui. Il sait qu'il n'a pas le droit à l'erreur. Les enfants l'ont vraiment pris à partie quand on a parlé. Pour leur âge, ils étaient vraiment clairs sur ce qu'ils ressentaient et ce qu'ils voulaient.

— Tant mieux pour eux ! Alors, bientôt prête pour un rendez-vous ? »

Secouant la tête, Fe forma une croix avec ses main. « Non, pas d'hommes.

— Est-ce qu'on peut se mettre d'accord sur le fait qu'il n'y aura pas de cuisine non plus ?

— Je vais peut-être prendre des leçons.

— C'est une excellente idée.

— Tu veux venir avec moi ?

— Oui, évidemment. Et pourquoi tu ne demanderais pas à Halle aussi ? »

Fe secoua à nouveau la tête.

« C'est une cuisinière géniale. Je n'ai pas besoin de voir à quel point je suis nulle à côté d'elle.

— C'est un bon point, mais est-ce que je dois comprendre que tu penses que suis mauvaise et que tu ne risques pas d'être menacée par mes compétences culinaires ?

— Bah oui. »

Elles se regardèrent pendant une seconde avant de rire.

« Soyons honnêtes, on n'a pas hérité des talents de cuisinière de maman.

— Papa était un bon cuisinier ? »

L'air triste, Fe sembla s'affaisser légèrement. Lydia s'en voulait d'avoir évoqué leur père. De toute évidence, c'était encore un sujet douloureux pour sa sœur.

« Je ne m'en souviens pas.

— Désolée, marmonna Lydia.

— Non, si tu as des questions, Lyds, pose-les. Mon thérapeute pense que c'est une bonne idée de parler de lui. J'ai tout gardé tellement enfermé, ce n'est pas bon pour ma santé mentale.

— Je n'ai pas vraiment de questions, commença Lydia. Mais si jamais tu veux parler. Je suis là.

— A propos de parler... Tu vas inviter Halle à sortir avec toi ou quoi ?

« — Ce n'est pas vraiment le sujet dont je voulais parler !

— Et moi je brulais d'envie de te poser la question depuis tout à l'heure !

— Je ne suis pas sûre qu'on devrait en parler...

— Bien sûr que si. Mais je ne veux pas de détails scabreux. Tu es ma sœur, et Halle, c'est tout comme. Je n'ai pas besoin de savoir si vos corps s'entremêlent ou quoi que ce soit d'autre.

— Euh, arrête d'en parler alors ! »

Lydia jeta son dernier morceau de muffin à Fe.

« Allez, raconte-moi. Une seconde, tu étais farouchement contre l'idée et maintenant tu penses l'inviter à sortir. Qu'est-ce qui a changé ? »

Lydia réfléchit à la question en soupirant.

« Eh bien, d'abord, le fait de ne plus souffrir me rend beaucoup plus sereine. C'est à Halle que je le dois. C'est elle qui m'a permis d'avoir un rendez-vous avec Elise. Je me sens tellement mieux dans ma peau, mentalement, avec ces nouvelles pilules.

— C'est génial, Lyds. Et je sais que je ne t'ai pas facilité la tâche.

— Non, c'est certain. Mais c'est derrière nous. Je suppose que quelque chose a changé en moi, qui m'a permis de réaliser que je ne voulais pas laisser la peur m'empêcher d'être avec une personne formidable. Halle m'a toujours soutenue. Je ne m'autorisais tout simplement pas à le voir. Et j'étais terrifiée à l'idée qu'elle me rejette.

— Pourquoi ?

— Peut-être que moi aussi j'ai été traumatisée par le départ de papa, dit Lydia.

— Et tes relations passées n'ont certainement pas aidé.

— C'est vrai. Mais je sais que je peux compter sur Halle.

— Vous vous êtes rapprochées rapidement toutes les deux ?

— Oui. C'est fou de penser que nous avons fait notre possible pour garder nos distances pendant des années, mais cela a pris, quoi, quelques semaines pour que nous devenions des amies proches.

— Pfff, je me sens tellement stupide, Lydia. Vous auriez pu être ensemble il y a longtemps.

— Peut-être, ou peut-être pas. Ça ne sert à rien de penser à ça.

— N'empêche. J'espère que tu sais que je te soutiens à 100 %.

— Eh bien, peut-être que tu peux me soutenir en me disant comment l'inviter à sortir ? J'ai peur qu'elle pense que je fais une crise ou quelque chose comme ça. J'ai tellement insisté pour éviter tout ce qui n'était pas de l'amitié. Cela va lui faire un choc.

— Les gens changent d'avis ! C'est aussi simple que ça et c'est tout ce que tu as à lui dire. »

Lydia jouait avec sa tasse de café nerveusement. Il y avait encore une chose qui l'inquiétait suffisamment pour l'empêcher de demander à Halle de sortir avec elle.

« Hé, qu'est-ce qui se passe ? Fe caressa la main agitée de Lydia.

— Mes problèmes de santé ne sont pas encore totalement résolus. Je saigne encore.

— D'accord, et alors ?

— Quel est l'intérêt de l'inviter à sortir quand je sais que je vais la décevoir en ne pouvant pas... tu sais.

— Faire l'amour ?

— Ouais.

— Oh, Lydia, gloussa Fe alors que Lydia fronçait les sourcils. Halle t'aime depuis des années sans pouvoir te toucher. Tu penses que ça va lui poser un problème d'attendre un peu plus longtemps ? »

Lydia n'avait pas envisagé les choses comme ça.

« Oui, mais qu'est-ce qu'il se passera si je ne peux toujours pas avoir de relations sexuelles régulières ? Ça peut durer des semaines. J'espère que cette pilule va bientôt faire effet, mais je ne veux pas me faire d'illusions.

— Halle te soutiendra, tu le sais bien. Elle serait déjà comblée, rien qu'à regarder la télé avec toi en mangeant des Doritos. Pour une raison qui m'échappe, elle veut juste être avec toi, petite soeur.

— Tu es *vraiment* nulle, Fe Archer !

— Hé, tu as dit que c'était derrière nous !

— Ouais, et puis tu finis par dire des conneries qui gâchent tout. Tu m'exaspères ! »

Lydia n'avait pas oublié le comportement passé de Fe, mais elle n'était pas vraiment en colère.

« D'accord. Je vais trouver un moyen de me rattraper. »

Pour Fe, se réconcilier avec Lydia signifiait l'inonder de SMS toute la journée, lui suggérant une multitude de moyens d'inviter Halle à sortir. Lorsque l'un de ces plans impliqua un costume gonflable de T.rex, Lydia supplia sa sœur aînée de s'arrêter. C'était le jour du déménagement et la dernière chose dont Lydia avait besoin, c'était que Fe sature son téléphone avec des messages de plus en plus ridicules.

Halle s'était levée et avait mis l'appartement en branle beaucoup trop tôt de l'avis de Lydia. Elle ne devait pas récupérer les clés avant midi, mais Halle avait insisté pour qu'elle organise les cartons, afin qu'ils soient prêts à être chargés dans le camion de location que Lydia avait commandé la semaine précédente. Déménager de gros cartons avec sa petite mini, une fois suffisait. Elle ne voulait vraiment pas recommencer.

« Bon, nous avons tous les cartons pour la chambre ici. Ceux de la cuisine sont là et ceux du salon près de la porte d'entrée », annonça Halle.

Lydia ne savait pas si elle lui parlait ou si elle marmonnait à elle-même. « Fabuleux. Maintenant, tu peux faire une pause ? Il est huit heures du matin. On est un samedi. Nous ne devrions même pas encore en être conscientes à cette heure. »

Halle gloussa d'un air espiègle, poussant Lydia vers la cuisine. « Assieds-toi, je vais préparer le petit-déjeuner. »

La semaine passée avec Halle avait été parfaite. Lydia avait eu le droit à de bons repas faits maison tous les jours. Halle était vraiment une perle. Pour veiller à être utile en retour, Lydia avait fait toute la vaisselle et le rangement. Elles avaient rapidement trouvé leur rythme.

Lydia inspira profondément en enfonçant son nez dans sa tasse de café. Même Monty avait l'air fatigué. Ils avaient tous les deux l'habitude de dormir tard le week-end quand Lydia ne travaillait pas.

« J'adore le café », murmura Lydia en fixant sa tasse avec adoration.

Le roulement des yeux d'Halle aurait pu être vu de l'espace.

« Ne lève pas les yeux au ciel, Halle Cartwright ! Tu es tout aussi peu matinale que moi d'habitude.

— Je veux bien l'admettre, sourit Halle. Tu veux un petit déjeuner complet ou un sandwich au bacon ?

— La journée va être longue. Je pense que je vais opter pour le petit déjeuner complet.

— Un choix judicieux. »

Après avoir allumé son enceinte Bose, Halle chercha une playlist motivante et prépara le petit déjeuner. Lydia était plus qu'heureuse de s'asseoir et de la regarder. D'autant plus qu'Halle portait un pantalon de jogging ajusté et un t-shirt qui laissait peu de place à l'imagination.

Comme d'habitude, la nourriture était délicieuse. Lydia remarqua qu'Halle avait grillé le bacon au lieu de le faire frire. Les œufs avaient été pochés. Halle n'avait jamais fait d'histoires à propos du besoin de Lydia de surveiller ce qu'elle mangeait. Elle avait simplement pris en compte son besoin.

Midi arriva et Lydia reçut les clés de la maison. Halle insista pour qu'elle prenne des photos devant la maison. La séance vira rapidement au grand n'importe quoi, Halle faisant surgir Monty dans le cadre de chaque photo.

Après avoir déverrouillé la porte d'entrée, Lydia inspira profondément. « Voilà, murmura-t-elle en franchissant le seuil.

— Tu réalises que tu vas pouvoir profiter de douches chaudes et de robinets qui ne goutent pas ?

— Tu n'as pas idée à quel point ça sonne bien.

— Oh, je le sais. Tu passais une demi-heure par jour sous ma douche. La salle de bain était un vrai hammam quand tu en sortais. »

Rougissant légèrement, Lydia frappa l'épaule d'Halle.

« J'avais besoin de m'acclimater. Cela fait des années que je n'ai pas eu d'eau vraiment chaude.

— Je te taquine. Bon, on décharge les cartons ? »

Fe arriva lorsque le déménagement fut à moitié terminé. Elle n'avait pas encore eu l'occasion de découvrir la maison de Lydia. Il aurait été préférable de choisir un autre jour pour visiter, mais c'était Fe. Les enfants galopèrent partout dans la maison, s'appropriant instantanément leur chambre. Heureusement, Lydia avait déjà réservé l'espace qui leur serait dédié.

« Oh, Lyds, c'est magnifique, haleta Fe. Vraiment magnifique !

— Oui, j'adore ! Lydia ne pouvait cacher son excitation. J'ai hâte de décorer l'endroit.

— Oh, on peut faire une fête déco ! Fe applaudit. C'est super à la mode !

— Ah bon, où ça ? Demanda Halle, amusée.

— Partout, se moqua Fe.

— Tu veux dire que tu as vu quelqu'un en parler dans une émission de télé ? Halle sourit.

— Tais-toi. S'il te plaît, Lyds, s'il te plaît !

— Bon, d'accord. On peut faire une fête déco, si tu insistes.

— On peut t'aider, chantèrent en chœur les triplés en sautillant dans la cuisine.

— Je suis douée pour la peinture. Maman me l'a dit, ajouta Jenny.

— Déballons nos affaires avant de commencer à peindre quoi que ce soit, les enfants, dit Lydia en riant.

— Et sur ce, nous devons y aller », annonça Fe.

Lydia le regarda, bouche bée, tandis que Fe rassemblait sa couvée et partait rapidement. Halle éclata de rire.

« Tu ne pensais quand même pas qu'elle resterait dans les parages et t'aiderait à déménager ?

— Eh bien, si, j'y ai naïvement cru. Surtout après son idée de fête déco.

— Lyds, ma belle, Fe apportera quelques gâteaux apéritifs et se baladera ensuite en disant à tout le monde ce qu'il faut faire. Je parierais Nora qu'elle ne touchera as un pinceau. »

Halle voyait évidemment juste. Fe se comporterait comme la cheffe auto-proclamée de cette petite fête.

« Merde. Pourquoi est-ce que je lui ai dit oui ?

— Parce que tu es excitée à l'idée de décorer ta maison, à juste titre. Au lieu d'une fête déco, fait simplement une pendaison de crémaillère. Moi, toi, Cathy et Harrison, nous pouvons t'aider à décorer.

— Tu crois que Cathy va peindre ? Quelle bonne blague ! Et Harrison n'est pas exactement du genre à bricoler non plus.

— Heureusement que je le suis alors. Nous pouvons commencer quand tu le souhaites. Tu as des idées ?

— Quelques-unes. Mais à vrai dire, je ne suis pas pressée.

— Tu es juste excitée d'être ici, c'est ça ?

— Oui ! »

Elles restèrent debout, souriantes et se regardèrent pendant quelques secondes de trop. Le cœur de Lydia s'accéléra.

« Euh... Je... J'avais une autre idée pour ma liste de choses à faire.

— Vraiment ? Je pensais que la plongée sous-marine était la prochaine étape.

— Dans l'Atlantique ? En hiver ? Non merci.

— Ils le font aussi dans les piscines, Lyds, dit Halle en souriant.

— Si je dois le faire, je veux voir des poissons. Quoi qu'il en soit, je me disais, et cela peut sembler vraiment nul, mais...

— Mais ?

— J'aimerais prendre le thé au Ritz.

— Ça alors, tu es déjà allée au Ritz ?

— Pas du tout. Mais justement, j'en ai toujours eu envie. »

Lydia resta silencieuse quelques secondes. Elle savait que c'était le bon moment pour voir si Halle était ouverte à un rendez-vous.

« Je me disais… Tu pourrais m'accompagner.

— Avec plaisir, réservons. »

Hale sortit son téléphone et commença à tapoter. Lydia se sentit un peu engourdie, sachant qu'Halle n'avait pas compris ce qu'elle voulait dire.

« Je veux dire, ça pourrait être un rendez-vous… rendez-vous », lâcha-t-elle. Les doigts d'Halle s'immobilisèrent. Ses yeux se levèrent lentement de l'écran du téléphone.

« Tu veux dire… Pardon, qu'est-ce que tu veux dire ? Je ne veux pas présumer.

— Halle, veux-tu sortir avec moi ? »

Le silence s'installa de nouveau entre elles. Halle scruta le visage de Lydia, tandis que celle-ci essayait de garder une attitude confiante, malgré sa paupière tremblante.

« Oui, j'aimerais sortir avec toi. »

Lydia expira bruyamment, elle avait retenu sa respiration en attente de la réponse d'Halle.

« Super, bien. Génial. Um… Je vais prendre les cartons de ma chambre.

— D'accord, oui, d'accord. »

Lydia n'avait jamais bougé aussi vite de sa vie.

Arrivée dans sa chambre, elle se jeta sur son nouveau lit à baldaquin. L'exécution était loin d'être élégante, mais elle avait atteint son objectif. Lydia et Halle avaient un rendez-vous. Et pas n'importe où. Ce n'est qu'à ce moment-là que Lydia s'autorisa à penser que prendre le thé l'après-midi au Ritz était une excellente idée de rendez-vous. Même si Lydia réalisa qu'elle n'avait pas un seul vêtement qui convenait à un endroit aussi select.

Tirant son téléphone de sa poche arrière, Lydia envoya un message à Fe.

Lydia

Je l'ai fait ! Je lui ai demandé

Fe

Ouiiii, bien joué champion !

Lydia

S'il te plait, n'utilise plus jamais cette expression.

Au fait, nous allons au Ritz pour le thé.

Au lieu de répondre, Fe appela. Lydia enfouit sa tête dans le lit après avoir décroché. « Salut, murmura-t-elle.

— T'es où ?

— Sur mon lit. Je me suis en quelque sorte enfuie quand elle m'a dit qu'elle sortirait avec moi.

— Lydia, Lydia, Lydia. Tu aurais aussi pu lui passer un petit mot, en lui demandant d'encercler oui ou non. Ça aurait été presque moins ridicule que de te cacher.

— Je me suis lancée sans préparation, et quand je l'ai fait, elle m'a regardé si intensément... J'ai cru que mon cœur allait sortir de ma poitrine.

— Ce que tu peux être dramatique ! Ecoute, l'essentiel est qu'elle ait dit oui, et connaissant Halle, elle est en bas en train de rire de ta réaction stupide.

— Elle avait l'air choquée, Fe.

— Eh bien, oui ! Elle a enfin une chance avec toi. Quelle excuse tu lui as donnée pour déguerpir ?

— Je lui ai dit que j'emportais des cartons dans ma chambre.

— Ce n'est pas une excuse si mauvaise. Peut-être que le déballage est ce dont tu as besoin pour faire redescendre la tension. Ensuite, va la retrouver et agit normalement.

— C'est plus facile à dire qu'à faire, Fe. Maintenant que je me permets de m'ouvrir à la possibilité d'un nous, je ne peux pas m'empêcher de penser à elle. D'une manière pas si innocente.

— Tsss la la la la la...

— Fe !

— Non, je ne veux pas savoir ce qu'il se passe au niveau de ton entrejambe quand tu penses à Halle. C'est la règle, souviens-toi. Appelle Cathy si tu veux parler de ça.

— Tu as raison, elle est bien meilleure que toi pour parler de sexe !

— Hé, je peux parler de sexe. Mais pas avec ma sœur, c'est tout.

— Peu importe. Est-ce qu'on peut parler shopping ?

— Je viendrai te chercher demain matin. Tu travailles demain après-midi ?

— Ouais. Je te vois demain matin alors. Je t'aime.

— Je t'aime aussi. Maintenant, arrête de te comporter bizarrement. »

Fe avait probablement raison. Halle se moquerait certainement d'elle pour s'être évaporée comme elle l'avait fait. Mais ce n'était pas grave, parce que Lydia avait une idée bien précise de la manière dont elle pourrait faire taire Halle.

20

« PUTAIN, PUTAIN, PUTAIN. » Lydia saignait toujours. Elle avait fait le dos rond pendant trois semaines, mais maintenant, le jour de son rendez-vous avec Halle, elle en avait vraiment assez !

« C'est beaucoup de jurons, cria Fe depuis la chambre de Lydia.

— Désolée. Je suis juste frustrée.

— Tu as toujours tes règles ?

— Malheureusement oui. Je crois qu'il faut que j'appelle Elise.

— Elle t'a dit que cela pourrait prendre des mois avant que tu voies des effets.

— Oui, mais j'ai bien vu des effets, et maintenant plus du tout.

— Ah, tu es juste énervée parce que tu veux un peu d'action... bow chick-a-wow-wow ! »

Lydia se rendit dans la salle de bain en riant. Toujours dans sa robe de chambre, elle aurait pourtant déjà dû enfiler la robe magnifique, mais horriblement chère, qu'elle avait achetée avec Fe.

« Non, enfin, oui. Mais je ne couche pas le premier soir.

— Lydia, vous avez failli vous envoyer en l'air sur le sol de sa cuisine !

— Bon sang, tu ne peux pas oublier ça ?

— Hors de question, dit Fe, en détachant bien les syllabes de sa phrase.

— Ce n'est pas le fait de m'envoyer en l'air ou pas qui me chagrine. J'en ai juste assez de devoir porter des tampons et des serviettes. Je me sens mal à l'aise.

— Oh je t'en prie ! Tu es magnifique. Je t'ai vu dans cette robe, Lyds.

— Je ne peux pas m'empêcher de ressentir ce que je ressens, Fe. J'en ai vraiment marre. »

Fe se leva du lit et prit Lydia dans ses bras. « Désolée, je ne voulais pas minimiser ce que tu ressens. Il est peut-être temps de prendre rendez-vous avec ton docteur sexy.

— Tu trouves qu'Elise est sexy ?

— Je ne suis pas aveugle. »

Se libérant de l'étreinte, Lydia regarda Fe avec intérêt.

« Tu fais rarement des commentaires sur les femmes sexy.

— C'est une simple observation. Maintenant, la coiffure et le maquillage. Le temps presse.

— Merde, tu as raison. »

Les nerfs de Lydia étaient à leur comble. Qu'est-ce qui lui était passé par la tête de demander à Halle d'aller au Ritz avec elle ? Le simple fait d'aller là-bas était anxiogène. Ce n'était pas comme si l'apparence de Lydia criait richesse et classe. Elle était en train de se faire pomponner pour être jugée par des gens chics, et en plus, elle avait un premier rendez-vous ! Quelle pression !

Une fois coiffée et maquillée, Fe aida Lydia à enfiler la robe de cocktail verte vintage à demi-manches. C'était original, mais pas exagéré. Ensuite les chaussures : talons hauts à lacets, qui allaient parfaitement avec le style de la robe.

« Wahou ! s'exclama Fe. Halle va s'évanouir.

— Arrête, dit Lydia en riant.

— Non, sérieusement. Lydia, regarde-toi dans le miroir. »

C'était ce que Lydia voulait éviter. Elle était de plus en plus bienveillante avec elle-même, mais dans un moment comme celui-ci, la pression ne lui faisait voir que ses défauts.

Fe prit Lydia par les épaules et la déplaça vers le long miroir de la salle de bain. L'ennemi juré de Lydia. Lydia leva les yeux du sol en inspirant profondément et regarda.

« Qu'est-ce que tu vois ? » Demanda doucement Fe. Lydia s'était récemment confiée à Fe au sujet de sa dysmorphie corporelle. À sa grande surprise, Fe avait été merveilleuse.

« Je... hum, d'accord, c'est pas mal. »

Le sourire éclatant de Fe illumina la salle de bain.

« Lyds, tu es magnifique. Je pense que tu as vraiment trouvé ton style. Le look 50's te va super bien. »

Hochant la tête, Lydia continua à s'examiner. La robe était bien ajustée mais ne la serrait pas trop. Bien sûr, elle pouvait voir les zones où se trouvaient quelques kilos en trop, mais l'aspect général de la robe et des chaussures lui plaisait et faisait taire la partie de son esprit prompte à l'autocritique.

« J'adore, murmura-t-elle presque.

— Je suis tellement excitée pour toi ! À quelle heure vient-elle te chercher ? demanda Fe en serrant les épaules de Lydia d'excitation.

— A deux heures et demie. Notre sitting est à trois heures et demie.

— Oh, écoute-toi. 'Notre sitting est à trois heures et demie', se moqua Fe en prenant un ton snob.

— Espèce d'idiote, dit Lydia en riant. C'est comme ça qu'on appelle le créneau qu'on a réservé. C'est un sitting.

— Tu t'es préparée ?

— Bien sûr. J'ai lu le menu en ligne quatre fois hier soir. Je ne suis pas assez stupide pour entrer dans le Ritz sans avoir fait mes devoirs au préalable.

— Cathy t'a-t-elle dit de réserver une chambre ? »

Fe sourit en fronçant les sourcils. Fe et Cathy s'étaient rapprochées récemment. En fait, Fe sortait beaucoup plus. Pas seulement avec Lydia, Halle et Cathy, mais aussi avec d'autres mamans qu'elle connaissait de l'école. Il devenait évident que Fe avait sérieusement décidé d'apporter des changements dans sa vie et de voler de ses propres ailes.

Les triplés étaient toujours déchainés 90 % du temps, mais Fe était plus calme et plus décontractée. Sa séparation semblait être la meilleure chose qui lui soit arrivée.

« Oui ! Et elle m'a dit de prévoir un sac de voyage.

— Pourquoi un sac de voyage ?

— Un sac pour le sexe ! Elle m'a dit d'emporter des accessoires et de la lingerie coquine avec moi. »

Fe porta sa main à sa bouche de surprise, puis elle ne put s'arrêter de rire pendant cinq bonnes minutes.

« Oh la la, tu achèverais vraiment Halle si tu faisais ça ! »

Jetant son éponge de maquillage à Fe, Lydia secoua la tête.

« Je ne vais rien faire du tout.

— C'est tellement toi, gloussa Fe.

— Nous n'avons même pas eu de premier rendez-vous. Bon sang Fe, j'ai du mal à utiliser des sex toy avec quelqu'un avec qui je sors depuis plusieurs mois, ce n'est pas pour en sortir un lors d'un premier rendez-vous !

— Tu n'aimes pas les sex toys ? »

Levant les mains, Lydia regarda le plafond avec exaspération.

« Oh mon Dieu, pourquoi on parle de ça ?

— C'est toi qui en parles. Je me posais juste la question. Clark n'aimait pas non plus les jouets.

— Alerte, trop d'information !

— Mon Dieu, Lydia, et moi qui croyais que j'étais la plus coincée.

— Tu l'es !

— Plus maintenant apparemment.

— Fe, tu m'as expressément dit que je n'avais pas le droit de parler de sexe avec toi.

— C'est vrai, mais je pense que je peux gérer maintenant. »

Plissant les yeux, Lydia essaya de lire sur le visage de Fe. Elle réalisa que c'était plus Fe qui avait besoin de parler de sexe que Lydia. Elles entraient vraiment en territoire inconnu maintenant. Fe était-elle intéressée par quelque chose ou quelqu'un ? Pourquoi était-elle soudain prête à parler de sexe ?

« Y a-t-il quelque chose dont *tu* voudrais me parler ? dit Lydia en s'installant sur le lit à côté de Fe.

— Pas vraiment. Enfin je ne sais pas. Je me demandais juste si j'étais passée à côté de certaines choses. »

Fe tripotait les couvertures du lit pour occuper ses mains. C'était un trait commun des Archer lorsqu'ils étaient gênés.

Lydia n'arrivait pas à croire qu'elle était sur le point de poser cette question :

« Tu étais satisfaite sexuellement quand tu étais avec Clark ?

— Je pense que oui.

— Tu penses. Ce n'est pas exactement une affirmation retentissante.

— Eh bien, je veux dire, oui, c'était bien.

— Mais ? »

L'agitation de Fe redoubla.

« Clark n'était pas du genre à explorer. Maintenant, je me demande si c'est pour ça qu'il m'a trompé. Peut-être qu'il n'était pas sexuellement attiré par moi, ou que j'étais mauvaise au lit. »

Lydia maudit Clark d'avoir insinué tant de doute dans la tête de sa soeur.

« Ce n'est pas possible. Nous, les archers, nous sommes de la dynamite au lit.

— Ah oui ? rigola Fe.

— Oui. Et tu dois te sortir de l'esprit que tu n'es pas sexuellement attirante. Tu sais que tu fais tourner les têtes, Fe. J'ai été jalouse de toi toute ma vie à cause de ça.

— Quoi ? Pourquoi ?

— Oh, je t'en prie. Tu as la taille, la silhouette et la peau de maman. J'avais l'air d'un troll à côté de toi en grandissant.

— Retire ça tout de suite, Lydia Archer ! »

Le ton de Fe fit légèrement reculer Lydia.

« Je ne veux plus que tu dises de telles choses. Tu es belle, telle que tu es. Oui, j'ai la taille, mais tu as les courbes. Je sais que tu les vois comme une malédiction, mais tu ne devrais pas. Halle est sous ton charme depuis si longtemps ! Et toutes les lesbiennes d'Angleterre et d'Ecosse courent après cette fille. Mais elle n'a d'yeux que pour toi. Ah, et aussi pour tes seins.

— Oh mon Dieu, dit Lydia en riant.

— Le fait est, Lydia, que tu dois arrêter de te comparer à moi, ou à qui que ce soit d'autre. Tu es une bombe !

— C'est pas mal comme discours, coach.

— Alors crois-moi. »

Lydia pouvait voir la sincérité dans les yeux de Fe.

« D'accord, alors tu dois aussi m'écouter quand je dis que ce n'est pas de ta faute si Clark t'a trompé. C'est sa faute. Et tu as le droit d'avoir une aventure et d'explorer sexuellement, si c'est ce que tu veux.

— Mais je n'y connais rien Lyds. Mon vibromasseur est plus âgé que mes enfants. Je ne suis pas tout à fait dans l'air du temps. Le missionnaire était le top du top chez nous.

— Oh la la, ça ne va pas du tout. On va arranger ça. Il te faut quelques accessoires. Tu n'as pas besoin d'un partenaire pour explorer, Fe.

— Des accessoires ?

— Oui. Et j'ai des recommandations. Hé, on devrait organiser une soirée entre filles avec Cathy ? C'est elle qui m'a orienté dans la bonne direction.

— Ce serait génial. Bon, revenons maintenant à ton rendez-vous. Tu as exactement 10 minutes avant qu'Halle n'arrive. Tu veux que je te prenne en photo ?

— Est-ce que je peux en avoir deux ? »

❧

Lydia exigea que Fe reste dans la cuisine. Lydia ne voulait pas que sa première interaction avec Halle soit éclipsée par sa sœur hyperactive. « Reste ici, la porte fermée.

— Oh, allez, je veux voir à quoi ressemble Halle. Et comment elle réagit à cela. » Fe agita sa main de haut en bas sur toute la longueur du corps de Lydia.

« Fe, s'il te plaît. Juste pour une fois, tu peux faire ce que je te demande ? »

Les paumes de Lydia transpiraient. De toute évidence, Fe vit le stress que sa sœur ressentait.

« D'accord, d'accord. Du calme. Je vais rester ici. Est-ce que je peux au moins regarder à travers les stores quand vous sortirez ?

— Oui, mais discrètement. »

Leur conversation fut interrompue par la sonnette plutôt fantaisiste de Lydia. « Merde. »

En riant, Fe fit tournoyer Lydia par les épaules et la poussa vers la porte. « Va retrouver ta belle ! »

Après avoir lissé une nouvelle fois sa robe, Lydia prit une grande inspiration et déverrouillera la porte. Dans un lent mouvement, la porte révéla Halle debout avec un bouquet de fleurs sauvages.

Habituée à voir Halle en tenue de loisirs, Lydia se mordit la langue pour contenir le grognement très sexuel qui s'apprêtait à sortir du fond de sa gorge. Bon sang, Halle était divine.

« Lydia, waouh ! » Les yeux d'Halle scrutaient chaque centimètre de la tenue de Lydia, ses yeux écarquillés.

« Je te renvoie le compliment ! » Lydia déglutit bruyamment.

Halle avait gagné au moins dix centimètres, perchée sur de magnifiques talons noirs vernis. Elle portait un pantalon rouge ajusté et une chemise blanche boutonnée, sous un long manteau en laine. Ses cheveux, habituellement hirsutes, étaient lissés en arrière avec une raie sur le côté. Son maquillage sombre lui donnait un air dangereux, et Lydia aimait ça. Beaucoup !

« C'est pour toi. » Halle s'avança en lui tendant les fleurs. Complètement captivée, Lydia les prit machinalement, ses yeux ne quittant jamais ceux d'Halle.

« Merci, elles sont magnifiques.

— De jolies fleurs, pour une jolie femme.

— Oh la la, c'était une sacrée réplique Halle Cartwright » répondit Lydia en souriant.

Les yeux d'Halle brillèrent.

« Tu devras t'y habituer. Tu es prête à partir ? Notre chauffeur nous attend. » Jetant un coup d'œil par-dessus l'épaule d'Halle, Lydia remarqua le taxi noir.

« Pas de Nora ?

— Pas aujourd'hui. J'aimerais que notre rendez-vous commence sans plainte. » Le clin d'œil d'Halle fit un bruit sourd dans le cœur de Lydia. *Oh mon Dieu*.

Le taxi s'arrêta une demi-heure plus tard, mais pas au Ritz. Confuse, Lydia se tourna vers Halle, qui payait déjà la course. À l'extérieur, Lydia remarqua qu'ils étaient à St. James' Park.

« J'ai pensé que nous pourrions d'abord faire une promenade. Nous sommes en avance, et c'est une belle journée.

— Merveilleuse idée. Je ne suis pas allée à St. James depuis un moment. »

Elles se mirent en route silencieusement. Elles s'adaptaient toutes les deux à la nouvelle direction que prenait leur amitié. Forçant sa confiance, Lydia glissa sa main autour du bras d'Halle. Halle la regarda en souriant. *Pour l'instant ça va.*

La température était tout juste au-dessus de zéro, mais le soleil était au rendez-vous et rien ne pouvait gâcher le plaisir de Lydia. Halle faisait des observations sur différentes choses autour du parc. Heureuse d'écouter la voix sexy d'Halle, Lydia profitait de sa promenade.

Discuter avec Halle avait toujours été facile. Mis à part le moment où les choses se sont un peu embrouillées entre elles. Au fil des ans, elles avaient pu parler de tout, ce qui signifie qu'elles n'attendaient pas ce premier rendez-vous pour apprendre à se connaître. Mais même si elles bavardaient comme elles le faisaient habituellement, l'appréhension qu'elles ressentaient étaient visibles.

Lydia et Halle arrivèrent au Ritz avec cinq minutes d'avance.

« Je n'arrive pas à croire qu'on fasse ça, haleta Lydia. Je sais que ce n'est que du thé et des gâteaux mais...

— C'est plus que ça, Lyds. C'est une expérience, et je partage complètement ton excitation. »

À l'intérieur, Lydia faisait de son mieux pour avoir l'air à l'aise dans cet environnement. Un beau jeune homme en uniforme de serveur prit leurs manteaux. Il portait même des gants blancs. Les murs du salon de thé étaient blancs avec des touches de feuilles d'or. Des piliers de marbre encadraient la pièce, remplie de tables circulaires ornées de nappes blanches qui descendaient jusqu'au sol.

« Par ici, s'il vous plaît, » dit le serveur guindé, en les dirigeant vers une table au centre de la pièce. Halle attendit que Lydia soit assise avant de s'asseoir.

« C'était très chevaleresque », sourit Lydia en mordant ses lèvres, réprimant un rire nerveux. C'était une facette d'Halle qu'elle n'avait jamais vue.

« Je suis juste polie.

— Eh bien, j'aime ça.

— Bon à savoir. »

Un chariot argenté arriva, débordant de délices.

« Oh, les choses sérieuses commencent. »

Les petits sandwichs de pains briochés attirèrent d'abord l'attention de Lydia. Alors que ses yeux parcouraient le plateau, ses papilles gustatives s'animaient à la vue des gâteaux et des scones délicats. Oh, ils avaient même de la crème caillée.

« Je vais devoir passer une semaine à la gym, mais je crois que ça va en valoir la peine !

— J'y serai avec toi, parce que j'ai l'intention de tout gouter. »

Leurs voix étaient basses alors qu'elles débattaient de la meilleure façon d'attaquer le chariot sans avoir l'air de gloutons. Jetant un regard méfiant autour du salon de thé, Lydia remarqua à quel point les autres invités mangeaient et buvaient leur thé avec raffinement.

« Tu te sens un peu comme un poisson hors de l'eau, toi aussi ? marmonna Halle.

— Oui, complètement.

— Eh bien, on les emmerde. C'est notre sitting. Allons-y ! »

Sans préambule, Halle glissa trois sandwichs dans son assiette. Un quatrième les suivit alors qu'elle enfonçait sans ménagement un petit pain au fromage et aux cornichons dans sa bouche, gémissant sensuellement.

« Putain de merde, Lyds, c'est délicieux ! »

Ce n'était pas par embarras que Lydia rougissait. C'était le bruit que faisait Halle.

« Du champagne ? »

Lydia n'avait pas remarqué l'arrivée du serveur. Ce n'est qu'à ce moment-là qu'elle s'aperçut qu'elle regardait fixement Halle, fascinée.

« Volontiers. À de nouvelles expériences, dit Halle en tendant sa flûte à Lydia.

— Et aux premiers rendez-vous », répondit Lydia avec un clin d'œil. Oui, elle pouvait aussi être sexy. Parfois.

Elles mangèrent beaucoup trop et burent assez de thé pour justifier des pauses toilettes toutes les dix minutes, mais cela en valait la peine. Une fois que Lydia cessa de s'inquiéter de la façon dont elle était perçue par les autres, l'après-midi au Ritz devint l'une des expériences les plus mémorables de sa vie. C'est la somme des petits détails qui rendait le moment exceptionnel : l'esprit et le charme d'Halle, l'ambiance et la grandeur de l'endroit, le rire d'Halle, son visage recouvert de crème caillée parce qu'elle mettait trop d'empressement à manger son scone.

« Tu veux marcher un peu ? » demanda Lydia.

En boutonnant son manteau, Halle baissa les yeux. Était-ce un soupçon de nervosité ?

« J'adorerais. »

Répétant le mouvement qu'elle s'était autorisée à l'aller, Lydia enroula sa main autour du bras d'Halle pendant qu'elles marchaient.

« Est-ce que tu t'es bien amusée ?

— Tellement. Merci Halle, ça n'aurait pas été la même chose avec quelqu'un d'autre.

— C'était vraiment un plaisir. »

Avant qu'elle ne comprenne ce qui se passait, Halle s'arrêta, faisant tournoyer Lydia pour qu'elle soit face à elle. Les quelques centimètres supplémentaires d'Halle mettaient Lydia dans une position troublante. S'éclaircissant la gorge, Lydia détourna les yeux. Un doigt doux sous son menton releva son visage. Les yeux d'Halle brillaient, fixant les lèvres de Lydia.

C'était donc ça être désirée. Lydia pouvait sentir le désir monter par vagues alors qu'Halle continuait à la regarder avec envie. C'était leur moment, et quel moment merveilleux ce fut quand Halle céda finalement, capturant la bouche de Lydia.

Évidemment, ce n'était pas leur premier baiser, mais c'était complètement différent du baiser rempli de luxure qu'elles avaient échangé dans la cuisine. Halle possédait Lydia entièrement. La passion qu'elles ressentaient était plus forte que jamais, mais une touche de tendresse s'y ajoutait. C'était le meilleur baiser de la vie de Lydia.

Halle recula quelques minutes plus tard, haletante. Lydia s'agrippa au manteau d'Halle comme si sa vie en dépendait. Elle était convaincue que si elle lâchait prise maintenant, ses jambes flageolantes la trahiraient et elle s'effondrerait sur le sol.

« Est-ce que ça peut être notre premier baiser officiel ? » murmura Halle, son visage toujours dangereusement proche de Lydia. Il suffirait d'un léger mouvement et elle serait de nouveau emprisonnée par ses lèvres. Cette fois, cependant, Lydia n'était pas sûre de pouvoir s'arrêter.

« Oui. Et waouh !

— J'allais justement dire waouh. »

Bon sang, combien Lydia aurait souhaité qu'elles soient dans un endroit privé, elle pourrait faire toutes sortes de choses… Non, attendez, elle ne le pouvait pas parce qu'elle saignait encore. *Putain de merde.*

« Hé, qu'est-ce qu'il y a ? »

Lydia soupira en se retournant vers Halle.

« Rien, désolée, je me suis juste égarée pendant une seconde.

— Ne fais pas ça, Lyds.

— Faire quoi ?

— Tu te censures. S'il te plaît, dis-moi pourquoi tu avais l'air si énervée. Est-ce que je suis allée trop vite ?

— Mon Dieu, non. » Secouant la tête, Lydia se colla contre Halle. « Si tu veux tous savoir, je pensais que j'aimerais bien qu'on soit dans un endroit privé.

— Ça peut s'arranger, murmura Halle en mordillant la lèvre inférieure de Lydia.

— Mais ensuite, je me suis souvenue...

— Être dans un endroit privé ne signifie pas que nous devons avoir des relations sexuelles, Lydia.

— Oui, mais j'en ai envie. »

Le ton de Lydia était presque pétulant, ce qui fit rire Halle.

« Lydia Archer, pour quel genre de femme me prenez-vous ?

— Tu te moques de moi ? »

Capturant le visage de Lydia à deux mains, Halle effleura doucement son nez contre celui de Lydia.

« Je te veux, Lydia. Ne t'y trompe pas. Mais je suppose que ce n'est pas une option pour le moment, et je ne veux pas que tu te sentes en colère ou frustrée. Retournons chez toi, jouons un peu avec Monty et regardons un film. Ce serait la fin parfaite d'un premier rendez-vous parfait. »

21

Cathy leva son verre d'Orgasme Bruyant en entonnant son toast : « À une soirée entre vilaines filles !

— On n'aurait pas pu avoir des margaritas ou quelque chose comme ça ? » Demanda Fe en regardant le cocktail d'un air méfiant. Fe n'était pas exactement du genre aventureux. Un bon Pinot lui aurait amplement suffi.

« Absolument pas. Vous vouliez une soirée coquine, et c'est ce que vous avez.

— Personne, à part toi, n'a dit que la soirée devait être coquine, commenta Lydia, déjà à mi-chemin de son verre. *Merde, il y a de la crème en plus là-dedans !*

« Quand tu m'appelles et que tu me dis que tu veux une soirée entre filles pour éduquer ta sœur sur le sexe, c'est que la soirée va être spéciale. Et pour ton information, Lyds, tu avais vraiment l'air de vouloir m'aguicher quand tu m'as demandé d'animer cette soirée. Je veux dire, tu n'es pas mon genre, mais j'aurais pu être tentée.

— Tu lui as dit que j'avais besoin d'être éduquée sur le sexe ? » Fe questionna sa sœur en un cri strident. Elle avait l'air horrifiée.

Levant les yeux au ciel, Lydia termina son Orgasme Bruyant. « Je n'ai pas dit ça. Alors, merci Cathy. Et pour *ton* information, tu le saurais si je te draguais. » Lydia leva un sourcil espiègle. Cathy lui fit un clin d'œil en riant.

« J'ai dit que tu voulais explorer un peu. J'ai simplement dit à Cathy ce que tu m'as dit, à propos de Clark et de son...

— Son manque de capacité, termina Cathy.

— Je n'ai pas dit ça non plus. Bon sang, Cathy, ferme-la. »

Cathy appréciait manifestement le cocktail et le chaos qu'elle créait.

« J'ai dit que ton expérience était plutôt 'vanille' et que tu voulais élargir ton horizon.

— Tu vois, c'est une soirée coquine. Et j'en suis ravie. Harrison va avoir du boulot tout à l'heure, c'est certain. » Les deux sœurs Archer firent la grimace. « Oh, ne me regardez pas comme ça ! J'ai plus de 40 ans, mais je ne suis pas morte. Peut-être que si vous vous détendiez un peu, vous profiteriez aussi des plaisirs d'avoir un homme. Un homme ou une femme, dans ton cas, Lyds. Au fait, comment va Halle ? »

Après leur premier rendez-vous et leur baiser, Halle avait laissé Lydia à sa porte, déposant un bisou chaste sur ses lèvres avant de partir. Elles avaient toutes les deux décidé qu'un film mènerait probablement à autre chose, et qu'il valait mieux éviter cela pour le moment. Lydia était tellement excitée qu'elle avait pratiquement expulsé Fe – qui était restée chez elle – de la maison pour qu'elle puisse se débarrasser de la tension sexuelle qui la nouait. Après quoi, Lydia avait appelé Cathy pour lui raconter sa soirée parfaite.

« Tu sais qu'elle m'a jeté hors de chez elle ? Fe gloussa.

— J'avais un truc à régler en urgence, sourit Lydia.

— Combien de fois t'es-tu occupée de ce truc ? Demanda Cathy.

— Trois fois.

— Avec le Cstar ?

— Qu'est-ce que c'est que le Cstar ? » Demanda Fe, en sirotant enfin son cocktail. Lorsqu'elle arriva à la partie crémeuse, elle engloutit son Orgasme Bruyant à vive allure.

« C'est un jouet. Un jouet très efficace, répondit Cathy. J'ai une amie qui les vend. Je l'ai recommandé à Lyds, et elle n'a pas regretté ?

— C'est vrai, c'est génial. Il a été ma planche de salut pendant un certain temps.

— Pourquoi ? » Faisant des allers-retours entre Cathy et Lydia, Fe semblait confuse.

« J'ai souvent trouvé la pénétration douloureuse. Maintenant, je sais que c'était à cause de l'endométriose.

— Tu crois que je devrais l'essayer ?

— Seulement si c'est quelque chose qui t'intéresse, ma chérie. » Cathy voyait bien qu'elle devait être un peu plus délicate. Fe pouvait sembler impétueuse et confiante, mais sous la façade se cachait une femme inexpérimentée.

« Je ne sais pas. Clark n'a jamais voulu utiliser quoi que ce soit. Avant lui, je n'avais couché qu'avec un seul autre gars, et il n'y avait pas de quoi se vanter. Mon Dieu, j'ai l'impression d'être passée à côté de quelque chose.

— Et bien tu es libre maintenant ! commenta Cathy en sortant son iPad. Faisons un peu de shopping.

— Tout de suite ? Fe avait l'air paniqué. Mais je ne sais pas si je veux quoi que ce soit, je n'y connais rien.

— Pour l'instant, nous pouvons faire du lèche-vitrine. Regarde, c'est ma boutique en ligne préférée. Il y a des tonnes de jouets, pour tous les goûts. Prend un verre, fais défiler et regarde si quelque chose t'intéresse.

— Pas de pression », ajouta Lydia, qui n'aurait jamais imaginé devoir un jour coacher sa grande sœur en matière sexuelle « Cathy, prépare-nous un autre verre, ma belle. »

Cathy se dirigea vers la cuisine pour une autre série de cocktails. « J'espère que ce soir sera la seule fois où ton orgasme se présentera sous la forme d'un verre.

— Je ne fais que regarder, n'oublie pas, » répondit Fe, déjà en train de faire défiler les pages.

Lydia et Cathy souriaient en voyant les yeux de Fe s'écarquiller.

« Alors, en attendant qu'elle trouve son bonheur, commença Cathy, tu veux bien me dire quel est ton plan avec Halle ?

— Un plan ?

— Oui, il va falloir planifier quelque chose. Tu veux baiser, non ?

— Tu ne peux vraiment pas t'empêcher d'être si...

— Oh, ça va, on est des grandes filles, on peut dire merde.

— Peu importe. Oui, je veux aller plus loin avec elle, mais mon corps est toujours récalcitrant.

— Les Anglais sont toujours là ?

— C'est plus un planton qu'un régiment, mais oui, je saigne un peu quand même.

— D'accord, alors fait avec, dit Cathy, un peu blasée. Vous pouvez quand même vous toucher, faire monter le désir. Puis, le moment venu, pour ainsi dire, vous serez toutes les deux super excitées, et ce sera explosif.

— Je pense vraiment que tu as raté ta vocation, murmura Fe, les yeux toujours rivés sur l'écran.

— Je suis d'accord, Cath.

— Non, j'adore le musée. C'est juste amusant. Mais, plus sérieusement, je crois fermement que les gens devraient investir dans leur vie sexuelle. Le sexe doit être amusant et satisfaisant. C'est un grand plaisir de la vie, il faut en profiter.

— Amen, ajouta Fe.

— Alors, qu'est-ce que je devrais faire ? Essayer de pousser plus loin la séduction ?

— Pourquoi pas ? Non seulement cela rendra Halle folle, mais tu te sentiras confiante et sexy. Il faut travailler sur ces deux aspects.

— Tu ne me trouves pas sexy ? Pff, ça fait un peu mal.

— Bien sûr que tu es sexy, Lyds. Mais c'est *toi* qui ne le sais pas ! s'exclama Cathy. Au moment où tu verras l'effet que tu fais à Halle, et je veux dire quand tu verras *vraiment* l'effet que tu as sur elle, tu trouveras ton pouvoir. Et il ne s'agit pas d'avoir besoin de la validation de qui que ce soit, il s'agit de te voir à travers ses yeux, Lydia.

— Elle a raison, tu sais, intervint Fe. J'ai peut-être besoin d'apprendre une chose ou deux sur le sexe, mais tu dois apprendre à aimer ton corps.

— Comment diable la conversation a dévié vers moi ?

— C'est une soirée pour nous toutes, Lydia, l'apaisa Cathy. Fe fait des recherches sur les vibromasseurs, c'est un grand pas. En attendant qu'elle trouve son bonheur, c'est à ton tour de parler.

— Je ne sais pas ce que tu veux que je dise. Ce n'est pas quelque chose que je peux simplement contrôler. Franchement, même quand je suis d'humeur à faire l'amour et disponible, pour ainsi dire, je ne me sens pas forcément sexy.

— Pourquoi ?

— Mon esprit se focalise sur mes défauts. Donc, si je pense à ça, qu'est-ce que la personne avec qui je suis doit penser ?

— Oh ma chérie, je doute qu'elle pense à quoi que ce soit.

— Peut-être, mais moi je me prends la tête.

— Tu en as déjà parlé avec les personnes avec lesquelles tu es sortie ? »

Lydia laissa échapper un soupir las.

« Bien sûr que non !

— Halle s'en rendra compte, dit Fe avec assurance. Elle te connaît mieux que quiconque. Elle a une façon bizarre de te lire.

— Merci, ça me met vraiment à l'aise Fe !

— Pourquoi est-ce une mauvaise chose ? riposta Fe.

— Est-ce qu'on peut passer à autre chose, s'il vous plaît ? Halle et moi coucherons ensemble quand nous serons toutes les deux prêtes. Et ce que je pense de moi, c'est mon affaire.

— D'accord, d'accord, on est sensé s'amuser ce soir, intervint Cathy. Revenons à la raison pour laquelle nous sommes ici. Fe, comment se passe le lèche-vitrine ? »

Lydia se pencha par-dessus l'épaule de Fe, puis fronça les sourcils en voyant le panier en ligne de Fe. « Je dirais que ça se passe bien ! »

Cathy rejoignit Lydia en souriant diaboliquement. « Oh mon Dieu, Fe Archer. Je pense qu'on vient de découvrir ton côté coquin.

Douleur ! Quelle douleur ! Maudit soit Cathy et ses cocktails maléfiques ! Lydia savait que mélanger les alcools était une très mauvaise idée, mais Cathy avait été inarrêtable. Elles avaient goûté pas moins de six cocktails différents, tous avec des noms plus exubérants les uns que les autres.

C'est entre le troisième 69 et la première Fellation que les choses ont dégénéré. Il y a eu de la danse, à un moment donné. Monty avait participé ; il était toujours partant pour un bon boogie. Il est possible que Lydia ait défilé en lingerie, ou peut-être que ce n'était qu'un rêve.

« Oh la la, tu as l'air de souffrir. » La gueule de bois devait être vraiment terrible. Voilà que Lydia entendait la voix d'Halle. « Tu veux du café et des analgésiques ? J'ai les deux. »

Ouvrant une paupière – avec beaucoup de difficulté – Lydia attendit que son œil se concentre. Debout près de son lit, vêtue d'un pantalon de jogging confortable et d'un pull à col rond, Halle la regardait. Elle n'était pas le fruit de l'esprit déshydraté de Lydia.

« C'est bien toi ? » Lydia bafouilla.

Halle s'assit sur le bord du lit en riant. « Tiens, prends ces pilules et bois ce café. Fe et Cathy sont déjà en bas. »

La langue de Lydia ressemblait à du papier de verre. Faisant de son mieux pour s'asseoir sans tomber ni vomir, Lydia prit plusieurs respirations profondes. Au creux de son estomac, elle sentait que quelque chose de grave s'était passé la nuit dernière. Quelque chose qu'elle n'allait pas oublier de sitôt, à en juger par l'humour dans les yeux d'Halle.

Prenant les pilules et le café en silence, Lydia ferma les yeux, avala son verre et pria. Quelques minutes plus tard, elle put descendre péniblement les escaliers. Cathy et Fe avaient l'air aussi mal en point qu'elle.

« Je te déteste. » Lydia ne pouvait même pas décocher un regard de tueur, elle avait trop mal aux yeux.

« Personne ne t'a forcée à boire, répondit Cathy, la voix éraillée.

— C'est toujours de ta faute, grommela Fe en se serrant la tête. Comment diable on est arrivé chez toi, Lyds ? »

Assise à la table de la cuisine, la tête de Lydia tomba sur l'épaule de Cathy. Le rire d'Halle résonna dans la pièce, faisant gémir les trois femmes souffrantes. « Est-ce que l'une d'entre vous se souvient de ce qui s'est passé la nuit dernière ?

— Non, répondirent-elles en chœur sans enthousiasme.

— Vous voulez que je vous raconte ? »

La tête de Lydia se redressa, ses yeux étaient confus. « Comment tu peux le savoir ?

— Oh, parce que j'étais là, sourit Halle.

— Non, tu n'étais pas là.

— Oh que si. Harrison et moi sommes arrivés vers onze heures. Juste à temps pour vous voir toutes les trois en pleine effervescence.

— Non, tu n'étais pas là », répéta Lydia stupidement. Son esprit était trop fatigué pour trouver quelque chose de mieux. Il n'y avait aucune chance qu'Halle l'ait vue hier soir ! Pas question !

« Harrison est ici ? Demanda Cathy, tout aussi perturbée que Lydia.

— Il est allé à la boulangerie pour prendre quelque chose de revigorant pour vous trois.

— Pouah, s'il te plaît, arrête de parler, intervint Fe, sa main collée à sa bouche.

— Quelque chose de bien gras. Ça va te mettre de l'ordre dans l'estomac, poursuivit Halle, ravie de l'effet qu'elle avait sur sa meilleure amie.

— Tu es nulle, répondit Fe avant de courir vers les toilettes du rez-de-chaussée.

— C'était méchant. » Tendant la main, Lydia prit la tasse de café d'Halle et l'avala.

« C'est ma revanche. » Souriant toujours, Halle leur versa plus de café et s'installa à côté de Lydia.

« Alors, tu vas nous dire ce qu'il s'est passé ? » Cathy plongea la main dans son sac à main tout en parlant, en sortant un miroir compact et des lingettes pour le visage. En quelques minutes, elle s'était essuyé le visage et s'était remaquillée.

Lydia regarda Cathy avec étonnement. « Comment est-ce que tu arrives à te maquiller ? Je ne peux même pas lever la tête !

— Par nécessité, ma chérie. Harrison n'a pas besoin de me voir dans cet état.

— Trop tard pour ça, Cathy », dit Halle en riant.

Laissant tomber sa tête sur la table, Lydia insista « Oh mon Dieu, qu'est-ce qu'on a fait ? Dis-le-nous. »

Posant sa tasse, Halle se frotta les mains. « Plantons le décor. C'était une nuit glaciale, et je venais de m'installer avec une tasse d'Ovomaltine...

— Personne ne boit pas d'Ovomaltine. Arrête les conneries et raconte, souffla Lydia.

— Violent ! Bon d'accord, j'étais vraiment en train de m'installer pour la nuit, quand mon téléphone a sonné. Devinez qui c'était ?

— Moi ? Lydia leva le doigt, la tête toujours posée sur la table.

— Non, ma meilleure amie. Elle me dit qu'elle venait d'acheter une tonne de sextoys qui allaient être livrés chez elle dans deux jours.

— Oh merde, gémit Fe en se traînant jusqu'à la chaise. J'ai dépensé tellement d'argent. Je m'en souviens !

— En effet. Mais nous n'avons pas vraiment eu l'occasion d'en discuter parce que Cathy t'a pris le téléphone et m'a ordonné de venir chez elle.

— Et tu l'as fait ? Demanda Cathy, l'air beaucoup plus humaine que les deux autres.

— Non, il était évident que vous étiez complètement bourrées.

— Alors, comment t'es-tu retrouvée ici ? murmura Lydia.

— J'y arrive ! Je raccroche, mais quelques minutes plus tard, Harrison m'appelle en panique et me dit que vous voulez toutes les trois commencer à décorer la maison de Lydia. Apparemment, vous avez réussi à marcher jusqu'ici. Harrison était inquiet et m'a demandé de venir. Il voulait s'assurer que vous étiez en sécurité.

— C'est un bon gars », remarqua Fe. Cathy sourit en signe de reconnaissance.

« Alors, j'ai fait mon devoir et je suis venue.

— Eh bien, ce n'est pas si terrible, dit Cathy en haussant les épaules.

— Et quand je suis arrivée, vous dansiez toutes les trois en lingerie. Très sexy, je dois dire.

— Oh mon Dieu, c'était réel. »

Le gémissement douloureux de Lydia provoqua des rires dans le groupe. L'ouverture de la porte d'entrée leur donna quelques secondes de répit.

« Hé chérie, je suis à la maison », appela Harrison, en jetant trois sacs de pâtisseries sur la table. Il se pencha et embrassa doucement Cathy. « Comment te sens-tu, Cat ?

— Mieux maintenant.

— Bien. Halle vous a raconté ce qui s'est passé ?

— Elle était justement en train de nous enchanter avec son histoire.

— Excellent, continue. »

Laissant Harrison servir le petit-déjeuner et préparer plus de café, Halle continua, beaucoup trop joyeusement de l'avis de Lydia.

« Comme je le disais... vous étiez toutes les trois en train de gigoter vos fesses en sous-vêtements. Harrison est arrivé quelques secondes après moi. Au début, aucun de nous ne savait quoi faire, pour être honnête. Mesdames, vous êtes inarrêtables quand vous buvez des cocktails.

— J'ai des griffures, commenta Harrison.

— Des griffures ? » Les sourcils de Cathy se froncèrent.

« Oui, des griffures. Tu as essayé de grimper sur moi comme on escalade un arbre.

— Oh merde, dit Fe en riant.

— Et pendant ce temps-là, vous deux, Halle pointa du doigt les sœurs Archer, vous avez trouvé que c'était une brillante idée de faire démonstration du Cstar de Lydia. »

Le visage de Lydia était subitement devenu livide. *S'il vous plaît Mon Dieu, non !*

« Oh, doux Jésus, murmura Lydia.

— Fe était endormie sur le sol du salon le temps que tu reviennes de ta chambre. Cstar à la main, dit Halle en souriant.

— S'il te plaît, dis-moi que je me suis endormie aussi ensuite. » Lydia était mortifiée.

« Pas du tout. Tu as commencé à me montrer à quel point la chose était efficace. »

Les yeux de Lydia prirent la taille d'une assiette. Qu'est-ce qu'elle avait bien pu faire ?

« Pas de panique. Tu as simplement tenu le jouet sur le bout de mon nez, en essayant les différents niveaux de pulsation. Tu as insisté pour que je te dise mon préféré, Lydia. »

Qu'est-ce que Lydia était censée dire ?

« Je... Oh, bon sang. »

Cathy éclata de rire.

« Et elle a trouvé ton favori ?

— C'est à Lydia de s'en souvenir, dit Halle en riant.

— C'était un spectacle très divertissant », ajouta Harrison calmement, assis à la table avec son livre.

Fe et Cathy partirent quelques heures plus tard. Halle refusa obstinément de s'en aller, même si tout ce que

Lydia voulait, c'était disparaître. Elle était entourée d'un brouillard d'embarras et de honte. C'était rare qu'elle lâche prise comme ça. De toute évidence, Lydia avait raison de limiter sa consommation d'alcool.

« Est-ce que tu veux bien me regarder ? » Halle demanda pour la dixième fois. Lydia avait décidé que se cacher dans sa chambre sous sa couette était la meilleure façon de faire face aux conséquences de la nuit dernière.

« Non.

— Lyds, allez, dit Halle en riant.

— Je ne peux pas te regarder, Halle.

— C'est idiot. Lydia, tu étais ivre. Ce n'est pas grave. »

Se débarrassant des couvertures, Lydia se redressa. « Ce n'est pas grave ? Halle, j'ai paradé en lingerie puis j'ai attaqué ton visage avec mon vibromasseur. Ce n'est pas rien !

— Evidemment, quand tu le dis comme ça, dit Halle en riant.

— Halle ! »

Attirant Lydia plus près, Halle la prit doucement par le visage. « Ce n'est pas grave. On fait tous des choses stupides parfois. En plus, tu étais super sexy en sous-vêtements. »

Détournant le regard, Lydia secoua légèrement la tête. « Tu n'as pas besoin de dire ça.

— Tu crois que je suis du genre à dire des choses que je ne pense pas ? » Le ton d'Halle passa de jovial à sérieux en un clin d'œil. « Lydia, tu es la femme la plus sexy que j'aie jamais rencontrée. »

Ouvrant la bouche pour protester, Lydia laissa échapper un soupir de surprise lorsqu'Halle l'embrassa avec autorité. Enroulant ses bras autour du cou d'Halle, Lydia se laissa emporter par le baiser qui prenait rapidement de l'ampleur.

Lydia aurait préféré porter des sous-vêtements au lieu d'un t-shirt et d'un pantalon de pyjama tachés de haricots cuits, mais elle devait faire avec. De plus, Halle n'avait pas l'air de s'en soucier.

Le doux effleurement des doigts d'Halle sur le mamelon de Lydia fit naitre un premier gémissement. Le pincement qui s'ensuivit provoqua le second.

« Halle, murmura Lydia.

— Mmmm ?

— Oh mon Dieu, je veux que tu me touches.

— Avec plaisir. » Arrachant ses lèvres, Halle descendit le long du cou de Lydia en suçant et en mordillant sa peau.

« Attend. »

Halle s'interrompit immédiatement, les deux mains s'écartant du corps de Lydia. « Je suis désolée.

— Non, je veux vraiment aller plus loin, mais je saigne encore.

— Alors nous attendrons jusqu'à ce que tu sois à l'aise. » Halle respirait bruyamment, son expression était presque douloureuse de s'interrompre ainsi, mais Lydia vit la détermination dans ses yeux. Elle ne voulait rien précipiter.

Tirant sur le bas du pull d'Halle, Lydia retrouva toute la confiance qu'elle avait. « Est-ce que je peux te toucher ? »

Halle l'étudia pendant une seconde. « Fais ce que tu veux, Lydia. Je suis à toi. »

22

Les mains de Lydia tremblaient. Elle aurait pu mettre cela sur le dos de la déshydratation, mais elle savait ce qu'il en était. C'était l'idée de toucher Halle intimement qui la faisait frémir, pas les conséquences d'une nuit trop arrosée.

La bravade qu'elle avait invoquée quelques instants plus tôt avait rapidement disparu. Des pensées indésirables commençaient à tourner en rond comme un requin dans des eaux agitées.

« Lydia, nous pouvons simplement nous allonger. Nous n'avons pas à nous forcer à faire quoi que ce soit ».

Fe avait raison. Halle connaissait bien Lydia. Lire ses émotions et ses humeurs semblait être un don qu'Halle possédait, et que Lydia trouvait tout à fait déstabilisant. Des flashs de la soirée passée avec les filles envahissaient l'esprit de Lydia. Un vague souvenir d'une conversation avec Cathy lui revint à la périphérie de sa mémoire.

Lydia se concentra pour se souvenir. Elles avaient parlé de séduction. Oui, c'était ça. Cathy pensait que Lydia devait essayer de séduire Halle. Qu'est-ce qu'elle avait dit ?

« Au moment où tu verras l'effet que tu fais à Halle, et je veux dire que tu verras vraiment l'effet que tu as sur elle, tu trouveras ton pouvoir. »

À l'heure actuelle, Lydia avait besoin de trouver son pouvoir. Il était inconcevable que sa première fois avec Halle soit gâchée par les doutes. Non, elle ne laisserait pas cela se produire.

« Halle, peux-tu me laisser 20 minutes ? » Lydia avait un plan ! Halle avait l'air confuse et inquiète. « S'il te plaît, c'est important. Vingt petites minutes.

— Nous n'avons pas besoin de...

— Halle Cartwright !

— Oh, autoritaire. J'aime ça. »

Lydia haussa les sourcils. Halle leva les mains en signe de reddition.

« D'accord, d'accord, j'y vais. Je tiendrai compagnie à Monty.

— Vingt minutes.

— Oui chef ! »

Se penchant en avant, Halle caressa les lèvres de Lydia puis sortit. Dès que la porte de la chambre fut refermée, Lydia s'élança vers la salle de bain. C'était le moment de se faire belle !

« Tu vois, c'est pour ça que tu devrais te raser plus souvent », murmura Lydia en passant ses deux mains le long de ses jambes. « Mon Dieu, j'ai l'air d'un putain de grizzly. » Une fois sous la douche, Lydia se maudit de ne pas avoir attendu que l'eau soit plus chaude. Se raser les jambes d'une main tout en se lavant les cheveux de l'autre était un défi.

Avec 90 % de poils en moins sur ses jambes, Lydia se concentra sur son buisson. « Mon Dieu, c'est une bonne chose qu'elle ne puisse pas s'approcher pendant un certain temps, se moqua Lydia. Il faut que je prévoie une sérieuse séance d'épilation... ou voir si le jardinier a de la place pour une coupe. » En riant d'elle-même, Lydia fit de son mieux pour mettre de l'ordre dans sa pilosité.

En moins d'un quart d'heure, Lydia était lisse et propre, bien loin du panda négligé auquel elle ressemblait ce matin. Elle sécha ses cheveux et essaya de les hydrater en un temps record. Lydia était presque prête. Restait la lingerie.

La dernière fois que Lydia avait acheté quelque chose de sexy, c'était il y a près de quatre ans, et elle ne l'avait porté qu'une seule fois pendant quelques minutes. Dès qu'elle s'était vue dans le miroir et avait remarqué comme le string entrait dans le gras de ses hanches, elle l'avait enlevé et l'avait fourré au fond de son tiroir, pour ne plus jamais le remettre.

Lydia prit sur elle pour chasser ces pensées sombre et fouilla dans le tiroir. En quelques secondes, elle mit la main sur la tenue recherchée.

Elle ferma les yeux et enfila le string, puis le soutien-gorge push-up. Elle hésita à se diriger vers le miroir de la salle de bain, puis décida enfin à se regarder.

Bien sûr, ses yeux se posèrent sur ses hanches. Le string marquait toujours sa peau, mais Lydia était déterminée à garder la lingerie. Une vérification rapide de l'horloge sur le mur de sa chambre lui indiqua qu'il était temps de retourner au lit. Halle allait revenir d'une seconde à l'autre.

Devant le lit, Lydia hésita, nerveuse et excitée. Devait-elle s'allonger ? Rester debout au pied du lit ? S'asseoir de manière sexy sur le fauteuil dans le coin de la chambre ? *Bon sang, la séduction demande trop de réflexion !*

« Lyds ? Tu as dit quelque chose ? » La voix d'Halle était étouffée par la porte.

Avec son cœur qui essayait de sortir de sa gorge et des papillons qui volaient dans son estomac, Lydia se sentait tout sauf séduisante.

« Une seconde ! » Lydia s'installa sur le lit, à genoux. Elle posa ses mains sur ses hanches, faisant de son mieux pour avoir l'air confiante et prête à toutes les prouesses sexuelles. Une dernière touche à ses cheveux et elle était prête. « Entre. »

Il était impossible qu'une porte puisse s'ouvrir plus lentement. Retenant sa respiration, Lydia la regarda s'ouvrir centimètre par centimètre. L'anticipation de la réaction d'Halle lui donnait des palpitations.

Cathy avait raison. Lydia sentit une force grandir instantanément en elle lorsqu'elle vit Halle figée dans l'embrasure de la porte, ses yeux dévorant son corps à moitié nue. La sensation était presque physique.

Halle expira. « Mon Dieu, Lydia, tu es à couper le souffle. »

Lydia croyait ce qu'elle entendait, peut-être pour la première fois. Ses anciens amants avaient parfois fait des commentaires sur son corps, généralement sur ses seins. Mais leurs mots étaient toujours tombés à plat. Lydia savait qu'ils disaient ce qu'ils pensaient qu'elle voulait entendre.

Evidemment, tout le monde veut entendre des compliments, mais Lydia avait besoin de quelque chose de plus profond. Quelque chose qui aille plus loin que la seule appréciation physique immédiate. Elle avait besoin d'entendre la sincérité. Et c'est exactement ce qu'Halle venait de lui offrir.

« Viens par ici », dit Lydia en accompagnant sa parole d'un geste de l'index. Elle sourît quand elle vit Halle s'approcher maladroitement. Quand Halle fut arrivée au pied du lit, Lydia leva la main. « Reste là. »

Lydia avança sensuellement vers Halle, qui était presque en hyperventilation. Faisant glisser ses doigts le long du torse d'Halle, Lydia se remit à genoux. Leurs visages étaient proches et Halle luttait clairement contre l'envie de saisir le visage de Lydia et de l'embrasser. Une raison de plus pour Lydia de sourire.

Lydia se sentait en confiance. Elle passa doucement son nez contre celui d'Halle. Mon Dieu, cette femme sentait bon. Est-ce que ça existe le fétichisme des odeurs ? Lydia passa le bout de sa langue sur la lèvre inférieure d'Halle. « Je vais te toucher maintenant », murmura-t-elle.

« Oui, s'il te plaît », répondit Halle avec un halètement et un hochement de tête rapide. Reculant de quelques centimètres, Lydia regarda Halle droit dans les yeux tandis que ses mains remontaient le pull d'Halle. Quand sa peau cuivrée fut dévoilée, Lydia redoubla d'effort pour continuer sa quête, alors que tout ce qu'elle voulait faire était de prendre une chaise, d'attraper du pop-corn et de regarder l'abdomen appétissant d'Halle pour le reste de la journée.

Laissant tomber le pull sur le sol, les mains de Lydia se remirent immédiatement au travail. Elle plongea deux doigts juste en dessous de l'élastique de jogging d'Halle. Les hanches d'Halle se balançaient inconsciemment vers Lydia, à la recherche d'un contact.

Avec un large sourire, Lydia regarda Halle fermer les yeux, incliner la tête vers le plafond et respirer profondément par le nez. Halle Cartwright perdait le contrôle et Lydia Archer en était la cause.

Profitant du moment de faiblesse d'Halle, Lydia approcha ses lèvres de son oreille. « Accroche-toi bien », souffla-t-elle.

Les doigts qui sondaient autrefois le bord du jogging le retiraient maintenant rapidement. *Elle ne porte pas de sous-vêtements.* De toute évidence, Halle avait elle-même quelques tours dans son sac.

S'emparant rapidement du soutien-gorge de sport d'Halle, Lydia se pencha en arrière pour admirer le merveilleux spectacle qu'était Halle Cartwright nue. « Oh Seigneur, tu es la perfection incarnée.

— Lydia. » Le ton d'Halle était suppliant.

Lydia n'était manifestement pas si mauvaise au jeu de la séduction. Elle se redressa et approcha son corps de celui d'Halle. Un frisson de luxure serpentait entre leurs corps alors que la peau touchait la peau.

Lydia laissa ses mains commencer leur exploration, pendant que sa langue découvrait la clavicule d'Halle. Les tétons sombres frôlaient les seins de Lydia, lui provoquant des frissons. La sensation était intense, presque trop forte. Elle voulait ses tétons dans sa bouche, et sans tarder. Halle laissa échapper un "Oh," dès que les lèvres chaudes de Lydia touchèrent son sein.

Est-ce que Cathy avait dit à Lydia ce qu'elle devrait faire une fois qu'elle aurait découvert son pouvoir ? Lydia aurait voulu mettre en bouteille cette sensation, et faire en sorte qu'elle puisse y gouter sans fin. C'était une drogue. A chaque gémissement d'Halle, Lydia se sentait devenir plus forte.

Tout en continuant à aguicher le sein d'Halle de sa langue, Lydia descendit sa main lentement entre les jambes d'Halle et caressa son pubis. Lydia voulait faire durer ce moment, mais elle-même avait du mal à résister.

Sa propre excitation était si intense et incontrôlable qu'elle était certaine qu'elle allait exploser si elle ne touchait pas Halle rapidement. Halle semblait traversée par les mêmes pensées car au moment où Lydia poussa plus loin son exploration, elle avança son bassin vers l'avant.

N'étant pas du genre à refuser le plaisir, Lydia mordit doucement le mamelon d'Halle à la seconde où elle sentit l'humidité sur ses doigts. Lydia fit glisser ses doigts d'avant en arrière plusieurs fois avant de pénétrer Halle, inspirée par son excitation.

La réponse fut immédiate. Les mains d'Halle volèrent vers la tête de Lydia, tirant son visage vers le haut. Leurs lèvres s'entrechoquèrent tandis que Lydia continuait à agiter ses doigts. Halle suivait parfaitement son rythme, écartant ses jambes au fur et à mesure que son orgasme montait.

Apparemment, Lydia aimait qu'on lui tire les cheveux. Halle n'était probablement pas consciente qu'elle le faisait, complètement déséquilibrée et emportée par le plaisir qui lui arrachait maintenant des cris. Alors qu'Halle se resserrait autour des doigts de Lydia, son emprise sur la tête de Lydia se resserrait également.

Passant un bras autour de la taille d'Halle, Lydia s'accrocha à elle alors que le corps d'Halle vibrait. « Lydia

! » Halle hurla une dernière fois avant que son corps, complètement épuisé, ne s'effondre en avant. Lydia ralentit ses doigts. Son propre souffle était saccadé par l'effort.

Elles restèrent enlacées, la tête d'Halle reposant sur l'épaule de Lydia, ses lèvres effleurant la peau sensible. Le désir de Lydia d'être touchée était immense, mais Halle savait qu'elle était « hors d'atteinte », pour ainsi dire.

Lydia n'avait jamais trouvé l'idée de faire l'amour pendant ses règles le moins du monde excitante, alors normalement elle évitait toute forme de contact intime. Mais c'était avant qu'elle n'ait eu le privilège et la satisfaction de toucher Halle. Maintenant, son corps criait pour être libéré.

Sentant l'excitation de Lydia, Halle releva la tête et commença à sucer délicatement Le cou de Lydia.

« Mmm.

— Tu aimes ça ? » demanda Halle à voix basse, en continuant sa douce torture. Lydia acquiesça lentement. « Et ça ? » Le corps entier de Lydia trembla quand Halle porta sa main à son sein et le pressa.

« Mmm, j'aime ça, oui.

— Je peux le retirer ? »

Lydia fit oui de la tête et Halle s'empressa de retirer le soutien-gorge.

« Bon sang, marmonna Halle pour elle-même, les yeux fixés sur les seins de Lydia. C'est une œuvre d'art.

— Ils sont juste gros, gloussa Lydia, habituée à ce genre de réaction.

— Non. Ils sont parfaits.

— Si tu le dis. »

Lydia sentait son insécurité refaire surface. C'était toujours comme ça. Les seins impressionnaient et le reste décevait.

Halle releva la tête de Lydia.

« Ton corps est exquis. Je te veux depuis si longtemps, Lydia. Je suis en admiration à l'idée de pouvoir enfin te voir, te toucher, si c'est ce que tu veux. Je n'ai pas besoin de retirer ton string. »

Hochant la tête, Lydia posa la main sur la nuque d'Halle. Lentement, elle guida Halle jusqu'à ce qu'elle soit complètement au-dessus de Lydia. « Je ne tiendrai pas longtemps, admit Lydia.

— La première fois », commenta Halle, se penchant en avant pour saisir les lèvres de Lydia. Avec ses hanches entre les jambes de Lydia, Halle ne perdit pas de temps à imprimer un rythme régulier. Si Lydia ne se calmait pas, elle allait jouir plus vite qu'un adolescent.

Saisissant la hanche d'Halle, Lydia la tira plus fort vers elle.

« Mmm, oh oui.

— Plus fort ? demanda Halle, le souffle court.

— Plus fort ! »

Se mordant la lèvre, Lydia enfouit sa tête dans le cou d'Halle alors qu'elle sentait le rythme augmenter et la pression monter. Elle ne tiendrait pas longtemps. Le clitoris de Lydia palpitait déjà quand elle avait fait jouir Halle quelques minutes auparavant. Maintenant, il palpitait presque douloureusement. Lydia ne pouvait pas retarder davantage son orgasme, qui se déclencha comme une explosion brutale, laissant son corps exsangue.

Dépourvue de toute énergie et de toute capacité de penser, Lydia s'enfonça dans le matelas. Halle resta sur place, son poids était comme une couverture lestée confortable. « Tu vas bien ? »

La voix d'Halle était douce et remplie d'émotion. Lydia fut alors frappée par le fait que, aussi significatif que cela ait été pour elle, pour une myriade de raisons, il en avait été manifestement de même pour Halle.

« Je vais parfaitement bien.

— Je pense qu'il est temps d'y retourner.

— Encore ?

— Oh oui. Ce n'était que le début. Je veux jouer.

»

Les yeux d'Halle prirent une lueur malicieuse.

« Jouer ?

— Hmm. Quand tu étais bourrée, tu m'as parlé de ton jouet et de ton mode de vibration préférée. Je voudrais bien vérifier tout ça maintenant. »

Pendant une seconde, Lydia pensa qu'Halle disait des bêtises jusqu'à ce qu'elle comprenne à quoi Halle faisait référence. Bien sûr, son visage rougit immédiatement.

« Ne t'inquiète pas, ce n'est pas avec le bout de ton nez que je jouerai.

— Méchante ! rit Lydia. Tu... Tu veux vraiment l'utiliser ? »

Au diable la pudeur et l'attente de quelques mois avant d'utiliser des sex toys. C'est ce qu'elle avait dit à Fe la nuit dernière, n'est-ce pas ? Qu'il lui fallait des mois et des mois pour se sentir à l'aise avec un partenaire sexuel. Zoé avait été la seule exception à la règle jusqu'à présent.

« Seulement si tu es à l'aise. Je comprendrais que tu veuilles attendre.

— Non, non. Je suis plus qu'à l'aise et plus que prête. C'est dans ce tiroir. » Lydia indiqua de la tête.

Halle se pencha et ouvrit le tiroir. Un rire se libéra au moment où Lydia entendit Halle allumer le vibromasseur en marmonnant : « Sympa ».

« D'accord, Mme Archer », commença Halle en s'asseyant sur ses hanches, remuant les sourcils, en tenant le Cstar en l'air. « Il est temps de me dire quel est votre réglage préféré… ou alors je pourrais tous les essayer !

— Tu me tuerais si tu faisais ça, dit Lydia en riant. Je vais te dire mes deux rythmes préférés. »

S'asseyant, Lydia saisit la main d'Halle, celle qui tenait le jouet. Appliquant une certaine pression, Lydia l'alluma, en utilisant les doigts d'Halle.

« Ce premier va droit au but. Si je veux me calmer rapidement, c'est celui que j'utilise. »

Ce fameux pouvoir circulait à nouveau. Les yeux écarquillés d'Halle envoyèrent un frisson dans la colonne vertébrale de Lydia.

« Celui-ci, continua-t-elle en utilisant les doigts d'Halle pour appuyer quatre fois, provoquant un changement de rythme du vibromasseur, c'est celui qui me fait crier le plus fort. »

Elles écoutèrent silencieusement le bourdonnement du jouet. *Buzz, buzz, Buzzzz, buzz, buzz, Buzzzz.*

« Je pense que je veux utiliser celui-là, indiqua Halle malicieusement.

— Mmm, moi aussi. »

S'allongeant lentement, Lydia écarta ses jambes de manière suggestive. Halle déglutit, prenant quelques secondes pour réaliser ce qui se passait.

« Tu préfères garder ton string ?

— Est-ce que ça te va ?

— Bien sûr. Je peux remettre mes sous-vêtements si c'est mieux.

— Je te l'interdit ! lança Lydia. Je te veux nue le plus longtemps possible. »

Halle sourit. « Eh bien, d'accord alors. »

Quelques secondes plus tard, les lèvres d'Halle remontèrent le long des jambes de Lydia, le vibromasseur traînant lentement derrière. Lydia était sur le qui-vive, sa moitié inférieure se sentant déjà au bord de la rupture. Et puis ces lèvres magnifiques se sont arrêtées, mais le jouet a continué à voyager. Inconsciemment, Lydia avait fermé les yeux par anticipation, mais l'absence de baisers doux était suffisante pour qu'elle les rouvre. Halle était de nouveau assise sur ses hanches. Une main sur le genou plié de Lydia, l'autre rapprochant lentement le vibromasseur de son objectif.

« Je veux te regarder. »

Personne n'avait jamais exprimé la volonté de regarder Lydia jouir, et elle n'était pas sûre de ce qu'elle ressentait maintenant. Une fois de plus, des pensées sombres essayaient de toutes leurs forces d'envahir la tête de Lydia. *Grosse, grosse, grosse... Stop !* Tout ce que Lydia avait à faire était de regarder dans les yeux d'Halle et elle voyait la vérité. Elle ne serait peut-être jamais complètement à l'aise avec son corps, mais Halle la voulait, la désirait et faisait en sorte que Lydia se sente belle. Même si ce n'était que pour un bref moment. C'était suffisant pour conjurer la négativité.

« Alors, regarde-moi. »

Lydia était en sécurité ici avec Halle. Elle devait lui faire confiance et faire avec. Le Cstar se glissa sous le string de Lydia, à la recherche de sa cible. Il n'y avait aucun pouvoir sur cette terre qui pouvait empêcher Lydia de fermer les yeux en pure extase alors qu'Halle manœuvrait habilement le jouet. Le souffle de Lydia se bloqua dans sa gorge alors qu'il aspirait rythmiquement son clitoris. « Oh... Oh, oh oui. Halle ! »

S'agrippant aux couvertures du lit, le dos de Lydia se cambra. Elle sentit l'étreinte d'Halle se resserrer sur son genou. Fidèle à sa parole, Lydia hurla fort, et pendant un long moment. L'orgasme n'arrêtait pas de venir. Vague après vague. Bon sang, elle allait avoir des abdos en béton si elle continuait à se crisper comme ça plus longtemps. Avec une gorge à vif et plus aucune énergie pour bouger ses muscles une seule seconde de plus, le corps de Lydia s'effondra sur le lit.

De doux baisers sur son ventre attirèrent son attention, mais elle ne pouvait toujours pas bouger assez pour voir Halle remonter le long de son torse jusqu'à ce que son visage surgisse au-dessus de celui de Lydia.

« C'était incroyable.

— Je ne te le fais pas dire, marmonna Lydia, se sentant déjà s'endormir.

— Je crois que je vais vouloir jouer de nouveau, répondit Halle, caressant le cou de Lydia et s'enroulant autour de son corps jusqu'à ce que Lydia soit complètement dans un cocon.

— Tu devrais peut-être me donner une semaine », gloussa Lydia, les yeux mi-clos.

Bon sang, il lui faudrait peut-être même un mois pour se remettre de cette séance. Si elle devait recommencer, et Dieu sait que Lydia le voulait, elle aurait besoin d'entrainement.

23

« Pas aujourd'hui, Satan », grogna Lydia, en se retournant pour frapper son réveil, une "merveille vintage" que sa mère lui avait offert comme cadeau d'emménagement. Cet engin manquait de lui provoquer une crise cardiaque chaque matin !

Cependant, son geste fut interrompu par l'autre corps qui se trouvait dans son lit, et qu'elle avait momentanément oublié dans la panique causée par son réveil agressif. Lydia se retrouvait face à la poitrine dénudée d'Halle. « Personne n'avait jamais appelé mes seins Satan jusqu'à présent. »

Lydia aurait dû réagir et répondre, mais l'odeur de la peau d'Halle, comme elle l'avait déjà découvert, était rapidement devenue la chose la plus enivrante et déstabilisante pour Lydia. Halle était chaude, douce et délicieuse.

Amusée par le silence de Lydia, Halle roula légèrement pour éteindre ce maudit réveil. Lydia s'attendait à ce qu'Halle s'assoie ou se lève, et sourit lorsqu'elle la vit se rallonger et guider doucement le visage de Lydia vers sa poitrine.

Lydia imprima quelques baisers sur les seins d'Halle avant de reculer, posant sa tête sur l'oreiller, tout près du visage d'Halle.

« Ce reveil est démoniaque », marmonna Lydia, la voix encore enrouée par le sommeil. Un sommeil rempli de rêves, qui avaient laissé certaines parties de son corps plus qu'alertes ce matin.

« Pourquoi est-ce que tu l'utilises alors ? » Halle écarta doucement une mèche de cheveux du visage de Lydia, la glissant derrière son oreille.

« Maman l'a acheté pour moi.

— Mais elle n'est pas là pour te voir l'utiliser. Elle a conscience du bruit que ce truc fait ?

— J'en doute. Peut-être que je devrais le glisser dans sa chambre et la laisser le découvrir.

— Oh, tu es grincheuse. Pauvre bébé.

— Je ne suis pas grincheuse », bouda Lydia.

Halle sourit, se penchant en avant, « C'est bon, je sais comment détendre ces sourcils. »

Le bruit des pattes de Monty sur le parquet les interrompit avant qu'Halle ne puisse montrer à Lydia toutes les façons de la faire sourire. « Merde, il faut que je le laisser sortir. Je reviens tout de suite.

— Prends ton temps », sourit Halle, regardant attentivement Lydia se glisser hors du lit, à la recherche de quelque chose à mettre. Lydia sentait le regard d'Halle partout sur elle, et mon Dieu, cela la faisait frissonner.

Monty n'était pas content. Il avait tendance à bouder quand il ne recevait pas la dose de câlin qu'il méritait. Et hier, le pauvre petit bonhomme avait presque été ignoré. Lydia et Halle étaient restées au lit tout l'après-midi et la soirée, ne quittant la chambre que pour utiliser la salle de bain, laisser Monty faire pipi et attraper quelques bricoles à grignoter.

« Désolé, mon petit chéri. S'il te plaît, ne sois pas en colère. » Monty s'éloigna en trottinant vers la porte, sans même jeter un coup d'œil en arrière. Lydia était dans ses petits papiers. « Je vais te faire cuire du bacon. Tu adores le bacon.

— Je sais que je te l'ai déjà demandé, mais est-ce qu'il te répond parfois ?

— Putain, Halle. On n'a pas idée de se déplacer comme ça, sans faire de bruit !

— Euh, pour ma défense, la première fois, tu avais laissé ta porte ouverte. Et cette fois, c'est à cause de ta moquette super moelleuse. Je t'assure que normalement je suis très bruyante.

— Je devrais peut-être te mettre une petite clochette autour du cou.

— Oh oh, un collier en cuir, intéressant.

— Je ne pensais pas à ça... »

Un aboiement impatient de Monty fit sursauter Lydia. « Désolée mon garçon, je prépare ton déjeuner tout de suite.

— Non, laisse-moi faire le petit déjeuner. Nous savons qui de nous deux est le chef cuisinier.

— Halle, tu n'as vraiment pas à préparer le déjeuner de mon chien.

— Et pourquoi je ne préparerais pas le déjeuner pour tout le monde ? J'ai très envie d'un petit déjeuner complet. Je suis affamée.

— Bon, d'accord. Si cela ne t'embête pas, je vais prendre une douche. Je travaille cet après-midi, et je dois m'occuper un peu de Monty si je ne veux pas retrouver mes chaussures à moitié mangées en guise de protestation.

— Vas-y. Je m'occupe de sa majesté Monty. »

Le baiser qu'Halle lui donna était si naturel, qu'il lui semblait qu'elles avaient toujours étaient en couple. Se réveiller ensemble, faire le petit déjeuner, s'occuper de leur bébé à quatre pattes... Tout ça semblait très familier, et si confortable.

Lydia réfléchissait à ces sentiments pendant qu'elle prenait sa douche et s'habillait. Il lui restait encore beaucoup de temps avant de devoir aller travailler, ce qui signifiait qu'il restait encore beaucoup de temps à passer avec Monty et Halle. Si c'était ce qu'Halle voulait.

Merde, maintenant qu'elles avaient couché ensemble, que voudrait Halle ? Était-ce tout ce qu'elle voulait ? Elle avait réalisé un rêve d'adolescente. Choppé la fille, pour ainsi dire. Alors, serait-ce tout pour elle ? Son intérêt allait-il s'estomper maintenant ?

« Tu as l'air perdue dans tes pensées ? Tout va bien ? »

Lydia ne s'était pas rendue compte qu'elle s'était arrêtée devant la cuisine. Rester là à fixer le vide devait être un spectacle déconcertant à observer. Secouant la tête pour se débarrasser de son tourbillon de pensées, Lydia sourit.

« Tout va bien. Monty est-il toujours de mauvaise humeur ?

— Non, deux morceaux de bacon, et il s'en est remis assez vite.

— Ça c'est mon garçon. Moi aussi, je me remets vite des petites contrariétés avec des morceaux de bacon, pour info.

— Noté. Maintenant, mangeons. »

Comme plus tôt, tout était facile. Elles se passaient les sauces et autres condiments, discutant de la journée à venir. Halle donnait à Monty les bords de son toast et Lydia lui donnait ses blancs d'œufs. Rien de plus normal.

Lydia s'attendait à avoir une conversation sur le fait qu'elles aient couché ensemble. Le fait qu'elles n'en aient pas parlé la laissait perplexe. Était-ce une bonne chose ? Ou cela signifiait-il qu'Halle avait peur de blesser Lydia en lui disant la vérité ? La vérité étant certainement qu'elle ne voulait rien de plus. Lydia avait-elle été un mauvais coup ?

Halle partit une heure après le petit-déjeuner. Apparemment, elle était censée rendre visite à sa mère. Était-ce la vérité ? Ou avait-elle juste besoin de partir sans que Lydia ne fasse de scène ?

Bon sang, son esprit était un vrai capharnaüm. Toutes les pensées qu'elle avait essayé de tenir à distance, avec succès, étaient maintenant en train de défoncer la porte pour entrer et Lydia ne pouvait rien faire pour les arrêter.

Le trajet jusqu'au travail se passa en pilote automatique. L'aisance que Lydia avait ressentie ce matin avait depuis longtemps disparu. Maintenant, elle se sentait vide. Ces pensées obscures s'étaient frayé un chemin et avaient étouffé tout le bonheur qu'elle avait éprouvé quelques heures auparavant.

Halle partirait. Ou elle en aurait marre des insécurités et des failles de Lydia. Ou n'importe quoi d'autre ! Il y aurait forcément quelque chose qui donnerait une échappatoire à Halle.

« Tu es encore sous l'effet de la gueule de bois ? La voix de Cathy perça le brouillard de l'esprit de Lydia.

— Quoi ? Non, pourquoi ?

— Parce que tu as l'air misérable, ma chérie. Tu as encore des problèmes, tu sais, là dessous ?

— Non, je vais bien », répliqua sèchement Lydia. Ce n'était pas la chose à faire. Pour deux raisons. Un, Cathy était une amie chère et ne méritait jamais qu'on lui parle sèchement. Deux, elle était la patronne de Lydia, et elles étaient au travail. « Désolée, désolée, Cath.

— Dans mon bureau. » Le ton de Cathy était neutre, pas ouvertement hostile, ce qui inquiétait davantage Lydia, pour être honnête. Baissant la tête de honte, Lydia suivit silencieusement Cathy jusqu'à son bureau.

« Cath-

— Qu'est-ce qu'il s'est passé, Lydia ? »

Cathy se renversa dans son fauteuil, les bras sur son bureau, le visage doux. Elle n'était pas en colère. Cathy était inquiète, ce qui fit Lydia se sentir encore plus mal pour lui avoir parlé sèchement.

« J'ai couché avec Halle.

— Et c'était pas bien ?

— Non, c'était parfait. Elle était parfaite.

— Et c'est pour ça que tu donnes l'impression que le monde s'écroule ? »

Evidemment, quand c'était dit comme ça...

« Non. Mais on n'en a même pas parlé ce matin. On a agi comme si... eh bien, je ne sais pas. On a pris le petit-déjeuner ensemble, bavardé. Toutes les choses habituelles, mais c'est tout. C'était agréable, ne te méprends pas, mais ça aurait pu être un samedi ordinaire. Il n'y avait aucune différence.

— Vraiment ? Halle se réveille souvent à côté de toi avant de prendre le petit-déjeuner ?

— Évidemment que non, mais...

— À quoi t'attendais-tu ?

— Je pensais qu'on en parlerait.

— Alors Halle a agi comme si rien ne s'était passé ?

— Non, on s'est embrassées ce matin. En fait, on était sur le point de se faire un câlin, mais Monty était contrarié par le manque d'attention. »

Pourquoi Cathy la regardait-elle comme ça ?

« Quoi ?

— Eh bien, je peux me tromper, mais je pense que c'était votre façon d'en parler !

— Qu'est-ce que tu veux dire ?

— Le fait que vous vous sentiez toutes les deux à l'aise en vous réveillant, en échangeant quelques baisers, et avec la possibilité d'aller plus loin... C'était ça la conversation. Écoute Lyds, Halle et toi, vous vous connaissez. Vous n'alliez pas avoir une conversation gênante après une nuit de sexe, comme tu l'aurais avec une inconnue. Et je pense que tu le sais, alors qu'est-ce qui te tracasse vraiment ?

— Eh bien, qu'est-ce qui va se passer maintenant ? »

La question jaillit presque de la bouche de Lydia.

« Halle est partie après une matinée très agréable et une fantastique après-midi slash soirée de sexe, sans un mot sur où nous allons maintenant.

— Eh bien, pourquoi ne lui as-tu pas demandé ?

— Parce que... je ne sais pas ! » Lydia commençait à s'énerver, et elle ne pouvait pas mettre le doigt sur la raison exacte. « Bon, je dois aller travailler. »

Sentant que Lydia en avait fini de parler, Cathy hocha simplement la tête. Incapable de regarder son amie dans les yeux, Lydia battit en retraite rapidement. Plus qu'heureuse de s'échapper, elle allait passer toute la journée à guider des groupes à travers le musée. Cela garderait ses démons silencieux pendant un moment.

Lydia se mordit la lèvre en s'asseyant dans la salle du personnel, une tasse de thé dans une main, son téléphone dans l'autre. Halle avait envoyé un message, demandant si Lydia était libre ce soir. C'était une bonne chose, non ? Clairement, Halle n'en avait pas encore fini avec elle. Mais peut-être que Lydia devait mettre un peu de distance. Ralentir un peu les choses. *Bon sang, si vous allez encore plus lentement toutes les deux, vous allez commencer à reculer.*

Lydia répondit en demandant si elles pouvaient reporter à la soirée suivante. Rien de bon ne sortirait de voir Halle ce soir, pas quand son esprit lui jouait des tours. Voilà, c'était pour ça qu'elle avait décidé de ne sortir avec personne pendant un moment. Pourquoi était-elle revenue là-dessus ? Clairement, Lydia avait besoin de plus de temps pour régler ses problèmes avant d'être prête à... Mon Dieu, elle s'était déjà dit tout ça. Elle tournait en rond.

Il était temps que cette journée prenne fin. Lydia avait besoin de dormir. Ça aiderait à éclaircir le brouillard. Enfin c'est ce qu'elle espérait.

Monty jappa avec excitation dès que Lydia franchit la porte. Pourquoi la lumière de la cuisine était-elle allumée, et quelle était cette odeur ? Laissant tomber son sac, et réfléchissant à quelques mouvements d'autodéfense, Lydia se faufila dans le couloir. Ah, Halle avait raison, la moquette étouffait vraiment tous les sons.

En parlant d'Halle... « Euh... salut ? »

Se retournant, une cuillère à la main, Halle sourit radieusement. « Je ne suis pas là.

— Alors je suis en train d'halluciner. »

Au creux de son estomac, Lydia sentit le nœud qu'elle avait eu toute la journée se desserrer. C'était aussi quelque chose de récurrent. La présence d'Halle l'apaisait. Quel paradoxe. Être près d'Halle l'aidait et perturbait l'équilibre de Lydia tout à la fois.

« Non, je veux dire, évidemment que je suis là, mais fait comme si je ne l'étais pas.

— Halle, tu as bu ? »

Riant doucement, Halle posa la cuillère sur le plan de travail, tripotant la gazinière avant de se tourner pour accorder toute son attention à Lydia.

« Je sais que tu voulais reporter à plus tard, et je t'ai entendue, je te le promets. Mais...

— Mais ? Lydia haussa un sourcil.

— Lydia, tu n'as rien à manger ! Je l'ai découvert ce matin en préparant le petit-déjeuner. J'ai regardé dans ton congélateur pour trouver des galettes de pommes de terre et j'ai été stupéfaite. Tu as un seul fleuron de brocoli congelé. Je veux dire, comment tu fais ? J'ai essayé, tu sais, d'oublier ça, mais je n'ai pas pu. De quoi diable as-tu vécu ?

— Ok, rit Lydia, prise au dépourvu par la tirade d'Halle.

— J'ai pensé que je pourrais te cuisiner quelques plats à congeler. C'est pour ça que je suis là comme une folle, même si tu m'as dit que tu avais besoin d'espace.

— Ah bon.

— Ce n'est pas bien ? J'ai déconné, n'est-ce pas ? Ouais, j'ai déconné. J'aurais dû attendre. Merde. Euh, d'accord, laisse-moi juste ranger tout ça. Euh, continue ta soirée, et fais comme si j'étais invisible. Je filerai dès que j'aurai fini.

— Halle...

— Désolée, Lyds. Bon sang, quelle idiote. »

Halle marmonnait maintenant pour elle-même. Incapable de regarder Halle se rabaisser, Lydia fit ce qui lui semblait naturel. Comblant la distance, elle glissa ses bras autour du cou d'Halle et l'embrassa de toutes ses forces.

Une fois de plus, c'était comme si les soucis et les tourments de la journée s'évanouissaient sans laisser de trace. Comment Halle faisait-elle ça ? Le baiser resta tendre, et bien qu'il aurait pu facilement se transformer en quelque chose de plus, ni Halle ni Lydia ne le poussèrent plus loin.

« Mmmm. Je devrais te harceler plus souvent alors ?

— C'était plus une effraction, marmonna Lydia contre les lèvres d'Halle. Et oui, tu peux faire ça quand tu veux. Surtout si tu me cuisines des plats.

— Alors, je devrais continuer à cuisiner cette moussaka ?

— Oui, et ensuite tu devrais t'asseoir et en manger un peu avec moi, si tu n'es pas occupée ?

— Non, pas occupée. Mais tu es sûre ? J'ai complètement détourné ta soirée. Ce que je continue de faire.

— Tu n'as jamais rien détourné.

— Non, juste ton rendez-vous chez le médecin. Et ta liste de choses à faire avant de mourir. Et ton déménagement. »

Se reculant, Lydia étudia Halle.

« Tu crois sérieusement que c'est ce que je pense ? Le haussement d'épaules d'Halle disait tout.

— Halle, tu n'es jamais un intrus, ni un indésirable. J'ai adoré faire ma liste avec toi, et si tu n'étais pas intervenue chez le médecin, je serais encore dans un état lamentable.

— J'ai du mal à rester en retrait quand il s'agit de toi. Mais c'est mon problème. Je veux respecter tes limites, Lydia. »

Un éclat de rire remplit la pièce. Halle était-elle sérieuse ?

« Halle, tu es la personne la plus respectueuse que j'aie jamais rencontrée ! Genre, vraiment !

— Visiblement pas. »

Lydia était déconcertée. Elle n'avait jamais entendu Halle s'autodénigrer, et elle n'aimait pas ça.

« Si, tu l'es. »

Prenant le visage d'Halle dans ses mains, Lydia fit de son mieux pour lui faire comprendre à quel point elle était sérieuse.

« Tu sais à quoi j'ai pensé aujourd'hui ?

— Non. »

C'était le moment. Le tournant. Au lieu de laisser les choses couver, Lydia allait s'ouvrir. Halle méritait cela, parce qu'elle était la personne la plus respectueuse, fiable et solidaire que Lydia avait le privilège de connaître. Et elle était bien décidée à ne pas laisser Halle penser autre chose une seconde de plus.

« Après ton départ, mon esprit est devenu complètement dingue. J'ai honnêtement pensé que tu en avais fini avec moi. » Lydia serra plus fort le visage d'Halle, l'empêchant de reculer de surprise et de douleur. « Laisse-moi finir. » Lydia attendit qu'Halle se détende. « J'ai tellement l'habitude que les gens obtiennent ce qu'ils veulent et partent quand les choses deviennent sérieuses. Tu le sais bien, tu as été là à ces moments-là.

— Je ne t'ai pas redemandé de sortir parce que je ne voulais pas te mettre la pression. Je n'aurais jam...

— Je sais. Mais parfois les insécurités prennent le dessus. J'ai réalisé que je n'étais pas la personne la plus stable du monde, rit Lydia. Bien sûr, une grande partie de ça était due au fait que je me sentais folle à cause de mes hormones détraquées, mais je sais que c'est plus que ça. Je souffre de dysmorphophobie, j'ai une peur folle de l'abandon, et probablement une foule d'autres trucs. Et j'ai appris à y faire face seule. Pour le meilleur ou pour le pire. Je suis juste un peu cassée par endroits. »

Baissant les mains, Lydia agrippa le devant de la chemise d'Halle.

« Toi, Mlle Cartwright, tu as été là pour moi encore et encore, même quand je ne m'en rendais pas compte. Au fil des années, tu as été mon point d'ancrage. Tu as été la personne qui m'a sauvée de mois d'agonie en me faisant entrer dans ce cabinet médical. Tu m'as fait me sentir désirée et sexy, ce qui est un exploit presque impossible. Et tu l'as fait si facilement. Je t'ai repoussée après que Fe nous a surprises parce que je pensais que tu partirais de toute façon. Mais plus je te vois, plus je comprends ta façon d'être et ta façon de me traiter, et je sais que j'ai eu tellement, tellement tort. Je veux que tu continues à bouleverser ma vie, Halle. Je veux vaincre mes démons et ne pas les laisser prendre le dessus, mais ce ne sera pas facile. Je veux que tu saches dans quoi tu t'engages.

— Je sais exactement dans quoi je m'engage.

— Alors je veux nous donner une vraie chance.

— Tu ne te trouves vraiment pas sexy ?

— Non. »

Secouant la tête d'incrédulité, Halle embrassa tendrement la tête de Lydia.

« Je peux parler maintenant ?

— Bien sûr.

— Aucune des personnes avec qui tu es sortie n'était digne de toi, Lydia. Je sais que tu vas te moquer et essayer de rire de mon commentaire comme si c'était ridicule, mais c'est vrai. Tu es belle, à l'intérieur comme à l'extérieur, et j'ai voulu être à tes côtés depuis notre adolescence. Je me souviens de la première fois où j'ai eu des papillons dans le ventre en ta présence. Fe était fidèle à elle-même, te cherchant des noises parce que tu traînais avec nous. J'ai posé les yeux sur toi et je jure sur tous les dieux, j'ai été frappée par la foudre. Tu portais une robe d'été ; tes cheveux étaient détachés en longues boucles brunes. Mon cœur battait si fort que j'avais peur que tu puisses l'entendre. À cet instant, j'ai su que tu étais la fille qu'il me fallait. Malheureusement, Fe n'était pas d'accord et, bêtement, je l'ai écouté. C'est l'un de mes plus grands regrets, Lydia, de ne pas te l'avoir dit plus tôt. Nous aurions pu être ensemble depuis des années, et j'aurais pu te soutenir comme tu le méritais quand tes problèmes de santé ont commencé. Pour cela, je suis désolée. J'étais lâche, trop effrayée de changer le statu quo.

— Non, Hal-

— Attend, c'est mon tour, dit Halle en serrant affectueusement la taille de Lydia. J'ai été lâche. Fe était comme une sœur pour moi. Nous avions tout traversé ensemble et j'ai choisi de la garder heureuse plutôt que de penser à toi et moi.

— J'aurais pu dire quelque chose aussi.

— Non, tu ne te serais jamais exposée comme ça. Avec le recul, je pouvais déjà voir que tu avais des insécurités. Ce qui me surprenait alors et encore maintenant. Tu es intelligente, drôle, humble et aimante. C'est ce que je trouve le plus attirant chez toi, Lydia. Et puis, je ne suis pas aveugle. Tu me coupes le souffle. Tu l'as toujours fait.

— Halle, bon sang, hoqueta Lydia.

— Après que le dernier crétin t'a larguée, quelque chose s'est brisé en moi. Cette résolution que j'avais construite pour rester à l'écart s'est effondrée. Je voulais être celle qui te réconforterait. Qui cuisinerait pour toi. Qui t'aimerait, et plus rien de ce que Fe pourrait dire ne changerait ça. Je veux être celle qui combat tes démons *avec* toi. Je veux te montrer à quel point tu es sexy, même dans un pyjama taché de haricots blancs à la sauce tomate. J'ai besoin que tu te souviennes de tout cela quand ces voix te font croire que tu es tout sauf parfaite pour moi. Je ne vais nulle part, Lydia. Il m'a fallu vingt et quelques années pour en arriver là, mais j'y suis et j'y reste ! »

24

LYDIA FRISSONNA ALORS QUE les derniers vestiges de son orgasme se dissipaient. La moussaka devait être froide maintenant.

« Celui-là était puissant.

— C'était fantastique. Ce petit truc est efficace.

— Oh oui, il l'est. Mais je pense que tu devrais le découvrir par toi-même.

— Donne tout, chérie, dit Halle, étalée sur le lit en étoile de mer

— Oh mon Dieu, rit Lydia. Tu es une idiote.

— C'est vrai, mais je suis *ton* idiote, alors qui gagne en fin de compte ? Moi !

— Tu le penses vraiment, n'est-ce pas ? »

Lydia glissa le long du lit, à moitié drapée, tout près d'Halle. Leurs visages n'étaient qu'à quelques centimètres l'un de l'autre.

« Je te l'ai dit, et je continuerai à te le dire jusqu'à ce que tu me croies. Je suis à toi. Je le suis depuis un moment maintenant. Est-ce que ça te fait flipper ?

— Ça me semble étrange, répondit Lydia en se mordant la lèvre. Mais ça ne me fait pas flipper.

— Je ne veux pas être trop insistante. Même si on se connaît depuis des années, on doit apprendre à se connaître en tant que partenaires.

— Je pense qu'on apprend à se connaître plutôt bien, murmura Lydia d'un ton séducteur.

— Oh, on a certainement couvert cette partie. Mais qu'en est-il des choses sérieuses ?

— Tu penses que le sexe n'est pas une chose sérieuse ?

— C'est une partie de nous, certes. Mais pas la plus importante. Et je savais qu'on serait super au lit ensemble.

— Ah bon, tu le savais ? Lydia frotta son nez contre celui d'Halle.

— Oui. Il n'y avait aucune chance qu'on soit autre chose que fantastiques.

— Alors, quelles sont les choses que tu veux savoir ?

— Tu veux te marier ? Avoir des enfants ? Rejoindre un club de lecture. Tu sais, les choses sérieuses. »

D'accord, elles en étaient là. Les grandes questions, déjà.

« Oui, je veux toutes ces choses. Mais... pour ce qui est des enfants, il pourrait y avoir un problème.

— Pas impossible, cependant, n'est-ce pas ? C'est ce que tu as dit. Halle s'appuya sur un coude, embrassant doucement Lydia.

— Pas impossible.

— Envisagerais-tu d'autres méthodes, comme l'adoption ? Ou...

— Ou ?

— Eh bien, sans trop m'avancer, j'ai aussi un utérus.

— Tu porterais notre bébé ?

— Bien sûr que je le ferais.

— Wahou, d'accord. Donc, on va se marier et avoir des enfants. C'est ce que j'ai retenu de cette conversation, sourit Lydia.

— Du calme, rit Halle. On pourrait peut-être d'abord sortir ensemble quelques mois de plus.

— Hé, c'est toi qui as abordé le sujet.

— Seulement pour tâter le terrain. Si on se lance là-dedans, Lyds, je veux qu'on soit sur la même longueur d'onde.

— Je sais. Je te taquine. En plus, on doit encore vivre pleinement la période lune de miel.

— Ah oui, du sexe, du sexe, du sexe », rit Halle.

Lydia sourit, mais son sourire n'atteignit pas tout à fait ses yeux. Halle s'assit, tirant Lydia sur ses genoux.

« Je plaisantais, Lyds. Tu sais que ce n'est pas ce que je cherche.

— Pourtant tu devrais. C'est ce que font les couples normaux, non ? Ils se mettent ensemble et font l'amour pendant des semaines. »

Ce sentiment revenait. Celui qui faisait croire à Lydia qu'elle allait faire fuir Halle si elles continuaient sur cette voie.

« Arrête. Je sais ce que tu penses et tu as tort. Lydia, je me fiche de ce que font les couples "normaux". C'est toi que je veux. Pas seulement ton corps. Je veux ton temps.

— Mais... et le sexe ?

— On vient de faire l'amour, Lyds, sourit Halle. Je suis parfaitement heureuse que tu prennes les devants. Il y aura aussi des moments où je ne serai pas d'humeur, ou juste épuisée. Cela ne repose pas que sur toi, chérie. C'est ce que signifie, pour moi en tout cas, être en couple.

— Tu me promets de me le dire si ça devient un problème ?

— Je te le promets. »

Lydia scruta le visage d'Halle. Elle n'y vit que de l'honnêteté.

« D'accord. On peut reprendre ce qu'on faisait maintenant ?

— Tante Lydia ?!!! »

Lydia bondit du lit, sprintant vers la porte, qui était entrouverte. Juste à temps pour empêcher Jenny d'avoir un aperçu de quelque chose qu'elle était bien trop jeune pour voir.

« Attends en bas, Jenny, je descends dans une minute.

— D'accord. Maman dit que Tante Halle peut nous acheter une pizza. Elle est là ?

— Euh...

— Oui, je suis là, Jen. On descend dans une seconde. »

Elles attendirent que les petits pas de Jenny disparaissent. Lydia se retourna, paniquée.

« Pourquoi diable Fe est-elle ici ? Il est presque 19 heures.

— Pourquoi Fe fait-elle quoi que ce soit ? Allons le découvrir, d'accord ? »

Halle déposa un baiser sur le cou de Lydia avant d'enfiler ses vêtements. Dieu merci, elles avaient attendu d'être dans la chambre avant de se déshabiller mutuellement.

En bas, Fe s'apprêtait à planter une fourchette dans la moussaka qui refroidissait.

« Hé, c'est notre dîner, lança Lydia.

— On aurait dit que vous ne comptiez pas le manger de sitôt, dit Fe avec un sourire.

— Que fais-tu ici ? demanda Halle, ébouriffant les cheveux des triplés en passant.

— On a eu une autre fichue réunion à l'école. On s'est dit qu'on allait passer.

— Les enfants vont bien ? Lydia pensait que les triplés s'étaient calmés maintenant que Clark et Fe leur avaient parlé.

— Oui, ça va. On a décidé d'avoir des rendez-vous réguliers avec les enseignants.

— À quelle heure était le rendez-vous ? demanda Halle, sourcil levé.

— Mmm ? »

Fe faisait manifestement semblant de ne pas avoir entendu la question. C'était son comportement d'évitement typique, généralement quand elle avait fait quelque chose de mal.

« Tu m'as entendue, Fe Archer.

— Oh, d'accord, c'était à 17h30. »

Lydia se tenait les mains sur les hanches. « Il ne faut pas presque une heure et demie pour venir de l'école des enfants jusqu'ici. Alors pourquoi êtes-vous vraiment passés ?

— Et bien, souffla Fe, Cathy m'a appelée et m'a dit que tu étais d'humeur bizarre. Elle était inquiète. Je suis venue voir comment tu allais, mais dès qu'on est entré, j'ai remarqué les clés de voiture d'Halle. Il n'a pas fallu longtemps pour faire le rapprochement.

— Alors, tu as envoyé Jenny à l'étage ? s'écria Lydia.

— C'était une blague, rit Fe. Elle n'a rien vu, n'est-ce pas ?

— Oh, maintenant tu t'inquiètes ! railla Lydia. Je n'ai aucune envie de traumatiser mes neveux, Fe !

— Non, elle n'a rien vu. Mais la prochaine fois, réfléchis-y à deux fois, d'accord ? dit calmement Halle.

— Ouais, bien sûr. Désolée. Alors, ça veut dire ? Fe agita un doigt entre Halle et Lydia.

— Oui, rayonna Halle en enroulant ses bras autour de Lydia.

— Eh bien, il était temps ! »

Levant les yeux au ciel, parce que Fe était ridicule, Lydia se promit de parler à Cathy. Elle se sentait toujours mal d'avoir été désagréable alors qu'une fois de plus, Cathy s'était montrée une excellente amie en envoyant Fe. Peut-être pourrait-elle lui offrir un panier cadeau ou quelque chose dans le genre ? Des muffins ? Ou des sex toys peut-être ? Lydia sourit. Oui, Cathy adorerait ça.

« C'est pour quoi ? demanda Cathy en examinant le bon cadeau pour une journée au spa. Lydia avait finalement renoncé au panier cadeau pour adultes.

— C'est pour m'excuser d'avoir été une idiote l'autre jour. Et pour te remercier d'avoir envoyé Fe vérifier comment j'allais.

— Oh, c'est pour deux. Une journée au spa entre filles ?

— Seulement si tu veux. Tu peux emmener Harrison.

— Ma chérie, non. J'aime Harrison, mais passer la journée dans un spa où il m'expliquerait les différents minéraux utilisés pour le traitement à la boue n'est pas propice à ma relaxation. »

Riant, Lydia hocha la tête en signe de compréhension : « D'accord. Fais les réservations et tiens-moi au courant.

— Je le ferai. Maintenant, tu veux me parler de la situation avec Halle ?

— Cette fois, c'est fait.

— Il était temps. Avec ou sans jouets ?

— Non, pas ça ! Enfin, ça aussi, mais je voulais dire qu'on sort ensemble. Officiellement.

— Ça veut dire que tu lui as dit comment tu te sentais l'autre jour ?

— Oui. Elle était dans ma cuisine quand je suis rentrée, même si j'avais dit que je ne voulais pas qu'on se voie. »

Les sourcils de Cathy atteignirent la racine de ses cheveux.

« Alors, elle s'est juste pointée ?

— Pas pour la raison que tu penses. Elle ne prévoyait pas d'être encore là quand je rentrerais.

— Je suis perdue.

— Tu te souviens, je t'ai dit qu'elle nous avait préparé le petit-déjeuner ce matin-là ? Eh bien, Halle étant Halle, elle a remarqué que mon frigo était vide. Elle a passé la journée à stresser parce que je ne mangeais pas, alors elle est venue et m'a préparé des plats faits maison à congeler. Elle terminait juste une moussaka quand je suis rentrée.

— Bon sang, cette femme est amoureuse de toi, Lydia Archer !

— Amoureuse ? Tu crois ?

— J'en suis sûre. Elle est complètement sous le charme.

— Elle est parfaite, et magnifique, et parfaite.

— Tu as dit parfaite deux fois.

— Parce qu'elle est tellement parfaite.

— Tu lui as dit ça, à *elle* ?

— On a eu une conversation, sourit Lydia. Je pense que c'est la première fois que je me suis vraiment ouverte.

— Et qu'est-ce qu'elle a dit ?

— Tellement de choses, Cathy. Et je sais que tu as raison. Je sais qu'elle est amoureuse de moi, même si elle n'a pas prononcé ces mots. Elle me le montre. »

Prenant une gorgée de café, Cathy prit quelques secondes pour observer Lydia.

« Pourquoi penses-tu qu'elle ne l'a pas dit ?

— Je pense qu'elle ne veut pas me faire peur. Mais c'est ça le truc. Maintenant qu'on a parlé, et tout mis sur la table, je n'ai plus peur du tout.

— Alors peut-être que c'est à ton tour de prendre un risque. Montre-lui que tu ressens la même chose. »

Lydia acquiesça. C'était quelque chose à laquelle elle pensait depuis qu'elles étaient devenues un couple. Halle s'en remettait à Lydia, ne voulant pas la bousculer. Mais cela signifiait qu'Halle se retenait, et ce n'était pas acceptable. Lydia ne voulait pas être la raison pour laquelle Halle se sentait obligée de censurer ses sentiments. Pas quand Lydia ressentait la même chose.

« Je vais lui faire la surprise de préparer le dîner ce soir. Halle prend toujours soin de moi, et je veux qu'elle sache que je la soutiens aussi. Je pense pouvoir faire des spaghettis à la bolognaise acceptables.

— Du parmesan, ma chérie. Dans le doute, noie-les sous le parmesan. »

Souriant, Lydia serra Cathy dans ses bras pour lui dire au revoir, heureuse d'avoir pris le temps de s'excuser.

« J'ai compris. Bon, j'y vais. On se voit demain. »

Lydia avait une heure pour se rendre au cabinet d'Elise Maynard. Même si cela ne faisait pas trois mois qu'elle avait commencé sa nouvelle pilule, Lydia avait besoin d'être rassurée. Et de quelques conseils.

La conversation qu'elle avait eue avec Halle au lit, concernant le mariage et les enfants, était constamment au premier plan de ses pensées.

« Bonjour, Jean », dit Lydia en saluant la réceptionniste d'Elise.

Elles avaient parlé plusieurs fois au cours des dernières semaines. Elise était devenue une partie de leur petit groupe d'amies, et Lydia la rencontrait volontiers pour un café. Être une bonne médecin signifiait qu'Elise n'avait pas beaucoup de temps libre, alors Lydia lui rendait visite à l'hôpital avec un Starbucks de temps en temps. Jean était toujours si amicale que Lydia avait commencé à lui apporter un café aussi.

« Bonjour Lydia. Je vois que vous avez rendez-vous à 14 heures. Elle a environ dix minutes de retard.

— Pas de problème. Comment va Diane ? » Diane était la voisine de Jean qui avait fait une chute il n'y a pas si longtemps.

« Oh, elle va bien. Elle est déjà de retour au jardin.

— Mais c'est l'hiver !

— C'est Diane. Il faut toujours qu'elle soit dehors à faire quelque chose. Elle a commencé à collectionner des nains de jardin.

— Oh la la.

— Je ne vous le fais pas dire. C'est un vrai cauchemar, rit Jean. Oh, Elise vient de bipper. Vous pouvez entrer.

— Super. Merci, Jean. »

Lydia rit intérieurement en traversant la salle d'attente pour se rendre au bureau d'Elise. *Que penserait Monty des nains de jardin ?*

« Lydia, comment vas-tu ? » Elise se leva, lui tendant la main. Même si elles étaient amies, chaque fois que Lydia la voyait à titre officiel, Elise était le professionnalisme incarné.

« Bien. Tout va bien, mais je saigne encore régulièrement.

— D'accord. Abondamment ?

— Non. Très légèrement, c'est juste la durée qui est longue.

— Alors doublons la dose. Prends deux comprimés par jour à partir de demain.

— Et c'est sans danger ?

— Sans danger. Certaines personnes ont besoin d'une dose plus forte pour maîtriser les saignements.

— Merci. Euh... il y a autre chose dont j'aimerais discuter.

— Je t'écoute.

— Les bébés.

— D'accord, on peut parler des options.

— Avant cela, j'aimerais avoir ton avis.

— En tant que ton médecin ?

— Oui. »

Elise se redressa sur sa chaise.

« Tu as la trentaine, ce qui signifie que ta fertilité va commencer à décliner. Ajoute à cela le diagnostic d'endométriose et les possibles cicatrices. Je dirais que tu devrais envisager un traitement de fertilité.

— Donc, si je veux un bébé, je dois commencer maintenant ?

— Le plus tôt sera le mieux. Après ton opération, il était important de rééquilibrer ton corps. Mais si tu es décidée à tomber enceinte, mon conseil est de ne pas trop tarder.

— Ah... D'accord...

— Laisse-moi te donner quelques informations pour commencer. Lis-les attentivement et quand tu seras sûre, prends rendez-vous.

— D'accord, merci, Elise.

— En tant qu'amie, Lydia, je suis excitée pour toi, et je suis là. Il se peut que ce soit difficile, mais je ferai tout ce qui est en mon pouvoir pour t'aider à avoir un bébé, si c'est ce que tu veux. »

❧

« Emincer les oignons ? Comment je suis censée faire ça ? »

Peut-être que les spaghettis à la bolognaise n'étaient pas un choix si sûr après tout. Lydia avait lutté contre l'envie de vomir en manipulant la viande crue. Elle avait failli se couper un doigt en coupant les carottes et maintenant elle était censée comprendre comment émincer un oignon.

L'oignon finit par être coupé en petits morceaux parce que Lydia refusait de perdre son sang-froid à cause d'un légume. Avec la table dressée et une musique douce en fond, tout était prêt.

Halle arriva dix minutes plus tard, ses yeux balayant la table de la salle à manger.

« Qu'est-ce que c'est que tout ça ?

— C'est moi qui te prépare un dîner fait maison dont je suis sûre à 80 % qu'il ne t'empoisonnera pas, sourit Lydia.

— Mmm, 80 % de certitude. Qui pourrait dire non à une offre pareille ? Ça sent très bon, Lyds. Merci. »

Elles passèrent plusieurs minutes à s'embrasser. Lydia dut s'arracher à contrecœur pour éviter de sauter un autre repas.

« Assieds-toi, je vais servir.

— Comment s'est passée ta journée ? »

Lydia ne put s'empêcher de sourire en voyant Halle se mettre à table, tout en lui accordant toute son attention.

« C'était bien. J'ai eu mon rendez-vous avec Elise.

— Je sais. Tu n'as pas voulu que je vienne avec toi.

— Parce que c'était juste un bref contrôle, chérie.

— Quand même.

— Elle a doublé la dose de ma pilule. Ça devrait réduire les saignements.

— Super.

— Hmmm.

— Pas super ? Halle posa sa fourchette et prit la main de Lydia.

— Je dois te parler de quelque chose d'important.

— D'accord.

— C'est à propos des enfants. » Lydia n'avait aucune envie d'y aller par quatre chemins ces temps-ci. « J'y pense de plus en plus. Je voulais quelques conseils. Elise m'a expliqué que je devrais peut-être commencer plus tôt que prévu. Ça pourrait prendre des mois, voire des années. L'endométriose a laissé des cicatrices et a peut-être affecté mes ovules. »

Halle n'avait toujours rien dit. Ses yeux étaient grands ouverts. Merde, Lydia avait-elle choqué sa petite amie ? Bien sûr qu'elle l'avait fait ; Lydia avait parlé de bébés, bon sang.

« Euh... des réactions ?

— On n'est ensemble que depuis quelques jours. C'est rapide même selon les standards lesbiens, Lyds, dit Halle avec un rire forcé.

— Je sais que c'est beaucoup trop de pression pour une relation aussi récente. Mais je sens que j'ai besoin d'y réfléchir sérieusement. Je ne veux pas que tu te sentes piégée ou forcée d'en discuter. On a dit qu'on voulait se fréquenter avant de faire les grandes choses, mais je ne suis pas sûre d'avoir le temps d'attendre et de voir.

— Tu veux fonder une famille avec moi ?

— Étant donné que je suis complètement amoureuse de toi, oui. »

La brusque expiration d'Halle aurait pu être entendue jusqu'au cœur de Londres.

« Tu m'aimes ? Comme *aimer* aimer ?

— Euh, je ne suis pas sûre de la différence, rit Lydia.

— Lydia !

— Oui, je suis amoureuse de toi, Halle. ! C'est rapide et effrayant, mais c'est vrai.

— Je... »

Halle ne termina pas sa pensée. Au lieu de cela, elle souleva Lydia de sa chaise. Le doux effleurement des lèvres sur le cou de Lydia fut suivi d'une humidité. En se reculant, Lydia remarqua des larmes qui coulaient lentement sur le visage parfait d'Halle.

« S'il te plaît, ne pleure pas, chuchota Lydia.

— Tu viens de faire de moi la personne la plus heureuse, Lydia Archer.

— Même si je viens de te dire que je veux parler de bébés.

— On doit y réfléchir, évidemment. Mais je suis là. Et je veux avoir cette discussion.

— J'ai peur que les gens pensent que je réagis de manière irrationnelle. »

Reposant Lydia tout en la maintenant par la taille, Halle se pencha légèrement en arrière. « Peu importe ce que les gens pensent. Si c'est ce que tu veux, c'est tout ce qui compte. Toi seule sais ce qui est bon pour ton esprit et ton corps.

— Tu penses que j'essaie de saboter notre relation ? Lydia avait passé le reste de l'après-midi à lire la documentation et à analyser ses sentiments.

— C'est ce que tu penses ?

— Ça m'a traversé l'esprit, répondit Lydia en embrassant Halle. Je sais que j'ai parfois tendance à le faire, mais pas cette fois. Si j'étais certaine de ne pas avoir de problèmes pour concevoir, je n'aborderais même pas le sujet avant longtemps. Je suis tellement heureuse que mes hormones se stabilisent, et je n'ai aucune envie de revenir en arrière, mais je sais aussi que je veux être mère.

— Je comprends parfaitement, ma chérie. Et comme tu n'as pas la certitude de pouvoir tomber enceinte, il est tout à fait naturel que tu veuilles commencer à envisager la conception. Ou du moins l'idée. »

Lydia hocha la tête, posant son front sur le menton d'Halle, prenant une inspiration avant de lever les yeux vers ceux d'Halle : « Et, tu peux dire que je suis folle, mais ça me semble naturel. Toi et moi. J'ai mis beaucoup trop de temps à m'en rendre compte, mais maintenant, alors que je suis là dans tes bras, c'est parfait. Je peux nous voir dans le futur, avec un ou deux enfants. Monty avec un camarade de jeu. Nous, en train de prendre un petit-déjeuner le week-end. Je n'ai jamais pu imaginer ça avant. Avec personne. »

Ramenant Lydia à sa chaise, Halle s'assit. « Et si tu ne peux pas tomber enceinte ? »

Fermant les yeux, Lydia prit une profonde inspiration. « J'y ai pensé aussi. Je sais que ça pourrait être difficile. Pas seulement pour moi, mais pour nous. Si je ne peux pas tomber enceinte, j'espère qu'on envisagera d'autres méthodes.

— Ça me va, Lyds. Mais... je pense qu'on doit aussi parler des limites qu'on se fixe.

— Que veux-tu dire ?

— Combien de fois on essaie de te faire tomber enceinte ?

— Oh, avant qu'on arrête, tu veux dire.

— Oui. Et je te promets que je n'essaie pas d'être négative, mais je sais quel impact ça aurait, et je t'aime trop pour te voir souffrir.

— C'est quelque chose dont on devrait parler à Elise quand on décidera d'aller de l'avant.

— Tu as raison. Tu voudrais le dire à Fe ?

— Non, pas avant qu'on soit certaines.

— Ça me va, ma chérie.

— On vient de décider d'avoir peut-être un bébé devant une assiette de mauvais spaghetti bolognaise ?

— Ils ne sont pas mauvais.

— Je n'ai pas émincé les oignons.

— Je ne pense pas que ce soit obligatoire, bébé.

— On est vraiment en train de faire ça ? »

Rapprochant sa chaise, Halle prit les mains de Lydia : « Oui. Et on a le temps de se fréquenter d'ici à ce qu'on décide de mettre un bébé en toi. Mais je sais déjà que tu es la bonne pour moi, Lydia. Je le pensais à 18 ans, et je le pense encore. Tu es parfaite. »

Baissant le regard, Lydia rougit : « Hélas, non, je ne le suis pas.

— Tu l'es pour moi. »

Epilogue

HALLE VIT L'HUMEUR DE sa femme changer en un instant. Elle remarqua que les pensées de Lydia prenaient une tournure sombre alors que ses yeux allaient et venaient entre la jeune serveuse mince qui avait ouvertement flirté avec Halle jusqu'à son propre ventre. Elle le voyait à la façon dont Lydia commença à s'entourer de ses bras dans une tentative de se sentir plus en sécurité.

« Puis-je vous apporter autre chose ? demanda la serveuse enthousiaste, ne regardant qu'Halle.

— Juste l'addition, s'il vous plaît. »

Halle ne quittait pas sa femme des yeux. Qui, quant à elle, regardait tout sauf Halle. Autant Halle voulait rassurer Lydia, autant elle savait que c'était inutile. Tout ce qu'Halle dirait ne serait pas pris au sérieux, pas quand Lydia se sentait comme ça.

Apprendre à aider Lydia dans ses moments d'insécurité n'avait pas été facile, surtout ces derniers temps. Mais Halle n'était pas du genre à abandonner, et elle n'allait certainement pas laisser sa femme se sentir mal dans sa peau.

Après avoir ouvert la portière de la voiture, Halle aida Lydia à monter. C'était encore étrange de conduire une grande voiture. Lydia avait finalement convaincu Halle d'acheter un deuxième véhicule, sachant pertinemment qu'elle ne se débarrasserait jamais de Nora, qui était maintenant rangée dans le garage. Nora était la voiture de week-end d'Halle. Sans surprise, Lydia était plus que ravie qu'Halle fasse des virées seule ou avec Fe.

Le trajet de retour se fit en silence. Lydia gardait son regard fixé sur la fenêtre côté passager. Halle se mordit la lèvre pour rester silencieuse. La tempête à l'intérieur de Lydia couvait encore et Halle devait attendre qu'elle éclate avant que son aide ne soit acceptée.

Monty aboya avec excitation dès qu'elles franchirent la porte. Halle avait emménagé chez Lydia trois mois après leur discussion sur le bébé. La transition avait été facile, tout comme leur relation, 90 % du temps. Les choses s'étaient compliquées quand Lydia avait arrêté la pilule.

Dès qu'elles avaient commencé le processus pour avoir un bébé, Lydia était devenue extrêmement sensible. Halle savait pourquoi. C'était la peur. La peur que Lydia ne puisse pas concevoir.

Halle n'avait fait qu'une seule fois l'erreur d'essayer de plaisanter sur quelque chose que Lydia avait dit de dépréciatif sur elle-même. La dévastation qu'elle avait vue s'installer sur le visage de sa petite amie avait été déchirante, et à partir de ce jour-là, Halle n'avait plus jamais pris les craintes de Lydia à la légère.

Maintenant, elle était devenue une experte. Halle savait que Lydia allait s'isoler à l'étage pendant une demi-heure. Elle n'aimait pas ça, mais elle savait qu'il valait mieux ne pas la suivre. Lydia avait besoin de temps pour pleurer sans témoin. Halle savait aussi que sa femme allait se déprécier dans la salle de bain en se torturant devant le miroir. Heureusement, ces moments devenaient de plus en plus rares.

Néanmoins, ce soir, Halle allait devoir agir. Comme prévu, Lydia monta dans leur chambre en silence. Halle la regarda, le cœur brisé. *Comment peut-elle penser qu'elle est autre chose que parfaite ?*

Si elle en avait eu l'occasion, Halle aurait aimé réprimander la serveuse pour avoir été si irrespectueuse et franchement peu professionnelle. Elle était peut-être plus jeune et plus mince, mais cela n'avait aucun attrait pour Halle. Pas quand elle avait une femme magnifique et voluptueuse qui occupait toutes ses pensées.

Se mettre en colère n'aiderait pas. Le calme et la constance étaient la voie à suivre. Vingt minutes plus tard, Halle entendit Lydia descendre.

« Halle, tu peux t'asseoir une minute, s'il te plaît ?

— Bien sûr, chérie. » *Et voilà. L'œil du cyclone.*

Halle s'assit sur le canapé en regardant sa femme faire les cent pas. Lydia hochait la tête pour elle-même, manifestement en train de renforcer la décision qu'elle avait jugée être la meilleure.

« Je pense... Je pense qu'on devrait envisager un mariage ouvert. »

Eh bien, c'était nouveau.

« Et pourquoi ça ? *C'est sa peur qui parle.*

— Je... Je pense que ça te ferait du bien.

— Ça me ferait du bien ? *Mon Dieu, comment son cerveau en arrive-t-il à cette conclusion ?*

— Oui. Je suis consciente que je ressemble à une baleine. On ne peut pas avoir de rapports sexuels, et c'est ma faute. Tu es jeune, et tu devrais pouvoir satisfaire tes besoins, Halle.

« — Chérie, tu peux t'asseoir ? Attends là une seconde, d'accord ?

— D'accord. »

Lydia arrêta à contrecœur de faire les cent pas et s'assit. Halle remarqua que les mains de Lydia allèrent directement sur son ventre. Rassurée que Lydia ne disparaîtrait pas à nouveau à l'étage, Halle se glissa dans le garage. Elle s'était préparée à cela. Elle savait que tôt ou tard Lydia aurait une révélation selon laquelle Halle serait mieux avec quelqu'un d'autre. Elle n'avait pas vu venir l'idée du mariage ouvert.

Atteignant l'étagère du haut, Halle prit le bocal en verre qu'elle avait caché. Prenant le bloc-notes décoré, elle griffonna ses pensées du moment et les glissa dans le bocal. *Bon, allons-y !*

« Donc, je veux que tu saches que j'ai entendu ton idée de mariage ouvert. Mais je vais devoir décliner.

— Halle, je ne suis pas-

— Est-ce que je peux parler ? S'il te plaît. »

Lydia hocha la tête, essuyant une larme sous son œil. S'installant à côté de sa femme, Halle posa le bocal sur la table basse.

« Qu'est-ce que c'est ? » La voix de Lydia était rauque et éraillée. Halle détestait le fait qu'elle se soit mise dans un tel état.

« C'est pour toi. Tu veux bien l'ouvrir ? »

L'air incertaine, Lydia regarda Halle, puis le bocal, pendant plusieurs secondes. Finalement, la curiosité l'emporta.

« Parfaitement imparfaite, pièces cassées incluses » marmonna-t-elle, lisant l'étiquette sur le bocal.

— Tu me dis toujours que tu es imparfaite et toute cassée, Lyds. Chaque fois que je te dis que tu es parfaite pour moi, c'est ta réponse. Alors, je t'ai fait ça.

— Qu'est-ce que c'est ?

— Regarde. »

D'une main tremblante, Lydia saisit le couvercle du bocal et le dévissa. Tirant le premier morceau de papier que ses doigts touchèrent, elle le déplia doucement et lut. Des larmes jaillirent sans couler. Laissant tomber le papier, elle en prit un autre, puis un autre.

« Halle, souffla-t-elle à travers un sanglot.

— Celui-ci est le plus récent », dit Halle en glissant le mot qu'elle avait écrit dans le garage dans la main de Lydia.

Tu me dis que ton ventre est gros. Que tu es grosse comme une baleine. Moi, je te dis qu'il est parfait. Ce ventre que tu considères imparfait abrite nos enfants, les gardant en sécurité et au chaud jusqu'à ce qu'ils soient prêts à venir au monde.

« Je vais avoir d'affreuses vergetures, sanglota Lydia, tout en serrant le mot dans sa main.

— Et je te rappellerai que ces marques que tu vois comme un autre défaut sont le souvenir de la chose merveilleuse que tu as faite. Les vies que tu as créées et abritées.

— Oh Halle, je suis désolée.

— Alors, le mariage ouvert, c'est hors de question, hein ? »

Il était désormais sans danger de plaisanter. L'orage était passé. Le regard de Lydia était plus clair.

« Je te botterai les fesses si tu t'approches d'une autre femme.

— Je m'en doutais, rit Halle en prenant Lydia dans ses bras.

— Quand as-tu fait tout ça ? demanda Lydia en ramassant les mots éparpillés pour les remettre dans le bocal.

— J'ai commencé il y a six mois, quand tu avais vraiment du mal émotionnellement. Je savais que c'était dû aux hormones de grossesse, mais ça n'enlevait rien au fait que tu te voyais, ou plutôt que tu te vois, sous un jour si négatif. Je voulais que tu saches que pour chaque imperfection que tu vois, j'observe le contraire.

— Comme mes rides d'expression, sourit Lydia en tenant un mot.

— Exactement. Tu vois des yeux ridés. Moi, je vois les souvenirs de tous nos moments de joie ensemble. Tu as un rire merveilleux, et j'adore qu'il atteigne tes yeux.

— Et mes hanches ? Lydia caressa doucement le mot.

— Ce sont mes préférées ! Tu vois des « poignées d'amour », Halle roula des yeux d'un air espiègle. Moi, je vois des courbes féminines tellement sexy que j'en perds mes mots quand je te vois nue.

— Oh, tu n'es qu'une charmeuse. »

Lydia se blottit dans le cou d'Halle, riant à travers un hoquet.

« Uniquement pour toi, ma chérie. »

⚜

« Tu y arrives, ma belle !

— Oh, va te faire voir, Halle, c'est de ta faute ! cria Lydia, écarlate et broyant les métacarpes d'Halle.

— Entièrement ma faute, ma chérie, j'ai compris ! Maintenant pousse.

— Pousse toi-même ! grogna Lydia.

— Je le ferais si je le pouvais, ma douce.

— Je n'y arrive pas, Halle. Des larmes coulaient sur le visage de Lydia.

— Si, tu peux. Tu y es presque. »

Les pleurs stridents de leur troisième bébé résonnèrent dans la salle d'accouchement. Lydia retomba en arrière, épuisée, en larme et heureuse.

« Et voici le bébé numéro trois », rit Elise en remettant le nourrisson à une infirmière.

Halle se tenait debout, contemplant ses enfants qui gigotaient. Elles avaient toutes les deux été choquées d'apprendre que Lydia avait suivi les traces de Fe et conçu des triplés. On les avait prévenues que des naissances multiples étaient possibles, mais elles ne s'en étaient jamais vraiment inquiétées. Jusqu'à ce qu'Elise leur montre trois battements de cœur, et qu'Halle manque de s'évanouir.

« Ils vont bien ? demanda Lydia, épuisée.

— Ils sont parfaits. Oh, ma chérie, tu as été si courageuse.

— Prête pour du peau à peau ? » demanda l'une des quatre infirmières.

Lydia hocha la tête, rayonnante alors que leur première fille était posée sur sa poitrine. La deuxième fille fut rapidement placée de l'autre côté.

Enlevant son t-shirt, Halle accepta joyeusement leur petit garçon sur son corps.

« Oh la la, tu es la chose la plus mignonne qui soit, petit bonhomme.

— Il te ressemble. Ils te ressemblent tous. Lydia embrassa le sommet de la tête de ses filles.

— Ils ont tes yeux, ma chérie, et tes lèvres », répondit Halle. Les triplés avaient la peau bronzée d'Halle, mais leur ressemblance avec Lydia était frappante. « Ils sont magnifiques.

— Mmm », marmonna Lydia, déjà proche du sommeil.

❧

« On dirait des cochons écrasés, commenta Joey en se penchant sur le berceau des triplés.

— Ils sentent pareil aussi, répliqua Jenny.

— Vous étiez pareils quand vous étiez bébés, rit doucement Lydia.

— Et vous sentiez super mauvais, ajouta Halle, les faisant rire.

— Allez, vous trois, laissons les petits dormir », chuchota Lydia.

Joey, Jenny et Jack sortirent en courant de la pièce, déjà blasés par l'excitation d'avoir des cousins. Halle et Lydia rirent en entendant Fe essayer de maîtriser ses enfants. Il se faisait tard, et tout le monde était prêt à dormir. Lydia était rentrée depuis une semaine, et elle était épuisée. Trois bébés, c'était beaucoup !

« Va prendre une douche, ma belle, je vais te faire une tasse de thé. » Halle embrassa la tempe de Lydia, la poussant hors de la chambre des enfants. Lydia n'arrivait pas à croire à quel point il était difficile de quitter ses enfants, même juste pour aller se doucher. Halle était tout aussi mal. Elles s'étaient surprises plusieurs fois à se faufiler dans la chambre des triplés alors qu'elles étaient censées faire autre chose.

Après s'être déshabillée, Lydia resta avec bonheur sous le jet de la douche pendant dix minutes. Ce n'est que lorsqu'elle commença à s'endormir et que sa tête cogna contre le mur qu'elle sut qu'il était temps de sortir.

En se séchant, le regard de Lydia croisa son reflet. Au lieu de s'attarder, elle leva les yeux vers le mot encadré au-dessus du miroir qu'Halle lui avait donné ce soir-là où elle avait bêtement suggéré un mariage ouvert.

Se regardant à nouveau, elle étudia son ventre, laissant ses mains glisser sur son ventre encore gonflé et ses vergetures. « Parfaitement imparfaite, murmura-t-elle pour elle-même.

— Parfaite, fit en écho Halle depuis la porte.

— Pièces cassées incluses », répondit Lydia en souriant.

A propos de l'auteur

Alyson est née et a grandi en Angleterre. Elle a déménagé à Paris en 2015 après avoir rencontré sa femme. Ensemble, elles vivent désormais dans l'ouest de la France avec leurs deux chiens. Alyson passe son temps à écrire, lire des romances lesbiennes et faire de la plongée sous-marine.

www.alysonroot.com

a.rootauthor@alysonroot.com

Autres titres d'Alyson Root en anglais

A Dance Towards Forever

Diving Into Her

Always Emilie

Broken Parts Included

Love & Other Wild Things

Finding Molly Parsons

Keeping Carmen Ruiz

The Wisdom of Bug

Sleigh Bells Ring
Risking Immortality
Waiting for Eternity
Fighting for Infinity
www.alysonroot.com